Não é errado ser feliz

Não é errado ser feliz

LINDA HOLMES

Tradução de Marina Vargas

intrínseca

TÍTULO ORIGINAL
Evvie Drake Starts Over

PREPARAÇÃO
Clara Alves

REVISÃO
Giu Alonso
Lívia Maggessi

PROJETO GRÁFICO
Caroline Cunningham

DIAGRAMAÇÃO
DTPhoenix Editorial

DESIGN E ILUSTRAÇÃO DE CAPA
Connie Gabbert

ADAPTAÇÃO DE CAPA
Julio Moreira / Equatorium Design

CIP-BRASIL. CATALOGAÇÃO NA PUBLICAÇÃO
SINDICATO NACIONAL DOS EDITORES DE LIVROS, RJ

H695n Holmes, Linda
Não é errado ser feliz / Linda Holmes; tradução Marina Vargas. – 1. ed. – Rio de Janeiro: Intrínseca, 2020.
304 p.; 23 cm.

Tradução de: Evvie drake starts over
ISBN 978-65-5560-112-1

1. Romance americano. I. Vargas, Marina. II. Título.

CDD: 813
20-66548 CDU: 82-31(73)

Meri Gleice Rodrigues de Souza – Bibliotecária – CRB-7/6439

[2020]

EDITORA INTRÍNSECA LTDA.
Rua Marquês de São Vicente, 99, 3º andar
22451-041 — Gávea
Rio de Janeiro — RJ
Tel./Fax: (21) 3206-7400
www.intrinseca.com.br

Para Nona, que sempre me enxergou

Primeiro

Vá agora, ou você vai acabar não indo, Evvie advertiu a si mesma.

Ela não queria estar em casa quando ele chegasse do trabalho. Sim, era covardia, mas ela não queria enfrentar a grande *questão* que aquilo ia se tornar, a grande *bagunça*. Ele diria, não sem razão, que ir embora sem qualquer aviso era meio dramático. Depois de tanto tempo, ia se perguntar: por que agora? Ele não saberia que, exatamente naquele dia, Evvie completava metade de sua vida ao lado dele. Tinha se dado conta disso ao olhar o verso de uma nota fiscal de supermercado alguns meses antes, em seguida circulou em vermelho a data no calendário da parede. Ele passara pelo calendário diversas vezes e nunca perguntou a respeito. Se deixasse aquela data passar, Evvie tinha a impressão de que começaria a desaparecer, célula por célula, osso por osso, substituída por alguém que se pareceria com ela, mas não seria ela.

Evvie abriu o porta-malas do Honda e enfiou um envelope grosso cheio de dinheiro no porta-luvas. Isso poderia parecer bobo. Ela não achava que Tim cancelaria os cartões de crédito ou fecharia suas contas. Mas "apenas por precaução" era a tônica de sua vida, e ela precisava de dinheiro vivo apenas por precaução, caso descobrisse que não o conhecia tão bem quanto imaginava. Não seria a primeira vez que se enganava ao tentar prever as ações dele.

Ela entrou em casa e abriu o armário do corredor. Pegou a mala azul rígida e surrada, coberta de adesivos: Paris, Londres... Estava leve, e as coisas chacoalharam lá dentro quando ela desceu os degraus da varanda e a colocou no banco de trás do carro. Teve vontade de sorrir com os sons de seus passos na calçada.

Havia mais coisas para pegar dentro de casa, mas ela se sentou no banco da frente e fechou a porta do carro, recostando a cabeça no apoio com os olhos fechados. *Puta merda, eu vou embora mesmo.* Em algumas horas, estaria em um quarto qualquer de uma dessas redes de hotéis com roupas de cama ásperas e TV a cabo cheia de canais esquisitos. Iria comprar uma garrafa de vinho, ou várias garrafas de vinho, e ficaria deitada na cama king-size, bebendo, mexendo os dedos dos pés e lendo durante o tempo que quisesse. Foi aí que começou a se perguntar o que faria no dia seguinte. Só que não tinha tempo para isso, então respirou fundo e saiu do carro para pegar o restante das coisas. Estava se encaminhando para a entrada quando o celular tocou.

O toque sempre a assustava um pouco: um arpejo metálico que parecia uma harpa elétrica. A ligação era do hospital em Camden onde Tim, às vezes, atendia pacientes. Ela não queria falar com ele, mas precisava saber se ele ia voltar para casa mais cedo.

— Alô?

— Eu poderia falar com Eveleth Drake?

Não era Tim.

— É ela.

— Sra. Drake, meu nome é Colleen Marshall, sou enfermeira no Hospital de Camden. O motivo da minha ligação é que o dr. Drake foi trazido para o nosso pronto-socorro faz mais ou menos meia hora. Ele sofreu um acidente de carro.

O coração de Evvie martelou no peito e reverberou até a ponta de seus dedos. Por um décimo de segundo, quis pedir à enfermeira que ligasse para os pais de Tim, porque ela tinha acabado de deixá-lo.

— Ah, meu Deus — falou em vez disso. — Ele está bem?

A pausa foi tão longa que ela pôde ouvir um médico sendo bipado ao fundo.

— Ele está gravemente ferido. A senhora deveria vir para cá o mais rápido possível. Sabe onde fica o hospital?

— Sei — respondeu ela, com a voz embargada. — Estarei aí em... provavelmente vinte minutos.

As mãos de Evvie tremiam ao digitar uma mensagem para Andy. *Tim sofreu um acidente de carro. Grave. Hospital de Camden. Pode avisar ao meu pai?*

Ela girou a chave na ignição, saiu da entrada da garagem e foi em direção a Camden. Mais tarde descobriu, pelo telefone e por toda a papelada, que ele provavelmente tinha morrido enquanto ela esperava o sinal da Chisholm Street abrir, a uma quadra da igreja onde tinham se casado.

OUTONO

Um

EVVIE ESTAVA NO ESCURO, deitada no chão. Mais especificamente, no chão da edícula anexa vazia que se projetava de um jeito estranho da parte dos fundos de sua casa em direção ao quintal. Ela estava ali porque, no andar de cima, em sua cama, tivera outro sonho no qual Tim ainda estava vivo.

A avó escandinava de Evvie dizia que as mulheres jovens sonham com o marido que desejam, as mulheres velhas sonham com o marido que desejaram, e apenas as mulheres mais afortunadas, por um momento entre uma coisa e outra, sonham com o marido que têm. Mas, mesmo considerando as ambições limitadas permitidas por esse ditado, os sonhos de Evvie com Tim não eram o que sua avó tinha em mente.

Ele estava sempre com raiva dela por tê-lo deixado. *Está vendo o que aconteceu?*, dizia sem parar. Nesse sonho ele estava tão próximo que ela sentiu o hálito de chiclete de canela e viu a pequena veia na testa dele, e teve medo de que, caso se virasse e voltasse a dormir, ele ainda estivesse lá. Então empurrou os cobertores para longe e foi para o primeiro andar da casa, que sempre tinha sido muito grande e agora era simplesmente grande *demais*. Descer a ampla escada em curva ainda parecia uma transgressão, como esgueirar-se até a recepção de um hotel tarde da noite para pedir mais toalhas. Ela fez uma parada na cozinha e colocou água no fogo para o chá, depois foi diretamente para o anexo, onde se deitou de costas no chão para esperar.

Quando compraram a casa — quando *ele* comprou a casa —, eles planejavam alugar a edícula. Mas nunca colocaram a ideia em prática, então Evvie a pintou com seu tom favorito de azul-pavão e passou a usá-la como uma espécie de casa na árvore: entrada proibida. Ainda era seu lugar preferido na casa e continuaria sendo, a menos que o fantasma de Tim começasse a assombrar o espaço apenas para dizer que havia notado pequenas bolhas na pintura e que realmente seria melhor se ela pintasse tudo de novo.

Ótimo, disse a si mesma quando esse pensamento surgiu pela primeira vez. *Bem-vindos ao clube de comédia mais macabro do Maine. Aí vai uma piadinha sobre como o fantasma do meu marido é meio que um babaca. E sobre como eu sou um monstro.*

Passava um pouco das quatro da manhã. Deitada de costas, vestindo camiseta e short, ela controlou a respiração, tentando desacelerar o latejar nas têmporas, na barriga e nos pulsos. A casa parecia desprovida de ar e estava totalmente silenciosa, exceto pelo relógio que marcava a passagem do tempo com seu tique-taque havia trinta e cinco anos, primeiro na cozinha de seus pais e agora na dela. Na escuridão do anexo, havia tão poucas sensações além do carpete espetando sua pele que era como não estar em lugar nenhum. Era como estar deitada diretamente sobre a terra.

De tempos em tempos, Evvie pensava em se mudar para lá. Outra pessoa poderia ficar com a casa, a cozinha grande e os quartos no andar de cima, o corrimão esculpido e a elegante escadaria na qual ela uma vez havia escorregado, o que lhe valeu uma mancha roxa no quadril. Poderia viver ali, deitada de costas no escuro, repassando todos os seus piores pensamentos, comendo sanduíches de manteiga de amendoim e ouvindo rádio como se o fornecimento de energia tivesse sido interrompido para sempre.

A chaleira apitou na cozinha, e ela se levantou para desligar o fogo. Pegou no armário uma das duas canecas do evento de arrecadação de fundos para a rádio pública, deixando de lado a outra, cujo fundo, virado para cima, estava coberto por uma fina camada de poeira. A etiqueta em seu saquinho de chá de camomila dizia: *Não há nenhum problema que uma boa xícara de chá não resolva*. Parecia algo que um cavalheiro em *Downton Abbey* diria pouco antes de sua esposa ter um dente incluso e falecer elegantemente na cama.

Soprando seu chá, Evvie foi para a sala, onde havia lugar para sentar, e se aconchegou em uma poltrona verde-escura. Havia um exemplar da *Sports Illustrated* endereçado a Tim no meio da pilha de correspondência na mesa de centro, e ela folheou a revista à luz que vinha da cozinha: o fim da temporada de beisebol, o início da temporada de futebol americano, uma matéria sobre uma ginasta que estava abandonando o esporte para se tornar médica e o perfil de um arremessador do Yankees que acordou um belo dia e não conseguia mais arremessar. O perfil vinha abaixo de uma grande manchete em caixa-alta: COMO SE TORNAR UM CASO PERDIDO.

— Já passei desse ponto faz tempo — murmurou ela, e enfiou a revista no fundo da pilha.

De acordo com o relógio no aparelho de TV a cabo, eram 4h23 da manhã. Evvie fechou os olhos. Já tinha se passado quase um ano desde a morte de Tim, e às vezes ela ainda era incapaz de fazer o que quer que fosse, pois era consumida pelo fato de não sentir falta dele. Ela poderia ocupar salas inteiras com a sensação de ser a única pessoa a saber que quase não o amava mais quando o ouviu ressonar de leve em sua última noite de vida. *Monstro, monstro*, pensou ela. *Monstro, monstro*.

Dois

— LILLY JOGOU o leite no chão. — Andy tomou um gole de café. — Estou em maus lençóis com a professora dela.

O hábito de tomarem o café da manhã juntos no Compass Café aos sábados tinha começado quatro anos antes, quando Andy se divorciou, e depois disso eles nunca mais pararam. Alguns maridos poderiam ter ficado incomodados, mas Tim não. "Tenho muito trabalho, então, desde que não fique reclamando com ele a meu respeito, não me importo", dissera ele.

Andy pedia um omelete de presunto e queijo, e Evvie, panquecas de mirtilo acompanhadas de bacon e um copo grande de suco de laranja. Eles bebiam pelo menos dois bules de café e repassavam as semanas anteriores e as seguintes. Ficavam lá enquanto o lugar enchia, esvaziava e enchia de novo. Observavam os turistas e davam gorjetas extravagantes, e conhecidos passavam por eles e comentavam sobre o clima ou perguntavam pelas filhas de Andy. E, fazia mais ou menos um ano, as pessoas esticavam o pescoço para espiar, ou ficavam a uma educada distância investigativa, para dar uma boa olhada em Evvie e se assegurar, apenas *para ter certeza*, de que a morte do marido não a havia transformado em uma casquinha enrugada, que ficava sentada em casa cantarolando músicas românticas agarrada à camiseta favorita do defunto enquanto se balançava para a frente e para trás.

— Por que a Lilly jogou o leite no chão?

Lilly era a filha mais nova de Andy, que havia começado recentemente a frequentar o jardim de infância.

— Boa pergunta. A professora disse que ela simplesmente jogou. Sem dar nenhum aviso. Gritou: "Leite é iogurte derretido!"

Evvie sorriu. Ela podia imaginar a cena, incluindo a expressão cheia de fúria que Lilly exibia de vez em quando desde pequena.

— Acho que posso imaginar por que ela acabou fazendo isso.

— Então a professora me disse que a colocou de castigo. Eu respondi: "Por mim, tudo bem." E a professora falou: "Acho que também seria bom que vocês conversassem em casa sobre respeito." Eu perguntei: "Respeito por você?" E ela: "Bem, sim, mas também à propriedade." E eu pensei: *Estamos falando em ensinar minha filha a respeitar o leite?* Porque não consigo entender o que mais ela quer que eu ensine à Lilly. O que ela quer dizer com "respeito à propriedade"?

— Capitalismo?

— Talvez. Enfim, estou me esforçando. Estou tentando ensinar a Lilly a ter mais respeito pela professora. E respeito pelo leite.

— Lacto... reverência? Lactorreverência? Isso é uma palavra?

— Não. — Andy fez uma pausa para erguer sua xícara pedindo mais café a Marnie, uma jovem mãe com uma mecha roxa no cabelo que era a garçonete que os atendia fazia alguns anos. — Eu vou te dizer uma coisa, ela já mordia muito quando era bebê, mas não sei o que acontece. Mesmo quando vem toda amorosa para cima de mim, ela é tão *brava*. Fui pegá-la outro dia e ela gritou: "Papai! Me dá um abraço!" Mas ela diz isso aos berros, parece um pinscher. Muito mandona, se quiser colocar as coisas dessa maneira, como se ela fosse...

— Jerry Orbach.

Ele franziu a testa.

— Em *Dirty Dancing*?

— Em *Law & Order*.

— Tudo bem, Jerry Orbach. — Ele fez uma pausa. — O que quero dizer é que ela é obstinada, e acho isso ótimo, mas não quero ser obrigado a tirar minha filha da prisão quando ela tiver nove anos.

Evvie sorriu novamente.

— Mal posso esperar pela adolescência dela.

— Ela pode ir morar com você.

— Ah, não. Eu me encarrego de falar sobre menstruação, sutiãs e métodos contraceptivos, mas eu moro sozinha.

— Bem, por enquanto — disse ele. — Eu queria te perguntar: você ainda está pensando em alugar o anexo?

Ela mastigou um pedaço de bacon.

— Talvez. Um dia.

— Você não está usando, certo?

— Só para deitar no chão no meio da noite e refletir sobre a minha existência. — Ele parou de mastigar e suas sobrancelhas se ergueram. — Estou brincando — disse ela. Ele não entenderia. Ia apenas ficar preocupado. — Nunca vou lá.

— Andei pensando, sabe, você está deixando de ganhar dinheiro com o anexo vazio.

A lógica era impecável. Provavelmente era uma armadilha.

— Acho que você tem razão — disse ela, desconfiada.

— Eu tenho razão. — Ele apontou. — Sua manga está encostando na calda.

Ela limpou um ponto pegajoso no punho da camisa.

— Você está querendo que eu alugue para alguém específico? Vai expulsar a Rose de casa?

— Rá. — Ele não riu. — Não, acho que as crianças devem ter pelo menos dez anos antes de serem consideradas totalmente independentes. — Ele tomou um longo gole de café. — A propósito, antes que eu esqueça, a Rose tem uma apresentação de dança daqui a uma semana e ela me pediu para dizer que gostaria que você fizesse nela o "cabelo com as tranças enroladas".

Rose tinha sete anos e não confiava no pai nem para arrumar seu cabelo para a apresentação, nem para cuidar de seus carrinhos Matchbox.

— Ela é muito organizada.

— Outro dia ela me chamou de "senhor" — disse ele. — Como se estivéssemos em um filme de época.

Evvie franziu a testa.

— Então, posso dizer a ela que você vai? — continuou ele.

— É claro — respondeu Evvie. — Agora me conte quem você quer enfiar no anexo.

— Está bem, está bem. Na verdade, tenho um amigo que vai ficar na cidade por alguns meses e está procurando um lugar para morar.

Ela fez uma careta.

— Que amigo? Alguém que eu conheça?

— Meu amigo Dean.

Os olhos dela ficaram ligeiramente arregalados.

— Dean, o jogador de beisebol?

Evvie sabia que um dos amigos de Andy era arremessador, mas não o conhecia pessoalmente.

— Ex-jogador — esclareceu ele. — Ele acabou de se aposentar. E vai vir morar aqui para dar um tempo. Desfrutar um pouco da nossa excelente maresia e tudo o mais.

— Sempre esqueço que atletas profissionais se aposentam em décadas diferentes das pessoas normais. Quantos anos ele tem, trinta e poucos? E já se aposentou? Deve ser bom.

— É um pouco mais complicado que isso. E você saberia se eu não roubasse todas as suas edições da *Sports Illustrated*.

— Acho que nem assim eu leria — admitiu ela. — Tem uma edição nova lá em casa, a propósito.

— Eu sei — disse ele. — Dean está nela.

Ela estalou os dedos.

— Espere aí. Dean, o jogador de beisebol, é o caso perdido?

Andy a encarou com os olhos semicerrados.

— Ele não é um caso perdido. Ele perdeu o braço. Quer dizer, não o braço, *braço*; ele perdeu o braço de arremesso. Ele tem os dois braços. E não é como se ele estivesse perturbado ou algo assim.

— O que aconteceu com ele?

— Bem, ele era um arremessador muito bom e, de repente, ficou péssimo. Tirando isso, não faço ideia.

Naquele momento, Diane Marsten parou em frente à mesa deles. Ela gerenciava o Esther's Attic, uma loja de produtos de segunda mão que tinha sido da mãe antes de ser dela. Diane costumava comer no Compass aos sábados com o marido, às vezes na companhia não autorizada de seu cachorrinho, Ziggy, que não parecia estar por perto naquele dia para torcer o pequeno focinho para o código sanitário.

— Bom dia, vocês dois.

— Oi, Diane — disse Andy. — Como estão as coisas?

— Não tenho do que reclamar. — Isso, Evvie sabia por experiência própria, não era verdade. Diane se virou e colocou a mão no ombro dela. — É bom ver você de volta à ativa.

Evvie olhou para Andy, em seguida forçou um sorriso.

— Obrigada, Diane. É bom ver você também.

Diane forneceu atualizações sobre vizinhos com enfermidades (tão educadamente vagas que beiravam a inutilidade, como "problemas com o organismo") ou questões pessoais (idem, como "a questão com a filha"), depois saiu para comer sua rabanada.

— Sinceramente. — Evvie suspirou.

— Ela gosta de você, Ev.

— Eu sei. Eu sei. Mas todos eles... ficam cheios de dedos. Ela disse "de volta à ativa", como se eu estivesse doente. Eles agem como se a única coisa que eu fizesse fosse — ela mudou para um sussurro forte — ficar em casa de luto.

— Ela disse que foi bom ver você.

Evvie balançou a cabeça.

— É a *compaixão*. São todos os tapinhas no braço, todas as vozes suaves. Aquele negócio de plantar a árvore na clínica é daqui a algumas semanas, e vai ser ainda pior. Todo mundo vai simplesmente ficar lá me vendo chorar.

— Você não precisa chorar. Todo mundo sabe o quanto você o amava.

Na verdade, ninguém sabia. Andy não sabia.

— Não consigo entender — disse Evvie. — Ninguém tem pena da Tessa Vasco porque o marido dela morreu e ela não passa o tempo todo se divertindo por aí.

— Tessa Vasco tem noventa e dois anos.

— E daí?

— E daí que *você* não tem noventa e dois anos. E, ao contrário da Tessa Vasco, não precisa de um andador ou de um tanque de oxigênio para ir ao mercado. — Ele limpou a boca com um guardanapo. — E, sem querer ser chato, mas acho que preciso lembrar a você que a Tessa faz hidroginástica.

— Como você sabe?

— Porque ela faz aula com a minha mãe. Mas minha mãe só tem sessenta e nove anos. Um pouco menos vergonhoso para você.

— Tudo bem — disse Evvie, erguendo a mão. — Foi um péssimo exemplo.

— Então posso voltar para a parte em que tento convencer você a ter um inquilino?

Ela deu uma olhada no restaurante, então se voltou novamente para Andy.

— Por que um atleta profissional ia querer alugar um anexo na minha casa? Pensei que eles morassem... Sei lá, em ilhas particulares ou algo assim.

— Dean mora em Manhattan. A ilha menos particular do mundo. Ele diz que não consegue nem tomar um café sem que alguém tire uma foto. Ele quer sair da cidade por um tempo, e eu disse que aqui as pessoas o deixariam em paz. Ele não pretende ficar tempo suficiente para comprar uma casa, mas a ideia é ficar mais do que o período de uma hospedagem em um hotel. Não dá para ficar comigo por causa das meninas. Achei que talvez ele pudesse ficar no anexo. Assim, eu saberia que ele não vai ser inquilino de alguém que vai postar no Instagram uma foto dele no banheiro ou vender informações sobre ele para o *TMZ*. Você ganharia um dinheiro, e quem sabe poderiam virar amigos. Vantajoso para ambas as partes. Falei para ele que talvez você aceitasse oitocentos dólares por mês.

Isso cobriria uma boa parte das contas.

— Oitocentos seria bom.

— Então você aceita?

Ela olhou para a xícara de café com uma preguiçosa linha ondulada de creme ainda na borda.

— Então, leve o rapaz lá em casa. — Evvie percebeu um pequeno suspiro de exasperação e ficou tensa. — Eu não conheço o cara, Andy. O que você espera que eu diga?

— Você vai gostar dele — disse Andy. — Eu gosto.

Evvie se empertigou.

— Você gosta de muita gente. Vai saber que colegas de bebedeira fedorentos da época da faculdade você arrastaria pela minha cozinha se eu deixasse...

— Eu não o conheci em uma bebedeira. Nós nos conhecemos quando éramos escoteiros. Ele foi ao meu casamento, Ev, você viu as fotos. E não sei se você se lembra, mas foi ele quem me mandou para a Disney com as meninas depois do divórcio. Ele não vai roubar suas joias.

Evvie sorriu.

— Não tenho muitas joias.

— Bem, ele não vai roubar seus... suéteres furados confortáveis nem nada do tipo.

Ela fez uma careta.

— Golpe baixo. Olha, como eu disse, vá com ele lá em casa para a gente se conhecer. Se parecer uma boa ideia, ficarei feliz em receber o dinheiro. — Ela pensou brevemente nas contas atrasadas que estavam presas com um elástico na gaveta da cozinha. Era isso que um ano sem a renda de um médico fazia. Ela poderia colocar alguém para morar na casa anexa, deixar a porta trancada, receber o aluguel e talvez nem notasse a presença dele por lá.

Andy suspirou.

— Obrigado. Ele precisa... sei lá, de paz. Além disso, vale repetir que não seria a pior coisa do mundo se você tivesse companhia.

— Eu tenho companhia — disse ela. — Estou sentada aqui com a minha companhia.

— Além de mim. E das minhas filhas. E do seu pai. Você sabe — ele gesticulou para ela com um garfo cheio de ovo —, não é bom passar muito tempo sozinha. A pessoa vai ficando esquisita.

Os cabelos louros e ondulados de Andy e seu corpo magro faziam com que ele parecesse o integrante de uma banda indie, eternamente prestes a vestir algo xadrez e posar para a capa de um álbum no qual ele tocava tábua de lavar roupa. Mas a figura de pai estava enraizada nele depois de sete anos.

— Eu estou bem. E não sou esquisita. Se ficar entediada, peço à Tessa Vasco para me levar a uma aula de zumba. — Ele não pareceu acreditar. — Andy, eu estou bem mesmo. Vou conhecer seu amigo. — De repente, Evvie estreitou os olhos. — Isso não é uma armação para nos juntar, é?

Andy riu com a boca cheia, engoliu e tomou um gole de café para ajudar a comida a descer.

— Ele perguntou a mesma coisa: "Você está tentando nos juntar?" — Ela não riu. — Não estou tentando juntar vocês. Afinal, acho que minha mãe ainda espera que eu me case com você, o que definitivamente não vai acontecer se eu ficar arrumando encontros para você com ex-atletas profissionais.

— Ah, não — disse Evvie. — Será que você pode dizer a ela de uma vez por todas?

— Dizer o quê?

— "Dizer o quê." Dizer a ela que tentamos de verdade nos ver com outros olhos. E que foi a coisa menos sexy que aconteceu entre dois seres humanos, talvez em todos os tempos.

— Ela não acreditaria em mim — comentou ele.

— Ela acreditaria se tivesse visto — rebateu Evvie.

— Ah, quando você começou a rir? Porque foi isso que aconteceu, na verdade.

— Nós dois rimos.

— Você riu mais — retrucou ele, acusando-a com os dentes do garfo.

— Tudo bem, eu admito.

Três

Dean estava sentado em sua caminhonete na entrada da garagem de Andy. Fazia mais de oito horas que havia saído de Nova York e tinha feito apenas uma parada. Ele respirou fundo.

— Tudo bem — murmurou enquanto caminhava em direção à casa.

Tocou a campainha.

A porta foi aberta e Andy sorriu.

— E aí, cara. — Eles deram aquele abraço com tapinhas nas costas, como faziam desde os treze anos, e Andy lhe entregou uma garrafa de cerveja. — Entre.

A casa de Andy tinha apenas um andar. Era verde e modesta, com um exterior desgastado. Já do lado de dentro, a casa de bonecas de plástico das meninas, que estava no chão da sala, era toda enfeitada, com três andares e um elevador com roldana. Naquele dia, parecia ter sido derrubada e erguida de novo, espalhando uma série de pequenas luminárias de plástico e móveis pelo tapete. Havia um bambolê no braço do sofá, e os sons da televisão e de duas meninas rindo flutuavam pelo corredor, vindos de um cômodo com a porta fechada.

— Bem-vindo à minha casa de festas — disse Andy, indicando uma poltrona para que Dean se sentasse. — Festas muito animadas, como pode ver.

Dean sorriu.

— Quantos anos elas têm agora?

— A Rose tem sete e a Lilly, cinco. — Andy afastou o bambolê e se sentou no sofá. — Estão no quarto de brincar assistindo a *Caça-Fantasmas* pela quinquagésima vez, então estou achando que vão querer se vestir assim no Halloween. Estou realmente muito empolgado. — Ele tomou um gole de cerveja. — Como foi a viagem?

Dean se contraiu involuntariamente ao se lembrar das costas doloridas.

— Longa, mas boa. É legal ver um lugar diferente. É legal ver você também. Eu estava tentando lembrar... Já faz o quê? Três ou quatro anos?

— Pois é. — Andy pensou por um minuto. — Foi pouco antes de a Lori ir embora, acho. Quando fomos à sua festa, aquele evento da ESPN? Lá se vão quatro anos.

Dean estremeceu.

— Sim, isso mesmo. Faz tempo demais.

— Bem — disse Andy —, desde então, a Lori foi embora. Ainda dou aula de matemática. Ainda estou solteiro. Recentemente, me tornei o orientador acadêmico responsável pelo anuário, o que estou considerando o equivalente a ser treinador de algum time da escola. E agora você está praticamente a par de tudo. — Seus olhos se dirigiram a uma foto dele e das filhas que estava em um porta-retratos na mesa de canto. — Não parece ter sido uma surpresa para mais ninguém, como foi para mim, que meu casamento não tenha dado certo.

Dean pegou um panda de pelúcia do chão, em seguida o colocou de volta onde estava.

— Eu sei que deveria ter vindo depois que ela foi embora. Pensei em vir, mas não consegui. Estava ocupado demais sendo um cara importante.

— É. — Andy inclinou a cabeça para o lado. — Pesado, tudo isso.

Dean riu com a garrafa na boca. Ele engoliu e limpou o canto do lábio com o polegar.

— Para mim também. Aparentemente, sou um completo desastre.

— É o que dizem.

— Ah, eu sei que dizem.

— Como você está?

Dean recostou a cabeça na poltrona.

— Não foi o meu melhor ano.

— É.

— E recebi provavelmente umas cem mil cartas, e-mails e malditos tuítes sobre isso. A maioria vindo de pessoas que têm certeza de que sabem o que preciso fazer para resolver meu problema.

— É difícil acreditar que ainda não tenham resolvido.

Dean sorriu.

— Você sabia que tudo isso pode ser só coisa da minha cabeça? Você sabia que, quando passei de alguém que elimina rebatedores que um dia vão estar no Hall da Fama para alguém que mal consegue acertar um carro com um maldito pufe, algumas pessoas acharam que eu tinha um problema psicológico?

— Psicológico, sério?

— Sim, o consenso é que o problema está todo bem aqui — disse Dean, dando batidinhas de leve na têmpora. — Só preciso me concentrar. Ter foco. Me reconectar com meu guerreiro zulu interior.

— Você só pode estar brincando. Ninguém falou em guerreiro zulu de verdade.

— Ah, falaram, sim. Falaram em guerreiro zulu interior, falaram em Peyton Manning interior, alguém falou até na porra do Hannibal Lecter interior, como se eu fosse querer me conectar com isso se houvesse uma coisa dessas dentro de mim. As pessoas me escreviam sem parar: "Já tentou hipnose?" "Já leu Sun Tzu?" "Tentou procurar um terapeuta?" Como se eu estivesse tentando resolver o problema do meu braço com uma chave soquete, e eles fossem salvar o beisebol de Nova York me dizendo que preciso de um terapeuta. Como se eu estivesse na cidade onde baristas escrevem os nomes dos seus xamãs na porra do seu copo de café, mas fosse Margo, de Greenpoint, a primeira a pensar em "procurar um terapeuta". "Obrigado, Margo, nunca pensei em procurar um terapeuta. Como eu ia saber que deveria procurar um terapeuta?"

Andy assentiu.

— Então você procurou um terapeuta?

Dean estendeu a mão para massagear o ombro direito.

— Sim, pode me sacanear. Fui a oito psicólogos esportivos e dois psiquiatras. — Ele começou a contar nos dedos. — Fiz acupuntura, *do-in* e tratamento com ventosas no ombro e enfiaram velas na porra das minhas orelhas... Aliás, me lembre de contar sobre *isso* outra hora. Cortei o glúten, o açúcar, o sexo, fiz sexo *extra*, parei de comer carne, passei a comer *só* carne. Fiz aulas de movimento criativo, fui hipnotizado diversas vezes e aprendi a meditar. Isso eu ainda faço, aliás. — Ele olhou para Andy, cuja boca estava retorcida em uma curva perplexa. — Onde você parou de ouvir? No sexo extra?

— Não, nas "aulas de movimento criativo". Acho que a Rose fez isso.

— Ah, é uma dessas porcarias de gente rica. A ideia era ajudar a alinhar minha coluna, a me movimentar de forma mais natural. Eu parecia um daqueles bonecos infláveis que ficam se agitando no posto de gasolina. Eles diziam que eu precisava ter ossos soltos. Ninguém no Twitter tinha me diagnosticado com ossos rígidos, então foda-se a internet, eu acho, não é?

Andy balançou a cabeça.

— Desculpe, Dean. Eu queria ligar para você, saber como você estava. Mas é bem mais fácil ligar para Greenpoint e perguntar para a Margo.

— Não tem graça nenhuma.

Andy sorriu.

— Então, agora que você está aqui, o que quer fazer?

— Ficar longe da internet — respondeu Dean. — Descobrir o que vou fazer agora que tenho, sei lá, uns cinquenta anos livres pela frente.

— Já tem alguma ideia?

— Eu bem que gostaria, cara. — Dean alongou o ombro novamente. — Eu poderia ser técnico, já que ainda não sou tão conhecido por não saber o que estou fazendo. Poderia ser comentarista, mas não diria que fiz muitos amigos na imprensa esportiva. Tenho dinheiro, o que me dá tempo para pensar. Mas estou pensando nisso faz um ano e já zerei todos os jogos de computador possíveis.

— Posso fazer uma pergunta? — perguntou Andy, tentando não sorrir.

— Pode.

— É verdade que você ia competir no *Dancing with the Stars*?

— É. Ei, para de rir. Eu estava pronto para a parte da dança. Você assistiu quando Emmitt Smith participou? Superelegante. Mas minha cunhada acompanha todas as temporadas, e ela me disse que, se eu participasse, eles iam me obrigar a falar sobre como aquela era minha única chance de redenção e iam me fazer dançar uma valsa enquanto tocavam "Take Me Out to the Ball Game" em um violoncelo ou algo do tipo, então recusei. Eles acabaram convidando no meu lugar aquele patinador que caiu nos Jogos Olímpicos de Inverno e sangrou no gelo todo. Pelo visto, um fiasco era tão bom quanto o outro.

— Você não é um fiasco — disse Andy, colocando a mão no ombro de Dean. — Você é um caso perdido. É bem diferente.

Eles riram, e Rose enfiou a cabeça para fora do quarto de brincar, no fim do corredor, e gritou:

— Pai, não consigo ouvir a televisão, vocês estão falando muito alto!

— Está precisando de uma limpeza no ouvido? Quer que eu pegue a mangueira no jardim? Ou melhor, acho que o aspirador de pó está em algum lugar por aqui — gritou Andy em resposta. Houve mais risadinhas e a porta se fechou. — Que crianças terríveis — disse ele, balançando a cabeça. — Então. Coloquei lençóis na cama dobrável no porão. Pensei que você poderia dormir aqui hoje. Amanhã, te levo na casa da Evvie. Ela quer conhecer você, ter certeza de que não é violento e não tem nenhum instrumento musical.

— Preciso saber de alguma coisa antes de ir lá?

— Sobre a Evvie? Ela é incrível. Você vai gostar dela. Ela é muito divertida. E é bonita; ela meio que parece... sua irmã.

Dean franziu a testa.

— Eu não tenho irmã.

— O que estou querendo dizer é que ela parece uma irmã. Tipo a irmã de alguém.

— A irmã de quem?

— De ninguém. Ela é filha única.

Dean balançou a cabeça.

— Você não é bom nisso.

Andy deu de ombros.

— Cabelo castanho. Um monte de suéteres. Olhos castanhos... Eu acho.

— Preciso saber de mais alguma coisa?

— Basta pronunciar o nome dela da maneira correta. É como ela sempre diz: "Evvie como Chevy, não Evie como Max Greevey."

— Quem é Max Greevey, meu Deus?

— Um policial de *Law & Order*. Evvie não viu muita televisão quando criança, então agora está recuperando o tempo perdido. Ela está mais ou menos em 1998. Acabou de começar *Dawson's Creek*.

— Uau, um clássico.

— Mas ela é ótima. Ela salvou minha vida quando fiquei sozinho com as meninas. Me faça um favor e não deixe que ela cuide de você, porque ela vai se empolgar e você vai acabar se tornando uma pessoa muito melhor do que deveria.

— Entendi. E você disse que ela aceitaria oitocentos dólares?

Andy assentiu.

— Cá entre nós, acho que ela precisa do dinheiro. O marido não tinha seguro de vida.

— Ai.

— Pois é. Enfim, que seja. É como dizem: "Não fale mal dos mortos nem do cara que era casado com sua melhor amiga."

— Vocês dois não têm um lance? Você não está apaixonado por ela?

— Não.

— Vocês dois estão solteiros agora.

Andy usou o pé para empurrar um pequeno abajur de plástico de volta para a casa de bonecas.

— Sim, mas, quando nos conhecemos, não estávamos. E ela era casada até o outono passado. Uns seis meses atrás, tentamos ter uma espécie de... momento na porta da casa dela. Parecia lógico. Não sei como explicar, mas não rolou. Foi como tentar colocar uma cena de sexo no meio de um daqueles vídeos exibidos no avião antes da decolagem, mostrando como afivelar o cinto de segurança. Acho que nos conhecemos bem demais. Não que isso tenha convencido a minha mãe.

— Ah, Kell. Ela surtou quando você se divorciou?

— Ela ficou com medo de que as meninas acabassem indo embora com a mãe. Mas, quando descobriu que ficariam a maior parte do tempo aqui, enquanto a Lori meio que ficava sendo a Lori por um tempo, acho que ela entendeu que era melhor assim.

Dean tomou um gole de cerveja, depois inclinou a cabeça para trás até apoiá-la novamente no encosto da poltrona.

— Como estão as coisas com a Lori, afinal? — perguntou ele em voz baixa.

— Estão bem. Somos amigos. Ou pelo menos nos tratamos de maneira amigável. Ela fica entediada de vir até aqui, então só vai até Portland, e eu levo as meninas para lá, para passarem um tempo juntas. E ela liga. Ela ama as filhas.

— Ela simplesmente recomeçou, né?

Andy assentiu.

— Eu não conseguiria ir embora sem elas, se fosse comigo, mas é a vida dela. E é como a Evvie me disse uma vez: os caras fazem isso o tempo todo. Ninguém dá a mínima. E as meninas gostam de Charleston. Elas passam uns dias com a família da Lori, tomam chá adoçado até os dentes caírem e voltam dizendo "Vocês vão comer essa lagosta?" com um sotaque sulista carregado.

— É sempre bom falar uma segunda língua.

— É verdade, pensando por esse lado, poderia ser muito pior.

— Acho que eu diria o mesmo.

Dean tinha passado muitas noites na sala de estar de Andy quando eram mais novos exatamente daquela maneira, esperando. Ele esperou o ensino fundamental e depois o ensino médio passarem, para que pudesse ir para a próxima fase. Mas isso era quando ele sabia o que estava por vir. Agora, seus únicos planos eram jantar e pegar a mala no carro. A parte discernível do futuro tinha se encurtado; a parte que era apenas um muro de neblina se estendia indefinidamente. Ele ainda acordava alguns dias e acreditava, por mais ou menos quinze segundos, que tinha alguma coisa para fazer, até lembrar que não.

O décimo sexto segundo era uma tortura.

Quatro

Calcasset ficava em uma parte do Maine que se adequava bem ao nome Mid Coast, porque ele não significa absolutamente nada, e uma descrição que não significa absolutamente nada é um poderoso indicador de que a modéstia é uma propriedade coletiva do lugar. Até o tempo mudava educadamente: todos os anos, quando o outono começava a substituir o verão, havia manhãs frias avisando que em breve ia ficar gelado de verdade.

Assim que acordou e pôs os pés no chão de madeira frio, Evvie soube que era um daqueles dias em que o outono dava seus primeiros sinais. Preparou chá, comeu uma tigela de mingau de aveia com passas e xarope de bordo e vestiu seu cardigã cinza favorito por cima da camiseta da banda da Calcasset High School (que ainda resistia, quinze anos depois) e da calça jeans. O casaco deixava um rastro de bolotas felpudas por toda parte, mas resistia desde a faculdade. Quando vestia aquele casaco e bebia algo quente, gostava de imaginar que isso lhe dava superpoderes outonais e um certo apelo acolhedor.

Ela poderia trabalhar. Deveria trabalhar. Havia uma vozinha, que ficava cada vez mais alta, dizendo: *Faça alguma coisa, faça alguma coisa*. Tinha e-mails para responder, incluindo um de Nona Powell Brown, professora da Howard, com o assunto "Seu ouvido atento".

Evvie às vezes chamava a si mesma de bisbilhoteira profissional, mas ela era transcritora. Trabalhava principalmente com gravações de entrevistas de pesquisadores e jornalistas, embora também tivesse o que chamava de "clientes endinheirados", que queriam o registro de reuniões ou apresentações do conselho. Ela sabia que parecia entediante para as pessoas que achavam que seu trabalho poderia ser substituído por um bom software. Tim certa vez brincou que seus cartões de visita deveriam dizer: "Para quando a tecnologia por pouco não funcionar." E ela, de fato, via pelo retrovisor a tecnologia e a automação em seu encalço, não que todo mundo com quem trabalhava não passasse pelo mesmo.

Mas ela sempre tinha achado que era algo fabuloso. Significava colocar fones de ouvido e passar horas ouvindo as histórias das pessoas, imitando sotaques, surpreendendo-se com a voz vacilando ou caindo na gargalhada. Muitas vezes, desenvolvia ideias elaboradas sobre como elas eram ou o que vestiam, e pesquisava imagens delas à meia-noite, sentada na cama com o rosto iluminado pela tela do laptop para ver se estava certa. Ela era boa; era capaz de digitar quase com a mesma rapidez com que ouvia, e um repórter do *Boston Globe* dizia que ela era "a única mulher capaz de traduzir murmúrios para o inglês de maneira confiável". Tinha sido ele quem a colocara em contato com Nona, sua cliente favorita, uma economista do trabalho que escrevia o que chamava de "biografias ocupacionais". A última tinha sido sobre a exploração madeireira, e Evvie transcrevera quase duzentas horas de gravação. Ela seria capaz de explicar o que era um operador de sineta. Sabia que a exploração madeireira tinha a maior taxa de mortalidade *per capita* de todas as atividades profissionais nos Estados Unidos. Isso não era útil em festas — ou não seria, se ela fosse a festas.

O e-mail de Nona dizia que ela estava planejando escrever um livro sobre os pescadores de lagosta do Maine e que só ia começar o trabalho dali a pelo menos um ano, mas queria saber se Evvie estaria interessada em ajudar na pesquisa. Não apenas com a transcrição, mas também com as entrevistas e auxiliando Nona a se orientar. Isso seria uma espécie de promoção. "Sempre tento trabalhar com uma pessoa local", escreveu ela, "e naturalmente pensei em você de imediato. Não sei como está sua agenda esses dias, e ainda vou demorar um pouco para começar, mas me avise quando tiver tempo para conversarmos."

Naquele momento, no entanto, o ouvido atento de Evvie estava praticamente em hiato; ela ainda não havia respondido a Nona. Fazia pequenos trabalhos aqui e ali, para não ficar sem dinheiro, mas a ideia de percorrer as cidades ao longo da costa, tendo seu trabalho interrompido por condolências que a fariam pensar de novo em seu casamento, era demais para processar naquele momento. A maioria das coisas era demais para processar.

Então, em vez de responder e-mails de clientes, devorava livros que andavam com ela de mesa em mesa, de cadeira em cadeira, enquanto lia, parava e lia mais, colocando um pedaço de papel entre as páginas para marcar onde parara. Naquele momento, ela já passara de um terço de um grosso romance sulista que queria ler desde que ouvira o autor no rádio falando sobre como tinha crescido morando em cima de um salão de beleza com a família e um macaco de estimação ilegal.

Ela estava deitada no sofá, tentando ignorar a voz que dizia *Faça alguma coisa, faça alguma coisa*, quando ouviu uma batida na porta que só podia ser Andy com o inquilino em potencial. Ela se levantou rápido e foi em direção à porta da frente, mas, no meio do caminho, parou. Seus olhos pousaram na cornija da lareira, onde havia duas velas perfumadas marmorizadas e uma escultura de madeira flutuante que ela detestava, de algum lugar à beira-mar onde ela e Tim haviam comido um sanduíche de lagosta. Abriu a gaveta da escrivaninha no canto e pegou a foto de casamento em um porta-retratos prateado. Tinha adorado o gazebo; odiara o vestido. Mas, posicionada entre as velas, a foto talvez testemunhasse a seu favor, atestando que ela estava sofrendo de maneira adequada e não era um *monstro, monstro*. Ela foi até a porta.

Quando a abriu, Andy não estava lá. Havia apenas um homem, surpreendentemente alto, com olhos verdes e cabelos escuros com alguns fios grisalhos. O braço esquerdo estava mais bronzeado, provavelmente por tê-lo deixado apoiado na janela do carro.

— Ah — disse ela. — Oi.

Andy não havia mencionado que o tal amigo era particularmente bonito, mas era provável que ele nem tivesse reparado. Andy era um cara legal, mas muito tapado em relação a essas coisas.

— Evvie — disse ele.

— Aposto que você é o Dean — disse ela, estendendo a mão.

Ele apertou a mão dela.

— Prazer em conhecê-la. Espero que não se importe. Achei que, se trouxesse o Andy, talvez você se sentisse forçada a dizer sim para que ele calasse a boca, então preferi deixá-lo em casa.

Ela olhou para os olhos dele, os pulsos, as maçãs do rosto altas, todos os anos de sol em sua pele e o fato de não parecer tão jovem quanto ela havia imaginado.

— Tudo bem, entre, não tem problema.

Lembrando-se de soltar a mão dele, Evvie deu um passo para o lado, e ele passou por ela para entrar na casa. Ao fechar a porta, ela se defrontou com o ombro dele e sentiu um cheiro de roupa limpa e talvez de bacon, que imaginou que Andy tivesse colocado diante dele a manhã toda, ao lado dos waffles congelados que as garotas gostavam de comer nos fins de semana.

— Quando chegou à cidade? — perguntou ela.

Ele deu uma olhada na sala por um instante.

— Ontem à tarde. Fiquei matando a saudade do Andy e das meninas. Já fazia alguns anos que não nos víamos.

— Parece divertido. As meninas perguntaram onde você mora? Elas estão muito interessadas em geografia ultimamente. Mapas e globos, o relevo do litoral.

— Perguntaram. Tive que prometer levar as duas para andar de metrô um dia. Acho que vão ficar decepcionadas por não se parecer tanto com uma montanha-russa quanto no mapa.

— A Lilly chamou você para brincar de Doutora Brinquedos?

— Chamou. Ela foi muito minuciosa. Devo voltar em seis meses para um acompanhamento.

Evvie assentiu.

— Cuidado nunca é demais, definitivamente.

— Já estive em mãos piores.

Ele sorriu, cerca de um terço de sorriso. Era um terço de sorriso interessante.

— Então você veio de carro de Manhattan? Quanto tempo demorou?

— Oito horas, mais ou menos.

— Caramba.

— É. A boa notícia é que dá para ouvir bastante rádio.

— Do que você gosta? Mesas-redondas e coisas assim?

— Ah, não. Idiotas que não praticam esportes discutindo por causa de esportes não é minha ideia de diversão — disse ele. — Gosto mais de ouvir a rádio pública.

— Ei, eu também — disse ela. — Ou podcasts.

— Meu irmão está tentando me convencer a ouvir podcasts. Sempre fico achando que vão ser três caras no Skype chapados falando sobre bandas que ninguém conhece. Que tipo de podcasts você escuta?

— Um sobre música, outro sobre design, alguns sobre política quando consigo aguentar. Alguns que são apenas, você sabe: "Hoje no nosso programa, um homem que aprendeu tudo e, ao mesmo tempo, nada." Essas coisas. E um em que um cara resume livros de terror. Não sei muito bem por que comecei a ouvir esse; não gosto muito de terror.

— É bom saber um pouco sobre as coisas das quais a gente não gosta — comentou ele.

Ela riu.

— É assim que encaro a *Sports Illustrated*, sem querer ofender.

— Ah, não fico nem um pouco ofendido.

— Então — disse ela —, esta é a casa. O anexo fica nos fundos. Não tem uma entrada separada, então você teria que entrar por aqui ou pela porta lateral da cozinha, que tem acesso pelo quintal. Mas é uma linha reta — ela mostrou o caminho para ele — passando pela cozinha, e a porta é esta, bem aqui. — Ela mantinha a porta da edícula fechada, e o aquecimento não estava ligado, então estava um pouco gelado lá dentro. — Normalmente, fica agradável e quentinho aqui dentro, juro.

Ele entrou atrás dela e fechou a porta, e então eles ficaram parados no meio de todo aquele carpete bege com a luz cinzenta do céu nublado que entrava pelas grandes janelas. Ela estendeu a mão e puxou a corrente da lâmpada do teto, mas, depois de dar umas voltas pelo lugar, Dean estendeu a mão e a desligou novamente. Ele foi até a porta do banheiro e a abriu. Em seguida, a fechou de novo e voltou para onde Evvie estava. Ele parecia estar alongando um ombro dolorido ao abrir e fechar a geladeira na pequena cozinha. Por fim, voltou e ficou parado, com as mãos nos quadris.

— Tenho a sensação de que eu deveria fazer algumas perguntas.

— Você tem perguntas?

— Não sei.

— Bem — disse ela —, deixe-me pensar em respostas. Você pode receber quem quiser, é claro, isso não me incomoda. Normalmente, fico trabalhando no andar de cima ou na sala de estar, por onde você entrou. Tem essa pequena cozinha aqui, mas, se precisar de alguma coisa da cozinha grande, há espaço de sobra.

— A única coisa que eu sei fazer bem é queijo quente — disse ele. — E Pringles. Eu também sou bom com Pringles.

— Só tubos de Pringles ou, tipo, você cozinha com Pringles?

— Só Pringles. Eu compro, abro a embalagem e enfio direto na boca.

— Ah. Entendi. É o que eu faço com Oreos — declarou ela.

Ele sorriu, e ela explicou sobre a máquina de lavar e a secadora, a churrasqueira a gás do lado de fora e o espaço ao lado da casa onde ele poderia deixar o carro.

Ele deu uma olhada no espaço vazio.

— Parece ótimo, perfeito. Eu sei que você não tinha certeza sobre alugar. Já que não me conhece e tudo o mais.

— Pensei melhor depois de falar com o Andy. Faz muito sentido. Pode ser por tempo indeterminado, você não precisa se comprometer com uma coisa — ela gesticulou —, uma coisa muito longa que não seja conveniente para a sua situação. Tenho mais espaço do que o necessário.

Ele assentiu lentamente.

— Regras da casa? Outras coisas?

— É proibido fumar. Tem animais de estimação?

— Não tenho animais de estimação e também não fumo. A propósito, história verídica: um amigo meu tinha um dogue alemão que tentava comer os Marlboro Lights dele. Foi parar no veterinário por causa disso uma vez.

— Bem, pelo menos eram *light*.

— Sim, ele ficou bem. Você não gosta de cachorros?

— Gosto. Sempre quis ter um, mas acabei nunca resolvendo isso.

— Ah, acontece. O Andy disse que você está pedindo oitocentos dólares, certo?

— Para ser sincera, Andy está pedindo oitocentos dólares — disse ela. — Ele que cuida de todas as minhas negociações.

— Parece razoável. — Dean sorriu e olhou pela janela, onde a maior árvore do quintal se agitava. — Está começando a ventar.

Eles ficaram em silêncio. Ela ouviu um carro passar lá fora e mais vento. Um monte de folhas voou pelo quintal.

— Parece um dia perfeito para uma xícara de chá — disse ela por fim. — Imagino que você goste de Gatorade ou algo assim. Você toma chá?

— Quando está frio, tomo sim — respondeu ele. — Gatorade quente não é bom.

Eles foram para a cozinha e se sentaram um diante do outro na mesa de madeira. Ela desejou ter jogado fora o punhado murcho de salsa que estava guardando em uma jarra de água.

— Então você e o Andy cresceram juntos em Denver. — Ele fez que sim com a cabeça. — E o que aconteceu depois?

— Fui para a Universidade de Cornell jogar beisebol. Me formei, fui convocado, joguei na segunda divisão em algumas equipes, depois fui jogar no Marlins, em 2008.

— Mi... ami Marlins? — arriscou ela.

— Isso. Mas, naquela época, antes de comprarem o novo estádio, era Florida Marlins. Então morei em Miami por alguns anos, depois fui negociado para o Yankees e me mudei para Nova York. E agora estou desempregado. E você?

— Nada nem de longe tão interessante. Cresci aqui, em Calcasset. Meu marido, Tim, e eu estudamos na Universidade do Sul da Califórnia, e ele fez medicina lá. Em seguida, Tim fez a residência em Portland. Eu morava aqui, então era uma relação a semidistância. Depois ele se mudou para Calcasset, nos casamos e compramos esta casa. Isso faz quatro anos.

Quando ele olhou imediatamente para o chão, ela supôs que Andy tivesse lhe contado como a história terminava, pelo menos até onde Andy sabia. A versão dele não tinha ela no carro com a certidão de nascimento e um maço de dinheiro.

Dean olhou para Evvie.

— Sinto muito pelo que aconteceu, a propósito — disse ele.

— Obrigada. — Ela assentiu. Sua mente estava procurando opções, procurando mais alguma coisa para perguntar. — Quanto tempo está pensando em ficar?

— Não sei. Uns seis meses? Um ano, no máximo. Vou ter que voltar para Nova York, que é onde está minha vida de verdade. Mas, agora, eu meio que preciso clarear as ideias. — Ele sorriu. — Isso é o máximo que planejei por enquanto.

Ela balançou a cabeça.

— Sei bem como é.

A quantidade de tempo que pessoas que acabaram de se conhecer devem se encarar, principalmente sem dizer nada, é uma medida muito curta e muito precisa. Quando excede o limite, você fica desconfiado, ou se sente ameaçado, ou tem um lampejo de intimidade acidental, como se tivesse espiado a pessoa nua por uma fresta da porta do banheiro. Os dois sorriram e acabou.

— Tudo bem — disse ela. — Então acho que você deveria ficar. Com o anexo. Acho que deveria ficar com ele. — Ela percebeu que ele estava ponderando se deveria dizer algo. — O que foi?

— Estou aqui pensando se devo prometer a você que não vou fazer nenhuma pergunta indiscreta ou algo assim.

Ela ergueu uma das sobrancelhas.

— Você precisa que *eu* prometa a você que não vou fazer nenhuma pergunta indiscreta?

Agora ele pareceu um pouco mais sério.

— Acho que deveríamos fazer um trato. — Ela olhou para ele, esperando que continuasse. — Você não me pergunta sobre beisebol, e eu não pergunto sobre seu marido.

Ela pestanejou.

— Não perguntei nada sobre beisebol.

— Eu sei. E não perguntei nada sobre seu marido.

— Mas você quer fazer um acordo oficial.

Ele esfregou os olhos.

— Não sei quanto você sabe, Evvie, mas tive um péssimo ano. Uns dois anos péssimos. E falei muito sobre isso. E acho que talvez você esteja na mesma posição. Se concordar, estará me fazendo um favor, e vai me fazer um favor ainda maior se pudermos só agir normalmente. Vou dizer oi, você pode dizer oi, e não faremos, sabe, esse negócio da mulher misteriosa e triste nem do fracassado... exilado.

Ela semicerrou os olhos de leve.

— Então, por exemplo, não vou dizer que "fracassado" e "exilado" me parecem palavras um pouco injustas.

— E eu não vou perguntar por que "mulher misteriosa e triste" não parece.

Ela estendeu a mão por sobre a mesa. Em vez de segurá-la como em um aperto de mão, ele pegou a mão dela com a esquerda.

— Negócio fechado? — perguntou.

Ela assentiu, notando as sardas na parte de trás do pulso dele.

Ah, pare com isso.

Cinco

ALGUNS DIAS DEPOIS, Evvie estava enfiando a segunda notificação de atraso da conta de luz na gaveta da cozinha quando ouviu um estrondo vindo do anexo. Ela foi até lá, bateu na porta e Dean a abriu.

— Oi.

— Oi — disse Evvie. — Tudo bem?

— Sim, sim — respondeu ele —, desculpe pelo barulho. Derrubei uma das caixas da bancada. Nunca é a caixa com os lençóis, sabe? É sempre a que faz parecer que você tentou assassinar um robô jogando-o escada abaixo.

Evvie riu.

— Está conseguindo se virar? Fiquei em dúvida se tinha explicado como abrir as janelas.

— Ah, sim, você explicou, elas estão abertas, está rolando uma brisa. Quer entrar? Estou desfazendo as malas. Tive sorte naquela loja de segunda mão. Comprei móveis, pratos e minha frigideira para fazer queijo quente.

Evvie espiou lá dentro.

— Você não comprou cama.

— Já encomendei. A Diane me disse que um colchão usado poderia ter percevejos.

— Mulher inteligente. Você pode ficar no quarto de hóspedes até chegar.

— Não precisa. Eu dormia em poltronas de avião com caras que cuspiam tabaco o tempo todo, posso ficar mais alguns dias na casa do Andy. Tenho certeza de que a Lilly quer que eu volte hoje à noite para dar uma olhada nos esboços de um super-herói que ela inventou. O pai dela contou que eu gosto do Batman.

Ela entrou na casa anexa, que ficava muito diferente com *coisas* dentro. Até as caixas faziam com que tivesse um ar diferente, e havia um par de poltronas grandes e confortáveis de frente uma para a outra.

— Batman, é? Você é um *desses* caras.

— Sim. Fui à Comic-Con de San Diego alguns anos atrás, fantasiado. Traje completo, um grande capuz sobre o rosto. Perdi dois dias de treino e fui multado, mas valeu a pena.

— Por quê?

Ele parou de tirar coisas de caixas.

— Eu sempre quis ir e nunca tinha ido. Vi uma foto de um cara que estava vestido de Boba Fett, sabe, de *Star Wars*?

— Eu sei quem é Boba Fett.

— Enfim, eu achava que a Comic-Con seria o único lugar onde eu poderia usar uma máscara e ainda assim passar despercebido. Provavelmente, foi o mais normal que consegui ser naquele ano, perambulando por lá com uma fantasia de super-herói.

Ela sorriu.

— Talvez fosse por isso que Bruce Wayne usava uniforme.

Ele riu.

— É, talvez.

— Bem, parece que o Esther's Attic foi um ótimo negócio para você — disse ela. — Não compro nada lá há séculos, mas ela é incrível. A Diane, não a Esther. A Esther morreu quando eu estava no ensino médio. Mas a Diane sabe dizer de onde veio cada uma das coisas que tem naquela loja. Eu estava prestes a comprar um suéter uma vez quando ela me disse que meu dentista o tinha levado para lá, com uma pilha de coisas da mãe depois de a levarem para um asilo. Não consegui. Achei que já era ruim o suficiente eu ter me interessado por um suéter de senhorinha sem literalmente comprar o suéter de uma senhorinha.

— Ela falou bem de você. — Ele ergueu os olhos das caixas. — Jurou que você seria uma senhoria muito legal. Colocou a mão sobre o peito quando disse seu nome e tudo o mais.

Evvie suspirou.

— Argh. Posso imaginar. Muitas pessoas vão lhe dizer que eu sou muito legal, o que significa que têm muita, muita pena de mim e estão muito preocupadas com o trabalho que vai ser encontrarem um novo médico.

— Ela disse que você era uma guerreira.

— Sim, isso parece mesmo algo que ela diria.

— Conheci o cachorro dela.

— Ah, Ziggy.

— Sim. Ela disse que ele é um... *fluffernutter*, é isso? Quase me matou de susto. Achei que era um cachorro empalhado, e então ele começou a vir na minha direção. Acho que quase dei um berro.

— Ele é um *goldendoodle* mini. No Natal, ele usa uma galhada de rena. No St. Patrick's, um chapéu com fivela.

— Mal posso esperar.

— Fora isso, gostou da cidade?

— Sim. Gostei. É bonita e tranquila. É, hum...

— Pitoresca? Excêntrica?

— Branca. É muito, muito branca.

— Ah — disse Evvie. — Você percebeu isso, né? Sabe, o Maine é o estado com a população mais branca do país. A mais velha também. Faz um frio congelante no inverno, fica apinhado de turistas no verão. O lado positivo: lagosta.

— O que as pessoas fazem aqui para se divertir?

— Às vezes, os adolescentes atiram tijolos nas janelas da nossa fábrica de calçados abandonada. — Ela fez uma pausa. — Não era isso que você tinha em mente quando pensou em "diversão"?

Ele sorriu e colocou um liquidificador na bancada.

— Parece que ninguém está nem aí para beisebol, o que é bom.

Evvie riu enquanto se sentava em uma das poltronas e inspecionava o estofamento do braço.

— Isso não é verdade. As pessoas não dão a mínima para a primeira divisão do beisebol. Mas se interessam profundamente por beisebol, eu garanto.

Ele franziu a testa.

— Sério?

— Você está na cidade do Calcasset Claws — disse ela.

Dean olhou para ela, intrigado, e Evvie ergueu os dedos em um V deitado. Ele apenas a encarou.

— Você não viu os adesivos de "Vai, Claws"? A Esther tem um na vitrine, acho.

— Ah — disse ele. — Então era isso. Ei, quer água?

Evvie assentiu, e ele jogou uma garrafinha de plástico para ela.

— Nós tínhamos um centro de formação do Atlanta Braves nos anos 1980, mas acabou fechando, e, alguns anos depois, veio o Claws, que joga no mesmo campo. Eles fazem parte da Liga do Atlântico Norte. Times de segunda divisão não afiliados à liga nacional.

Ele deu um impulso para se sentar na bancada da cozinha.

— Tudo bem? — perguntou ele, gesticulando para sua posição na bancada.

Ela fez um gesto indicando que não tinha problema.

— Então o Claws é grande.

— Gigante. Mas houve um escândalo alguns anos atrás.

Ela ergueu e abaixou as sobrancelhas.

— Não me diga.

— Intriga na corrida de caixas de cereal. — Ela se virou na poltrona e ficou sentada de lado, com as pernas penduradas sobre um dos braços largos e macios. — Em todos os jogos em casa, entre o terceiro e o quarto *innings*, três crianças da cidade vestem umas fantasias de espuma no formato de caixa de cereal. Há uma caixa de Cheerios, uma caixa de Wheaties e uma caixa de Chex. Elas percorrem as bases e quem chega primeiro, ganha uma bola autografada e um vale para gastar na lanchonete Dairy Queen.

— Uau, Dairy Queen! — disse ele, ironicamente. — Prêmio de luxo.

— Exatamente. Como você pode imaginar, é muito sério. E todo mundo na arquibancada pula e derruba cerveja, você sabe, gritando "CHEEEERIOOOOS!" ou "WHEEEEEEATIEEEES!" Enfim. Tem um garoto chamado Mike Parco, que na época tinha oito anos e era um verdadeiro e completo idiota. Eu sei que não é legal dizer coisas assim sobre crianças, mas, eu juro, seriam necessários pelo menos dois divórcios para que a maioria dos homens ficasse tão cruel quanto aquele fedelho. A mãe dele, Talley, era dona da barraca de sanduíche de lagosta no estádio, e todo mundo sabia que, na época, ela estava dormindo com o Doug Lexington, responsável pelas atividades com os fãs. Tipo, fala sério.

Dean sorriu para ela.

— Ah, Talley.

— Então, provavelmente tirando vantagem disso, Mike correu usando o traje do Cheerios por uns dez jogos seguidos. Mas o conchavo pode colocar você na fantasia, mas não faz ninguém correr mais rápido, então ele nunca ganhava. E Talley começou a reclamar que era a fantasia. Ela achava que as corridas de caixas de cereal eram *manipuladas*. Então, escreveu uma carta para o *Calcasset Neighbor*, exigindo que alguém fizesse alguma coisa a respeito dessa injustiça e restaurasse a confiança do público.

— Rapaz, eis uma mulher disposta a tudo para ganhar um sorvete de graça.

Evvie riu.

— Não é? Ou seja, ela armou o *maior* escândalo e, finalmente, veio a notícia: Mike Parco ia usar a *caixa de Wheaties* no jogo contra o Concord. Quando chegou a grande noite, já tinha de tudo nessa história: sexo, esporte, corrupção... Então todo mundo estava lá. *Todo mundo*. Você poderia ter entrado em qualquer casa da cidade e feito uma limpa. Poderia ter levado absolutamente tudo. E as pessoas não estavam no estádio para ver o jogo; estavam lá por causa da *corrida de caixas de cereal*. Não por amor à comunidade, nem imbuídas do espírito municipal; as pessoas estavam lá porque *queriam saber quem ia ganhar a corrida de caixas de cereal*. É a coisa menos edificante que já uniu uma cidade. É o oposto do final de um dramalhão.

Ele assentiu.

— Não vou mentir; isso não aconteceria em Nova York.

— Sim. Um brinde a Mid Coast, no estado do Maine, lar de um número surpreendente de pessoas que não têm nada para fazer às sextas-feiras. — Ela sorriu, erguendo a garrafa de água. — Então o Mike ia vestir a fantasia de Wheaties. E quem ia vestir o traje de Chex era o filho do Dutch Halloran, que nós chamamos de Dutch Dois, porque o nome verdadeiro, Addison, não combina com ele. E quem ficou com a caixa de Cheerios supostamente amaldiçoada foi Bree Blythe Netherington, a menor garota do terceiro ano. Na verdade, a Bree é tão baixinha que temos quase certeza de que ela não conseguia enxergar pelo buraco para os olhos.

Dean deu um tapa com a mão na testa.

— Ah, não.

— Ah, sim. Então eles estão todos parados lá e, enfim, Denny Paraday, que joga na segunda base e está fazendo as vezes de mestre de cerimônias, diz: "JÁ!", e eles saem correndo. E eles meio que correm tropeçando em tudo até a primeira base, e a Bree é tão pequena que a fantasia bate nos tornozelos, mas, por razões que desafiam as leis da física, ela *sai em disparada*. E é a primeira a chegar à primeira base, só que as bases de verdade foram removidas, para as crianças não tropeçarem. E, como ela não consegue enxergar, continua correndo e claramente vai dar de cara com a placa de Aquecimento e Encanamento Justos na cerca do campo direito. Alguém grita: "Vire, Cheerios!" Aí ela gira e, com uma espécie de GPS interno ou ímãs na cabeça ou sei lá, ela vai direto para a segunda base. Ela parece um *cão de caça*. E, quando chega lá, as pessoas têm que repetir: "Vire, Cheerios!" Ela vira.

"Depois que elas a ajudam a virar na terceira base, a impressão é de que ela vai ganhar. O Mike está na frente do Dutch Dois, mas ainda mais ou menos um passo atrás da Bree. Aí, alguém tem a impressão de que ele tenta fazer a menina tropeçar. Começam a gritar: 'Wheaties está roubando! Wheaties está roubando!' Mas a Bree continua de pé. Ela vai vencer. Então, e absolutamente todo mundo vê dessa vez, de dentro da caixa de Wheaties de Mike surge um pé, ele o coloca bem na frente dela, ela tropeça e cai de cara em quinze centímetros de espuma. Então o Mike cruza a *home base* e a Bree fica caída no chão, com as mãos e os pés se agitando para fora da fantasia. Ela parece uma tartaruga de espuma. Na forma de uma caixa de cereal."

— Imagino que alguém tenha ido ajudá-la. Quer dizer, ela não pode ter ficado lá caída.

Evvie soltou uma gargalhada.

— Não, não. Ela não ficou. As pessoas a levantaram, e a mãe dela postou o vídeo no YouTube com o título: "O vídeo que a Barraca de Sanduíches de Lagosta do Claws não quer que você veja". No fim das contas, revogaram o vale-presente do Mike, e a Bree ganhou produtos da Dairy Queen por um ano. O responsável pelas atividades com os fãs, Doug, ficou com vergonha e terminou com a Talley, e ela teve que largar a barraca de sanduíche de lagosta, então agora é gerente de uma farmácia em Camden. O Mike foi banido das corridas de caixas de cereal pelo resto da vida, em parte porque, depois de ser obrigado a pedir desculpas em público, foi até o microfone em um jogo e fez barulhos de peido com o cotovelo. — Evvie tomou um longo gole de água. — É tudo verdade. Juro por Deus.

— Não surpreende que eles não estejam nem aí para mim.

Ela sorriu.

— Acredite, eles sabem tudo sobre você. É só um mercado de fofocas diferente. Estão preocupados com o Claws, com o estado precário do campo de futebol da escola, com o destino das lagostas do Maine, com o fluxo de turistas. Tenho certeza de que foi por isso que o Andy achou que seria um bom lugar para você dar um tempo. Eles são apenas...

— Nada mesquinhos?

— Ah, não — disse ela enquanto descolava o canto da etiqueta da garrafa. — Eles são muito mesquinhos. Mas são mesquinhos com as pessoas daqui, mais do que com as pessoas de fora. Só invadem sua privacidade se te conhecem desde que você era criança.

— Eles te conhecem desde que você era criança.

Ele olhou para ela.

— Verdade — respondeu ela lentamente. Não tinha reparado no barulho da geladeira, mas naquele momento o eletrodoméstico parou, e de repente Evvie ouvia com nitidez a falta de ruído. — Enfim. O que você vai fazer enquanto estiver aqui? Imagino que não queira entrar no mercado de lagosta.

— As placas locais certamente dão a entender que é uma boa opção, ainda mais agora que parece que não vou conseguir trabalhar na fábrica de sapatos como esperava.

— Ah, o mercado de lagosta é coisa séria. Era o que meu pai fazia. Ele comprou o próprio barco quando eu era pequena, e teve esse barco até alguns anos atrás, quando se aposentou.

— Ele ainda está com sua mãe?

— Não. Minha mãe se mudou para a Flórida quando eu tinha oito anos. Ela se casou de novo, com um cara do setor imobiliário, e agora faz joias para turistas. A última vez que tive notícias, ela estava fazendo algo com vidro do mar e moedas de dez centavos. Não me pergunte que estética é essa.

— Talvez ela tenha se inspirado naqueles caras que ficam na praia com detectores de metal. Eu via muito disso em Miami.

— Imagino. Enfim, me conte seus planos.

— Ler Vonnegut. Escrever poesia. Eu toco um pouco de ukulele. Faço esculturas de madeira flutuante.

De repente, ela se deu conta de que suas sobrancelhas estavam unidas e relaxou a expressão.

— Ha ha.

— Era uma piada.

Evvie revirou os olhos.

— Aham, engraçadíssimo.

Ele riu.

— Não tenho certeza. Nada de beisebol. Só... ficar no Maine, eu acho. Provavelmente passar algum tempo com o Andy. Estou meio que de férias de tudo.

— Para ser sincera, eu teria pensado que Nova York seria um ótimo lugar para isso, para se misturar na multidão.

— Para a maioria das pessoas, sim — disse ele, em seguida inclinou a cabeça de leve para indicar quantas coisas havia para dizer e sobre as quais eles não iam falar.

Ela se levantou.

— Tudo bem, justo. Bem, é melhor eu ir trabalhar um pouco.

— Ah, sim. O Andy disse que você trabalha com jornalistas.

— Pois é. Estou transcrevendo uma entrevista que um dos meus clientes fez com uma artista muito famosa, cujo nome rima com... Baylor Biffed. E Baylor tem muitas histórias incríveis para contar.

— Baylor não chega a seus pés — disse ele, voltando a desembalar algumas caixas. — Você sabe contar uma boa história.

Ela sorriu.

— Se isso for verdade, é resultado de todos os anos ouvindo outras pessoas contarem histórias.

— Queria agradecer por tudo isso — disse ele quando ela parou junto à porta.

— Agradecer pelo quê?

— Por, você sabe, me dar um lugar para ficar. Pela história das caixas de cereais.

— Ah. Bem. De nada. Se quiser ver o Claws jogando, me avise; a temporada vai recomeçar na primavera, se ainda estiver aqui. — Ela fez uma pausa. — Isso é estranho? Levar você ao jogo?

— Por eu ser um caso perdido que teve um colapso mental?

Ela levantou a mão.

— Deixa para lá. Estou perguntando sobre beisebol. — Ela fez uma pausa, depois meneou a cabeça. — Tudo bem. Nos vemos por aí.

Seis

ERA UM DIA BONITO para uma cerimônia de plantio de árvores, Evvie teve que admitir.

Decididamente frio, ela diria, embora isso só a fizesse querer uma taça de vinho mais do que já queria. Andy a encontrou no estacionamento, e eles atravessaram o gramado até o banco de pedra. Lá estava o dr. Schramm. Lá estavam o amigo de Tim, Nate, e a enfermeira favorita de Tim, com quem Evvie sabia que ele flertava sem parar. Havia algumas outras pessoas que ela não reconheceu, talvez de Camden ou Portland, com casacos de outono e expressões tristes. E havia um buraco com uma muda de árvore dentro. A única coisa que restava a fazer era colocar de volta a terra que tinha sido retirada do buraco, da mesma maneira que haviam feito um ano antes, em um dia parecido, em companhias parecidas, quando o enterraram.

Evvie encontrou a mãe e o pai de Tim entre os rostos abatidos. Lila estava embrulhada em um casaco azul-marinho, com os cabelos quase completamente grisalhos presos em um coque. Pete estava com o braço em torno dela, e os dois olhavam para o que parecia ser o mesmo ponto no chão diante deles. Evvie foi até lá, esforçando-se para dar cada passo como se estivesse afundando na grama, mesmo sabendo que não podia estar. Quando ela chegou perto, Lila se levantou e a abraçou.

— Olá, querida — cumprimentou ela, apertando-a com firmeza. Ela cheirava a rosas, como sempre, mesmo agora. Havia borrifado aquele perfume em Evvie na noite do baile de formatura e no dia de seu casamento.

— É bom ver vocês. Estou muito feliz por estarmos fazendo isso — disse Evvie.

Lila merecia que isso fosse verdade, e, no momento em que Evvie a sentiu acariciar suas costas, foi.

— Ainda não consigo acreditar.

— Eu sei. Eu sei.

Evvie apoiou a mão na nuca de Lila.

Paul Schramm se aproximou deles e disse baixinho, principalmente para Pete:

— Vamos começar.

As duas se afastaram e Lila se sentou ao lado do marido, que estendeu a mão e, com um sorriso sereno, apertou a de Evvie.

O dr. Schramm começou a falar para o pequeno grupo sobre como todos estavam naquele lugar reunidos com a finalidade de se lembrar de um dos médicos mais generosos e um dos melhores homens que todos ali já haviam conhecido. Andy estava com o braço em torno dela, e ela se aconchegou um pouco junto ao corpo dele. Tinha certeza de que algumas das pessoas em pé ao redor daquele pequeno buraco na terra, olhando para uma árvore que ainda nem era árvore, tiravam conclusões equivocadas. Sobre os cafés da manhã deles juntos, e sobre o fato de as filhas dele pularem nos braços dela com tanta familiaridade. Evvie tinha certeza de que havia conversas a esse respeito, algumas animadas, outras questionando se ela não estava seguindo em frente cedo demais, assim como havia conversas sobre todo o resto. E por que não? Aquilo devia ser uma fofoca muito mais quente do que as corridas de caixas de cereal.

Às vezes ela se perguntava se as pessoas algum dia acharam que ela era boa o suficiente para o médico. Para elas, Evvie havia passado diretamente de filha do pescador de lagosta para esposa do doutor e, como não sabiam de nada, achavam que tinha sido uma ascensão. Era por isso que ela sabia, sem sombra de dúvida, que a reputação de uma pessoa, em muitos aspectos, era uma mentira.

Tim tinha uma natureza encantadora para quase todo mundo que não havia se casado com ele. Era especialmente gentil com pacientes e funcionários, porque faziam com diligência tudo que ele mandava e, quando não faziam, ele tinha motivos para sustentar que deveriam ter feito. A própria Evvie o considerava um ótimo namorado no ensino médio e na faculdade.

Nos anos seguintes, quando Tim a levava a festas de Natal e Evvie não queria dançar, ela sabia que isso só fazia com que o amassem ainda mais. Todos diziam: "Ah, Eveleth, não seja boba." Ela dizia que não, que não estava se sentindo bem, e então eles olhavam para Tim com compaixão, tipo *Que homem bom você é por amar essa mulher*. Eles não teriam acreditado que as razões pelas quais ela raramente sentia vontade de dançar com ele tinham a ver com a maneira como ele se comportava em casa. Ela sabia que, para a maioria das pessoas, ele emanava uma espécie de brilho. Provavelmente sabia melhor do que qualquer um, porque havia renunciado a mais coisas do que qualquer um em troca disso.

Evvie tinha quase dezesseis anos naquele dia de março, durante o segundo ano no ensino médio, em que Tim a encontrou sozinha, encharcada e sem opções. Ela havia acabado de voltar de Augusta em uma viagem da banda, usava um casaco de lã e levava a caixa do clarinete debaixo do braço. O ônibus chegara às 16h20 e o pai deveria buscá-la dez minutos depois. Mas já eram cinco e meia da tarde e estava chovendo. Se o pai ainda estivesse trabalhando, ela não ia querer incomodá-lo, mesmo que conseguisse encontrar um telefone. Tentou pensar em algum conhecido, mas a maioria de seus amigos também estava na banda e já tinha ido embora com os pais ou saído de carro em duplas ou trios, rindo e acenando. Evvie estava começando a se perguntar como, exatamente, ia voltar para casa quando um Lexus azul parou à sua frente, junto ao meio-fio. A placa dizia DR8KE, o que não permitia uma leitura bem certa.

Ela e Tim Drake estavam na mesma turma desde a segunda série, mas ela não o conhecia muito bem. Ao mesmo tempo, a turma era pequena, então ela sabia o suficiente. Sabia que o pai dele era advogado, que a mãe tinha um casaco de peles de verdade, que a irmã era três anos mais velha e que o cachorro deles se chamava Kenny, supostamente em homenagem à cidade de Kennebunkport, onde a mãe crescera. Evvie e Tim faziam duas aulas juntos, e ele havia segurado a porta para ela não fazia muito tempo, abrindo um sorriso simpático. Fora isso, eram praticamente estranhos.

Ele abaixou a janela do carro.

— Ei, Evvie. Foi você que chamou um táxi?

Ela franziu a testa.

— O quê? Um táxi? Não.

Ele desviou o olhar, sorriu e olhou para ela de novo.

— Precisa de uma carona? Estou perguntando se você precisa de uma carona.

Ela riu.

— Ah, meu Deus, me desculpe, sim. Isso faz sentido, me desculpe. — Estava chovendo um pouco mais forte. — E... quero dizer, sim, uma carona. Uma carona seria ótimo.

— Tudo bem, a porta está aberta.

Ela correu para o outro lado do carro.

— Obrigada — disse, ao perceber que estava molhando o banco do carro. — Acho que meu pai se esqueceu de me buscar.

— Tudo bem. Eu me lembrei.

Ele cheirava a chiclete de canela.

— Obrigada.

— De nada. — Eles ficaram sentados no carro sem se mexer. — Você mora perto do mar, não é?

— Ah! Isso! Desculpe, moro na Wexler. Sabe onde é?

— Você mora perto da livraria.

— Sim, você vira na livraria, e a minha casa fica logo depois, descendo a colina.

— Você se importa se pararmos?

— Na livraria?

— É. Eu gosto de lá.

Evvie estava com frio e encharcada, sem ter como voltar para casa. Um cara que cheirava a canela ia dar carona para ela em um Lexus e agora queria parar no sebo.

— Tudo bem — disse ela. — Parece ótimo. Não estou com pressa.

Ela não acreditava em como os limpadores de para-brisa do carro dele eram suaves. Eles emitiam um zumbido elétrico tênue e relaxante, nada parecido com o *flap-flap*, *flap-flap* dos limpadores da caminhonete do pai dela. Enquanto deslizavam pela cidade na escuridão que se aprofundava, ela sentiu... uma coisa. E olhou para ele.

— Hum... — disse ela. — Acho que... parece que...

— Ah, são assentos aquecidos — disse ele. — Muito bom, né?

Garoto bonito, carro seco, uma ida à livraria e agora uma bunda aquecida. Era como se o universo tivesse esquecido seus primeiros quinze aniversários e os estivesse condensando em um grande presente.

— É. Esse carro é *seu*? É muito legal.

— É meu — afirmou ele. — É novo. Um dia, quando não estiver chovendo, eu abro o teto solar para você.

Um dia. Ele tinha feito um futuro existir em um piscar de olhos. Era tipo feitiçaria.

— Acabei de tirar minha carteira provisória — comentou ela. — Moro com meu pai, e só temos a caminhonete dele. Quero arrumar um emprego para poder comprar um carro, mas não sei se vou conseguir.

— Meus pais me deram de aniversário — disse ele, como se não a tivesse ouvido. — É parecido com o que eles dirigem.

Eles conversaram um pouco sobre as aulas e sobre a nova casa para a qual a família tinha acabado de se mudar, uma grande construção vitoriana que pertencera a um empresário do ramo imobiliário local chamado Van McCrea. Evvie contou a ele uma história que ouvira do pai sobre quando a esposa de Van colocou fogo na cozinha enquanto tentava fritar um peru inteiro dentro de casa no Dia de Ação de Graças, e ele garantiu que não dava mais para ver nenhum vestígio de fuligem. Então, ele estacionou em frente à Breezeway Books, uma casinha convertida em livraria, se por "convertida" você estiver querendo dizer "preenchida com estantes que abrigam tantos livros usados que mal há espaço para andar, então, tome cuidado e mantenha os cotovelos junto ao corpo".

Dava para encher uma sacola de compras com livros por dez centavos cada, então Evvie perambulou pegando romances e livros policiais até sua sacola estar pela metade. Ela virou no fim de um corredor onde uma placa de papelão escrita à mão com pilot dizia "ciência" e deu de cara com Tim, que segurava um exemplar de um livro de capa dura intitulado *O homem e suas doenças*. Ela arregalou os olhos.

— Vou ser médico — declarou ele. — É por isso que... é por isso que estou segurando este livro.

Ela riu. O garoto com o carro seco e os assentos aquecidos que gostava da livraria ia ser médico. E ele era engraçado.

— Ah. Por um segundo, fiquei um pouco preocupada. Você sabe, com você.

Ele sorriu.

— Você tem um sorriso bonito.

Ela nunca teve a menor chance.

Uma brisa trouxe Evvie de volta à homenagem póstuma. Uma das enfermeiras estava lendo um poema. Alguma coisa com anjos. Alguma coisa que rimava "paraíso" com "riso" e "céu" com "véu", algo familiar. Evvie tentou descobrir de onde o conhecia, pensando que talvez o tivesse ouvido da mãe, que tinha uma queda por sentimentalismo barato, ou talvez o tivesse visto pendurado em alguma parede. Depois de um minuto, ela finalmente se lembrou: o poema fora lido em um funeral importante de uma série de televisão bem popular. *Alguém pediu que você dissesse algumas palavras*, ela pensou ao olhar para a enfermeira, *e você pesquisou na internet "poema do último episódio da temporada de* Cole Point*". Você fez isso. Qual é o seu problema?*

A assistente do dr. Schramm trouxe um buquê para Evvie e o colocou em suas mãos, em seguida entregou um idêntico à mãe de Tim. Evvie olhou para as flores, laranja e vermelhas por causa do outono, de bom gosto para uma cerimônia póstuma, e, para seu grande alívio, sentiu as lágrimas começarem a retesar sua garganta. A mão de Andy, pousada suavemente em suas costas, fez o restante do trabalho. *Graças a Deus*, ela pensou.

O bom de uma cerimônia cheia de pessoas muito ocupadas é que elas não ficam muito tempo. A árvore foi plantada e a terra foi depositada, as pessoas falaram o quanto amavam e admiravam Tim, e Evvie sentiu olhares em cima dela o tempo todo. Tentou respirar da maneira adequada, suspirar da maneira adequada, sorrir da maneira adequada, segurar as flores da maneira adequada.

Foi no fim, quando um ex-paciente de Tim pediu para dizer algumas palavras, que Evvie se lembrou com mais vigor de como todos eram devotados a ele e de que pessoa eles acreditavam que seu marido tinha sido. O homem falou sobre como Tim se sentara junto à sua cama e como o ajudara a encontrar uma forma de contar às filhas que ele tinha câncer.

Na faculdade, Evvie teve uma gripe que cimentou seus pulmões por duas semanas. Nos intervalos entre as aulas, Tim se sentava na cama e lia para ela seu livro de biologia fazendo as vozes de vários personagens de desenhos animados. Piu-piu, Eufrazino e Pepe, o Gambá, contavam a ela sobre doenças microbianas e genética molecular. Ela adorou; não lhe ocorreu reparar que até mesmo a atenção dele era uma encenação. Na verdade, era uma pena que "fazia uma excelente imitação de desenhos animados" não tivesse lhe ocorrido no enterro, porque teria soado carinhoso e sido verdadeiro, uma combinação que achara difícil de encontrar naquele dia.

Lembrar a si mesma que coisas como aquela haviam acontecido — que ele podia ser doce, engraçado e dedicado a ela de uma maneira que fazia com que se sentisse quase *extasiada* — foi o que a manteve em casa, casada com ele. Essas eram as amarras. E quanto mais raros eram esses momentos e quanto mais infeliz ela ficava, com mais frequência vasculhava todas as evidências de todos os dias em que tinha sido feliz. Guardava canhotos de ingressos, flores secas, recibos; procurava os cartões de memorização que ele tinha feito para estudar na faculdade de medicina. Protegia tudo que desse relevo às suas boas lembranças. E jogava fora tudo que remetesse aos dias ruins, especialmente depois do casamento. No dia seguinte ao episódio em que Tim perdeu a paciência e fez um buraco na parede atirando o celular, ela doou as roupas que estava usando durante o ocorrido.

Não que ela não tivesse identificado sinais precoces, que não tivesse tido chance de se desvencilhar daquilo. Na primavera do último ano de Evvie e Tim no ensino médio, a Associação de Pequenas Empresas de Calcasset concedeu a Zoe Crispin a Medalha de Jovem Acadêmica e uma bolsa de estudos de três mil dólares. Zoe era uma aluna que só tirava nota máxima e que trabalhava no programa de monitoria da escola, além de ser editora do anuário. Mas, mesmo assim, Tim achava que ia ganhar; tanto que marcou com um X a data do jantar de entrega da medalha no calendário que levava na mochila. Eles estavam na escola quando ele descobriu que Zoe era a vencedora. Ele não disse nada, apenas golpeou repetidamente os livros no armário, em seguida bateu a porta com tanta força que todos no corredor se viraram para olhar. Evvie fez o que pôde para que ele a encarasse.

— Ei — disse ela. — Sinto muito que as coisas não tenham saído como você esperava.

Tim ajeitou a mochila nas costas e deu de ombros.

— Eles provavelmente tiveram que dar o prêmio para uma garota.

Vez ou outra, no fim de seu casamento, Evvie fantasiava sobre um passado alternativo no qual nesse momento dava um soco no estômago dele e saía correndo. Mas ela não fez isso. Assentiu, sorriu e segurou a mão dele. E disse:

— Provavelmente.

E isso o acalmou. Acabou com a ceninha que ele estava fazendo, com todo aquele *barulho*. Ela se sentiu mais madura e especial, como se tivesse atravessado um portal para o futuro. Sabia como acalmá-lo; todos perceberam. Ela soube no dia seguinte que um de seus amigos a havia apelidado de "DT" e, enquanto almoçavam do lado de fora, perguntou a Tim o que aquilo significava. Evvie estava com medo de que fosse algo nojento, e ele hesitou em responder, mas depois de um tempo resmungou que eram as iniciais de "dardo tranquilizante". Evvie corou e deu outra mordida na maçã.

Ela não sabia naquela época, como viria a descobrir mais tarde, que ele não se contentaria com garantias de que havia sido injustiçado. Teria que haver justiça. Quatro dias depois, o pai de Tim, Pete, foi pescar com Bill Zeist, presidente da Associação de Pequenas Empresas de Calcasset. E, dois dias depois disso, a associação anunciou uma nova condecoração: a Medalha da Liderança, a ser concedida ao aluno do ensino médio que demonstrasse mais potencial para dar futuras contribuições à comunidade. A condecoração também incluía uma bolsa de três mil dólares e seria outorgada no mesmo jantar no qual Zoe seria homenageada. O primeiro condecorado: Timothy Christopher Drake.

As duas medalhas foram concedidas todos os anos desde então, o que significava que, todo ano, o ego ferido de Tim ajudava outro aluno a ir para a faculdade. Todos os anos, um grupo de pessoas se reunia em um salão para comer frango assado e, sem saber, reverenciar o ego de Tim e aplaudir o fato de seus pais o amarem tanto que, repetidas vezes, o tornaram uma pessoa pior.

Ela também havia contribuído para isso. Foi ela, afinal, quem se formou como a segunda da turma, logo atrás dele, depois de ir mal de propósito na prova de matemática, porque sabia o quanto ele queria ser o orador da turma. No dia em que soube que a havia superado, ele disse que a amava pela primeira vez.

Andy deu um tapinha nas costas de Evvie e ela voltou para o próprio corpo. Tinha acabado. Antes de ir embora, as pessoas lhe davam um leve aperto para confortá-la e incentivá-la; alguns haviam transferido esse toque do cotovelo para o ombro dela por volta do marco dos seis meses, como um sinal de que era hora de tomar coragem e parar de incomodar todo mundo. Ela agradeceu a todos, abraçou Lila novamente, deixou que Pete desse tapinhas em sua mão mais uma vez e se despediu. Ela e Andy caminharam em silêncio até o carro dele.

— Você está bem? — perguntou ele.

— Estou — respondeu ela, tentando manter um tom descontraído. — Foi indolor, na verdade.

— Tem certeza? Você vai me dizer, não vai? Vai me dizer se for demais para aguentar? Esse é o nosso acordo.

— Esse é o nosso acordo — repetiu ela.

Era o acordo deles, e era demais, mas ela não podia lhe dizer por quê, e era apenas mais uma coisa que sabia que estava fazendo errado.

Sete

QUANDO ANDY a deixou em casa, Evvie comentou que tinha coisas para resolver, mas passou o resto do dia na cama, com a colcha até o queixo, em posição fetal, lendo um romance no Kindle. Quando o sol se pôs, ela foi até a cozinha pegar um bagel e uma Coca Zero, e voltou para o quarto. Comeu no escuro, à luz da tela, ouvindo os ventos que não eram incomuns tão perto do mar. Depois de um tempo, largou o aparelho, se deitou de costas na cama e ficou ouvindo. Quando o vento começou a rugir, ela saiu da cama e se deitou no tapete. Esperou pela sensação de estar flutuando, como se estivesse caindo em direção à terra. Mas não conseguia parar de se ver do alto. Não conseguia parar de pensar em como devia parecer ridícula esticada no tapete ao lado da cama como uma louca. *Que adulto se deita no chão?* Tim perguntara isso uma vez quando a pegou cochilando no carpete da casa anexa.

Ela foi até a janela e puxou a cortina para ver como estava o vento. Sobressaltou-se ao ver alguém se movendo na penumbra no jardim lateral, quase fora do alcance da luz da varanda, até se dar conta de que era Dean, indo até a lixeira com um saco de lixo na mão. Enquanto ela observava, ele tirou a tampa (ela nunca conseguia tirá-la com tanta facilidade, como ele fazia isso?) e jogou o saco lá dentro. Ele deu alguns passos de volta à luz da varanda e parou quando chutou, sem querer, o que ela logo percebeu ser uma grande pinha.

Ele pegou a pinha e pareceu sentir seu peso. Ela o viu observar o jardim, a entrada da garagem e, Evvie teve essa impressão, até a janela dela. Instintivamente, deu um passo para trás. Ele jogou a pinha para o alto e a pegou. Virou o corpo, os ombros largos, voltando-se para a casa, em seguida girou a cabeça até estar olhando para o outro lado do jardim. Ela levou um minuto para perceber o que ele estava fazendo e, então, viu a perna dele se levantar, os ombros girarem, o braço se estender e a pinha voar pelo jardim até bater na cerca. Ele ficou olhando para o local onde a pinha havia caído e depois massageou o ombro direito. Dean caminhou devagar para examinar o ponto onde estava a pinha, tocando a cerca de madeira como se pudesse ler as farpas com os dedos.

Ele se inclinou, pegou a pinha e voltou para onde havia feito o primeiro arremesso. Repetiu o movimento: ajeitou o corpo, esticou-se, girou, arremessou e ouviu a pinha bater na madeira. Diante da janela, Evvie afastou um pouco mais a cortina e se inclinou para perto do vidro.

Ele pegou a pinha novamente. Andou em pequenos círculos, com as mãos nos quadris. Jogou a pinha para o alto, apenas alguns centímetros, e a pegou. Por fim, se posicionou novamente. Dessa vez, quando seus ombros giraram, seu corpo se desdobrou com tanta força que ele quase caiu. E, quando atingiu a cerca, ela viu a pinha se partir e cair no chão em pedaços. Ele se deteve ali, com as mãos nos quadris, em seguida se agachou e apoiou as mãos nos joelhos, como se estivesse sem fôlego. Por fim, voltou para casa.

Não seria justo espionar Dean, depois descer as escadas e fingir que, por coincidência, tinha acabado de dar de cara com ele enquanto entrava. Se estava curiosa a respeito do que ele fazia, devia simplesmente perguntar. Ia, pelo menos, dizer que o viu lá fora. Espiar era errado. Ser bisbilhoteira era errado. Essas eram as coisas nas quais Evvie pensava ao descer as escadas, dois degraus por vez, até a cozinha, onde pegou a chaleira do fogão. Estava começando a enchê-la quando a porta lateral se abriu.

— Ah, oi, eu não sabia que você estava lá fora — disse ela quando Dean entrou, ainda limpando as mãos na calça jeans. — Vou fazer um chá. Quer que eu faça para você também?

— Ah — disse ele. — Pode ser, obrigado. Como estão as coisas?

Como estão as coisas para você? O que aconteceu? Por que não consegue arremessar? Como conseguiu tirar a tampa da lata de lixo com tanta facilidade?

— Tudo bem — respondeu ela, sentando-se na cadeira da cozinha. — Como está a adaptação?

— Não posso dizer que tenha explorado muito. Eu deveria sair um pouco mais.

— Sempre digo isso a mim mesma, acredite. — Ela brincou com o saleiro. — E tenho certeza de que os últimos meses em Nova York foram difíceis, em termos de privacidade.

— Eu diria que sim — comentou ele com um sorriso quase imperceptível, ou talvez fosse uma careta quase imperceptível; foi realmente... quase imperceptível.

Ela ouviu o relógio. E se perguntou se ele ia dizer alguma coisa, mas ele não disse nada. Eles ficaram sentados, e nada aconteceu. A chaleira começou a fazer um barulho parecido com uma longa expiração, e eles continuaram em silêncio. Seu peito estava apertado.

Ela largou o saleiro.

— Houve uma cerimônia póstuma para o Tim hoje — contou. — Plantaram uma árvore.

Evvie imaginou que ele fosse ficar surpreso por ela dizer aquilo do nada. Ela certamente ficou.

— Caramba. — Ele se inclinou para a frente, mas ela se manteve em silêncio. — Como foi?

Ela sabia que estavam quebrando o acordo, fazendo um buraquinho na canoa na qual tinham decidido flutuar. Só daquela vez. É sempre possível tapar um buraco.

— Bem, muitas pessoas disseram muitas coisas sobre como ele era maravilhoso. Então isso foi ótimo para os pais dele. Ele tem muitos amigos. Quer dizer, tinha. Uma mulher leu um poema roubado de um programa de TV, então acho que talvez ela seja desclassificada das Olimpíadas do Luto, mas um paciente dele falou muitas coisas bonitas.

Ela massageou a nuca.

— Como foi para você?

Ela franziu a testa.

— Como assim?

— Você disse que foi ótimo para os pais dele, os amigos dele. Estou perguntando como foi para você.

Evvie passou a língua pelos lábios.

— Hum.

E não conseguiu acreditar. Não conseguiu: sentiu que ia começar a chorar. Ali, na cozinha, enquanto preparava o chá, enquanto conversava com alguém que provavelmente não estava pronto para ser promovido além do posto de "conhecido", ela ia começar a chorar. Tivera que rezar por olhos marejados na cerimônia do plantio da árvore, tivera que induzir um nó na garganta enquanto todos estavam fungando, e agora isso. Ela respirou fundo duas vezes, tentando dar a impressão de que estava pensando no que dizer. Acabou se acalmando.

— Eu me senti mal, porque todos o amavam muito, e eu não. Quer dizer, eu o amava no início, muito, mas não quando ele morreu. Ele não era legal comigo. Não me batia nem nada parecido, mas às vezes era bem desagradável. Aí ele morreu, e agora, quando estou perto de pessoas que sentem a falta dele, não sei o que fazer. Às vezes tenho dificuldade para dormir porque não consigo sentir falta dele, o que parece loucura. Mas... é isso. É isso, é por isso que eu... — A voz dela falhou e ela abanou a mão na frente do rosto. — Ninguém sabe de nada disso, a propósito. Nem mesmo o Andy. Então, se não se importar...

Aquilo tinha simplesmente escapado. Não tudo, não sua decisão de ir embora, mas foi além do que ela esperava. Talvez fosse pura exaustão, ou a visão dele arremessando contra fantasmas sob a luz da varanda.

Dean olhou nos olhos dela. Assentiu.

— Desde os dez anos eu só fiz uma coisa e agora não consigo mais fazer, e ninguém sabe me dizer por quê — disse ele. — Então também não sei o que fazer. — Ele passou a mão pelos cabelos. — Não é nem de longe a mesma coisa. Não quis dizer que é a mesma coisa.

— Sinceramente, não sei se não é. Tem muitas coisas que eu não sei.

Ela suspirou.

A chaleira assobiou mais alto e eles ficaram sentados. Por fim, o assobio se tornou um apito. Ela se levantou e, quando passou por Dean a caminho do armário, ele estendeu a mão e segurou a mão dela. Apertou e depois soltou.

Ela ajeitou o cabelo atrás da orelha e tirou a chaleira do fogão, ouvindo o apito diminuir. Dean ficou em silêncio atrás dela.

— Já te contei da vez em que o Andy e eu ganhamos cem dólares em uma raspadinha? — perguntou ela. — Gastamos tudo em chocolates Reese's.

Evvie serviu o chá e contou a história, e eles conversaram sobre o clima e os consertos que Dean precisava fazer na caminhonete.

Quando as canecas estavam vazias e ele foi para o anexo, ela arrumou a cozinha e voltou para o quarto. Pegou o laptop na cômoda, sentou-se na cama e fez algo que ainda não havia feito: pesquisou sobre Dean. E leu tudo. Foi quando ficou sabendo que o que havia acontecido com ele era chamado de "*yips*" de arremesso, embora agora também estivessem chamando de Mal de Dean Tenney.

Em 17 de junho de 2000, o segunda-base do Yankees, Chuck Knoblauch, que passava por dificuldades, tentou fazer um arremesso para a primeira base. Em vez disso, arremessou a bola nas arquibancadas e acertou a mãe do comentarista esportivo Keith Olbermann. Se fosse possível pegar tudo o que se sabe atualmente sobre os *yips* e reduzir ao essencial, o resultado seria Knoblauch nesse momento, incapaz de realizar um simples arremesso que executava havia muitos anos.

Jogadores de golfe com espasmos, tenistas que de repente não conseguem sacar, craques que perdem a destreza nos dardos e no críquete, jogadores de basquete que ficam na ponta dos pés e congelam, incapazes de completar um lance livre: todos podem ter *yips*. A cunhagem do termo é, em geral, creditada ao jogador de golfe Tommy Armour, que sofreu dessa condição na década de 1920.

No beisebol, por muito tempo, esse problema foi chamado de Mal de Steve Blass, em referência a um arremessador do Pirates que perdeu por completo a capacidade de arremessar com precisão após a temporada de 1972. Mais tarde, ele escreveu um livro intitulado *A Pirate for Life*. "Chegou a um ponto em que eu não queria mais ir ao mercado, não queria sair, porque me sentia muito humilhado", escreveu ele. Houve um período em que o mal foi chamado de Síndrome de Steve Sax, em referência ao Novato do Ano de 1982 — um segunda-base, como Knoblauch — que também perdeu a capacidade de arremessar para a primeira base. Pelo menos no beisebol, quem quer que tivesse sido o último a sofrer desse mal carregava o codinome dos *yips* como sua maldição pessoal. O receptor do Mets, Mackey Sasser, perdeu a capacidade de jogar a bola de volta para o arremessador, motivo pelo qual a condição foi temporariamente batizada de sasserite. E agora era chamada de Mal de Dean Tenney.

Um artigo, escrito por David Owen e publicado na *New Yorker* em 2014, havia reunido as últimas pesquisas no campo da caso-perdido-logia que afirmam que os *yips* são uma mistura complexa de ingredientes psicológicos e neurológicos. Parte ansiedade, parte algo físico, talvez mais parecido com uma lesão do que uma maldição. Mas seria difícil observar alguém com *yips* e não pensar que a explicação mais provável fosse que aquela pessoa tinha irritado um demônio vingativo, que então apontou um dedo longo e ossudo e disse: "*Você*."

Evvie encontrou no YouTube um vídeo de Mackey Sasser no qual ele faz um movimento triplo com a perna tentando jogar a bola de volta para o arremessador. Ela assistiu a vídeos dos arremessos de Sax e Knoblauch tirando jogadores da primeira base, forçando-os a pular ou passando por eles, a meio metro ou três metros fora de seu alcance. Ela também viu o vídeo de Knoblauch acertando a mãe de Olbermann.

Então, pela primeira vez, viu Dean Tenney arremessando em um jogo profissional de beisebol, em um vídeo de baixa qualidade no qual ele fazia dois arremessos horrorosos e permitia que três rebatedores adversários avançassem nas bases em um *inning* contra o White Sox. Quando a câmera enquadra o rosto dele, Dean contrai e relaxa a mandíbula. Ela viu de relance que ele cultivava uma espécie de barba malfeita na época e achou esquisito. Os locutores lamentaram abertamente por ele, e um deles especulou que talvez o motivo daquilo fosse o suposto romance com uma atriz de Hollywood; ele não estava dizendo que ela trazia má sorte, apenas que aquele era o tipo de situação em que *os fãs* tendiam a dizer que ela poderia trazer má sorte.

— Machista idiota — murmurou Evvie.

Ela pausou o vídeo. Encontrou outro intitulado "Tenney elimina adversários". Arremessando contra o Orioles antes de seus problemas começarem, Dean desorientou, desconcertou e confundiu três rebatedores em sequência. O primeiro tentou rebater duas bolas, falhando miseravelmente, e deixou outras duas passarem, e então foi como se estivesse em câmera lenta enquanto observava o próximo arremesso pousar na luva do receptor e se dava conta, no mesmo instante, de que havia cometido um erro terrível, antes de o árbitro sequer fazer o movimento com o braço e gritar. O rebatedor seguinte foi eliminado depois de tentar acertar com o taco uma bola que perdeu altura como se tivesse despencado do nada. O último cara durou mais tempo, mas então Dean se alongou, se encolheu como uma mola e arremessou. O cara rebateu como se quisesse mandar a bola para a Filadélfia; um tranco tão forte que ele quase caiu no chão. E então restou apenas Dean, caminhando para o banco, com exatamente um terço de sorriso no rosto.

Oito

NA TARDE SEGUINTE, Evvie ouviu um carro parar na entrada da garagem. Ela foi até a janela e viu um Miata preto e rebaixado, do qual saiu uma mulher de calça cáqui e casaco verde. Evvie esperou e, logo depois, houve cinco batidas rápidas na porta, que os ouvidos dela interpretaram como *não-tenho-o-dia-todo*.

Mas, quando abriu a porta, a mulher estava sorrindo calorosamente, com um caderno de couro na mão.

— Posso ajudar? — perguntou Evvie, de repente se sentindo baixinha e desajeitada, e desejando ter se lembrado de prender os cabelos.

— Meu nome é Ellen Boyd. Trabalho para o *Beat Sports*.

Não significava muito para Evvie, mas já tinha ouvido aquele nome. Sabia o suficiente.

— Posso ajudar? — repetiu ela.

— Estou procurando Dean Tenney. Fui informada de que ele mora com você.

Não era segredo que Dean estava alugando o anexo da casa dela; ele estava na cidade havia tempo suficiente para ser cumprimentado no posto de gasolina e no mercado, e tinha um grupo de admiradoras entre as garotas que ficavam sentadas no café o dia todo, bebendo bombas de açúcar com chantilly sem que parecessem engordar um grama. Algumas pessoas tinham até mesmo tomado coragem para dizer o quanto gostavam de vê-lo arremessar. Nas vezes em que ela viu isso acontecer, ele sorriu, agradeceu e emendou com: "O que você faz?" ou "O que você está comprando?" ou "Acha que vai chover?" ou, quando ficava desesperado, havia sempre: "Qual é a sua maneira favorita de preparar lagosta?"

Mas não era segredo. Ele morava lá.

— Sim, ele mora. — Mas, quase imediatamente, repassou a pergunta e a resposta em sua mente. — Bem, quer dizer, sim, ele mora aqui, mas não comigo. Tipo, ele não *mora comigo*, não moramos juntos. Tem tipo um apartamento separado nos fundos.

— Ele se encontra? — perguntou Ellen Boyd com o caderno de couro, apesar de Evvie suspeitar que ela havia esperado até que a caminhonete dele não estivesse mais lá para bater à porta.

— Não. Posso ficar com seu cartão de visita, se quiser, e pedir que ele ligue para você.

Foi o que Andy fez por Evvie quando dois repórteres bateram na sua porta querendo fazer perguntas sobre o acidente de Tim. Ela ainda tinha os cartões em um envelope; nunca olhou para nenhum deles.

— Posso fazer algumas perguntas?

— Ah. Não, não posso ajudar. É melhor você falar com o Dean.

— Você saberia dizer se ele tem bebido desde que veio para cá?

Evvie segurou a maçaneta com mais força.

— Perdão?

— Quero saber como ele está. Ele tem bebido desde que veio para cá?

— Não sei exatamente o que está querendo saber, mas gostaria que você fosse embora, não tenho mais nada a declarar.

Ela fez menção de fechar a porta, mas Ellen empurrou com a mão para mantê-la aberta.

— Entendo, mas você vai ajudar o Dean se responder a uma ou duas perguntas, porque então realmente vou poder ir embora. Se a resposta for não, diga não, mas, se a resposta for sim, você pode acabar com isso de uma vez, e eu não vou mais voltar, entendeu? Você sabe se ele está com questões de saúde mental?

Evvie fez uma pausa. Ela abriu a porta novamente e se posicionou no umbral.

— É melhor você sair da minha varanda.

— Você e Dean se conheceram enquanto seu marido ainda era vivo, ficaram juntos mais recentemente ou...?

Evvie ficou zonza.

— Olha — disse ela, mantendo a voz o mais neutra possível —, você está em uma varanda que meu pai reformou quando fazia quase quarenta graus do lado de fora. Cresci nesta cidade e conheço todo mundo, e nada vai acontecer comigo se eu chutar você para fora daqui com seu caderno e seu faro jornalístico de merda.

— Então não quer falar sobre como vocês se envolveram.

Evvie arrancou o caderno da mão de Ellen e o atirou longe. Ele aterrissou com um baque na grama.

— Você deixou cair uma coisa.

Evvie indicou o caderno com a cabeça e fechou a porta na cara dela.

Depois de trancá-la, apoiou as costas na porta.

— Ah, merda, merda — sussurrou para si mesma, deixando escapar uma risada rouca e nervosa.

Ela se virou e espiou pela janela. Perguntou-se se Ellen Boyd ainda estaria lá, chamando a polícia, dizendo que Evvie Drake havia destruído sua propriedade e precisava ser presa. Ela meio que esperou ver carros de polícia chegando em sua casa com as luzes e sirenes ligadas. Mas o que viu foi Ellen limpando a terra do caderno, falando ao celular e rindo enquanto caminhava para o carro.

Quarenta e cinco minutos. Foi o tempo que Ellen Boyd levou para escrever sua história, acrescentar uma foto de Dean e publicá-la no blog do *Beat Sports*, com o título "Fora de campo". Uma hora depois, Evvie recebeu o link de seu primo Steve, e trinta segundos depois, lá estava o texto em sua tela.

> Quando Dean Tenney desapareceu de Nova York em setembro, depois de uma impressionante queda de desempenho, como nenhum outro arremessador de que se tenha registro, surgiram boatos de que ele usava drogas, estava deprimido ou poderia ter um problema com apostas. Pessoas mais ousadas suspeitaram de que pudesse ser algo no âmbito pessoal. Talvez uma mulher em uma situação complicada. Talvez um relacionamento problemático. Talvez até mesmo com um homem.

Evvie seria capaz de apostar que tinha sido a própria Ellen quem iniciara esses rumores, supondo que eles de fato existissem.

Há um mês, no entanto, ele apareceu em Calcasset, no Maine, lugar que a maioria das pessoas supôs ter sido escolhido por ser a cidade natal do amigo de longa data Andrew Buck, onde os moradores provavelmente nem sequer têm celular ou internet de alta velocidade, muito menos passam tempo no Twitter.

Argh. #BabacasCondescendentesdeNovaYork.

Pouco depois de chegar lá, porém, Tenney foi morar com uma jovem viúva chamada Eveleth Drake. O marido de Drake, um estimado médico local que os pacientes chamavam de "doutor", morreu em um acidente de carro menos de um ano atrás.

Evvie percebeu que era terrivelmente mesquinho que, daquele monte ultrajante de absurdos, a palavra que estivesse atravessada em sua garganta fosse "estimado". E os pacientes não chamavam qualquer médico de "doutor"?

Drake atendeu a porta de sua casa (uma propriedade grande mas aconchegante, como algo saído de um filme) hoje pela manhã, mas, quando questionada, alegou que Tenney não estava. Depois de admitir que estavam morando juntos, ela se recusou a responder a perguntas sobre a relação dele com a bebida e insistiu que não sabia nada a respeito dos problemas mentais que o ex-jogador pudesse estar enfrentando.

Mas como uma viúva do Maine acabou vivendo com um homem que, até dois anos atrás, era arremessador do New York Yankees? Será que tudo isso realmente aconteceu apenas no tempo desde a morte do doutor?

Quaisquer que sejam as respostas para essas perguntas, quando questionada se já estava envolvida com Tenney antes da morte do marido, a ex-sra. Drake encerrou a entrevista com ameaças de violência.

— Eu não a ameacei com violência — murmurou Evvie. — Ou melhor, eu a ameacei com pouquíssima violência.

Ela tinha que dar um crédito a Boyd: a jornalista tinha espremido tudo o que podia de absolutamente nada. E, mesmo que fosse inocente, não parecia inocente. E todo mundo que ela conhecia ia ler aquilo. O pai dela ia ler, os pais de Tim iam ler, todos que já achavam que ela era uma péssima esposa iam ler. E, claro, Dean ia ler. Por que ela não havia simplesmente fechado a porta?

Evvie estava vendo TV no sofá quando ouviu a chave dele na fechadura. Dean apareceu na porta da sala e ficou parado lá por um minuto. Por fim, ergueu o celular.

— Eu vi — disse ele.

Evvie cobriu o rosto com as mãos.

— Me desculpe — pediu, a voz escapando entre os dedos. — Me desculpe *de verdade*.

Ele se aproximou e se sentou ao lado dela no sofá.

— Como assim? Desculpar você pelo quê?

Evvie afastou as mãos e olhou para ele.

— Ah, por ter dado a impressão de que estávamos dormindo juntos. Tenho certeza de que esse não é exatamente o tipo de coisa da qual sua imagem pública precise agora.

— Não sei — disse ele. — Acho que a coisa toda depôs muito bem a meu favor. Não sei sobre você. Além disso, recentemente fui eleito pelo meu site esportivo favorito o Atleta Número 1 que Jogaríamos em um Vulcão Ativo, então acho que minha imagem pública não pode piorar.

— Talvez eu também tenha ameaçado a repórter, o que tenho certeza de que não é bem o que eu deveria ter feito. Imagino que seu pessoal não vai gostar nada disso.

— E que pessoal seria esse? — perguntou, semicerrando os olhos.

— Você não tem... Sei lá. Pessoas? Advogados, agentes ou, tipo, uma equipe de relações públicas? — Ela indicou a orelha. — Pessoas com minifones de ouvido que ficam de um lado para o outro berrando e querendo saber se a limusine vai chegar a tempo e se todos estão em posição?

— Isso parece... um maître. Ou um organizador de casamentos — disse ele. — Não tenho um organizador de casamentos.

— Você sabe do que estou falando.

— Eu tinha uma equipe com muitos funcionários. — Ele meneou a cabeça. — Mas agora o grupo é muito menor, e não falo muito com essas pessoas.

E, quando falo, não presto atenção em nada do que dizem. Queria pedir desculpas por uma jornalista ter aparecido na sua casa fazendo perguntas inconvenientes sobre sua vida e seu marido, pois duvido que tenha sido muito divertido para você.

— Não foi nada divertido — concordou ela. — Mas mesmo assim eu não deveria ter ameaçado a mulher.

— O que você disse? — perguntou ele com um sorriso.

Ela cobriu o rosto com as mãos novamente.

— Eu disse que, se ela não saísse da varanda, eu ia tirá-la à força.

Dean exibiu uma clara expressão de choque.

— Você a ameaçou *de verdade*!

— Bem, eu disse que ia chutá-la para fora com seu caderno e seu... faro jornalístico de merda.

Ao ouvir isso, ele deu uma risada.

— Sério?

Evvie assentiu, desmoralizada, e ele afastou as mãos do rosto dela.

— Pare de fingir que isso não foi incrível. Isso foi incrível. Você sabe que foi. Você foi uma baita de uma guarda-costas, essa é a verdade. A partir de agora, vou chamar você de Brutamontes.

Ela soltou um gemido prolongado e infeliz.

— Olha só, quinze meses atrás, malharam um Judas meu em um bar do qual eu era sócio. Atiraram nas janelas do apartamento do meu vizinho com uma pistola de ar comprimido, porque ou não sabem contar janelas ou não sabem a diferença entre 816 e 818.

— Isso sem falar no vulcão ativo — acrescentou Evvie calmamente.

— É, sem falar no vulcão ativo — disse ele. — Então, pode acreditar: as pessoas que ainda me restam não vão ficar nem um pouco chateadas porque você gritou com uma jornalista. E fico grato pelo que fez.

Ela abriu um sorriso discreto, só até seus ombros relaxarem. Dean levantou a mão e disse:

— Toca aqui. — Ela não respondeu. — Vamos, Eveleth. Toca aqui.

Ela estendeu a mão e bateu na mão dele. Enquanto ele voltava para o anexo, ela o ouviu dizer:

— Faro jornalístico de merda. Vou roubar isso. É meu agora.

Nove

Na manhã seguinte, Dean estava respondendo a um e-mail de um de seus irmãos quando ouviu a batida dupla característica de Evvie. Quando abriu a porta da casa anexa, ela estava acompanhada de um cara de cabelos grisalhos com uma jaqueta esportiva da Calcasset High School.

— Oi — disse Evvie. — Dean, tem visita para você. Este é Ted Finch. Ele é técnico da equipe de futebol americano da escola. E ele não vai dizer isso, mas seu filho, Jake, também é nosso principal... *running back*, certo?

— *Running back* — confirmou Finch. — Isso.

— Oi, treinador.

Eles se cumprimentaram um pouco sem jeito.

— Tenho que lhe dizer — disse o treinador Finch — que assisti a muitos dos seus arremessos pela TV. É um prazer.

— Ah, obrigado.

Evvie assentiu com a cabeça para eles.

— Não querem ir para a cozinha e conversar à mesa? Tenho que subir e terminar um trabalho. Foi um prazer ver você, Ted.

— O prazer foi meu, Eveleth.

Dean observou enquanto Evvie desaparecia escada acima, dando um tapinha no cotovelo dele ao sair.

— E aí — disse ele ao treinador.

— E aí. O que está achando da cidade até agora?

— Ótima, ótima. Todo mundo tem sido ótimo. É bom sair um pouco da cidade grande, sabe.

— Imagino. — Finch sorriu para ele. — Lamentei muito pela maneira como as coisas terminaram para você em Nova York.

Dean assentiu.

— Obrigado. — Ele deixou o silêncio se instaurar por alguns segundos. — Então, o que posso fazer por você?

— Hum, bem — disse Finch —, vim lhe pedir um favor. Sou técnico de uma equipe de futebol americano que já está quase no fim de uma temporada bastante difícil. Tenho jovens que se esforçaram muito, mas estão meio abatidos, e sempre tento pensar em maneiras de motivá-los. Evitar que fiquem preguiçosos. Às vezes, levo pessoas para conversarem com eles, para lhes darem conselhos sobre futebol. Ou sobre as coisas em geral. Apenas conselhos gerais.

Dean começou a ver os contornos nebulosos daquela visita ganharem nitidez.

— Ok — disse ele, adotando o franzir de testa evasivo de um homem que não tinha entendido. Talvez Ted não tivesse coragem de explicar. Talvez Dean não tivesse que recusar.

— Bem, você é um atleta profissional. Trabalhou com os melhores, lidou com muita pressão. Não é beisebol, mas tenho quase certeza de que é bem parecido. Eu tinha esperança de que você talvez pudesse...

— Ah. — Dean olhou para ele com uma expressão ainda mais intrigada. — Treinador, você sabe que abandonei o esporte profissional, não sabe? É por isso que sou conhecido.

Finch encolheu os ombros largos.

— É. Eu sei tudo sobre isso. — Ele chocalhou no bolso o que parecia ser um grande molho de chaves, chaves da escola, chaves do técnico. — Não gosto muito de toda essa coisa de "colapso mental". Todo cara acorda um dia e descobre que acabou. Técnicos também.

Dean fez uma pausa, esperando achar o argumento ridículo, algo que um treinador de uma cidade pequena diria porque não sabia nada sobre esportes em alto nível. Mas, em vez disso, ele se viu concordando com certa relutância.

— Acho que você tem razão.

— Ninguém está pronto para esse momento. Nem sempre acontece quando se está no meio de uma partida, tenho que admitir. Nem sempre acontece na TV. Nem sempre vira notícia. Na maior parte das vezes, é um jogador que perde velocidade ou se lesiona o tempo todo. Às vezes, ele simplesmente fica esgotado. Mas todos acordam um belo dia e... acabou. Pode ser esse o seu caso, mas você provavelmente ainda é o melhor atleta que esses garotos vão conhecer. E acho que seria bom para eles saber que a vida não se resume a uma única coisa, no que diz respeito a ganhar e perder.

Dean teve que admitir que tudo aquilo fazia sentido. Ele poderia pelo menos explicar o que tinha sido necessário para chegar aonde ele havia chegado, mesmo que não fizesse ideia de como se manter lá. Talvez pudesse até fazer algum bem a eles. Poderia pelo menos avisar para não gastarem seu dinheiro com charlatães, caso se tornassem atletas profissionais, ganhassem muita grana e então implodissem de maneira espetacular.

No entanto, uma jornalista já tinha ido bater na porta de Evvie, e ele se sentia mal o suficiente por ter atraído aquela mulher para a casa dela; não queria atrair outros para a escola ou para o treino de futebol. E quem garantia que o time de futebol americano ia querer ouvir alguém que não apenas não jogava futebol americano, como tinha sido basicamente excomungado e expulso da cidade porque não conseguiu arremessar melhor que os caras de uma equipe do ensino médio?

— Seríamos discretos — acrescentou o treinador Finch, lendo seus pensamentos com a astúcia de quem passou vinte anos decifrando os complexos sinais comportamentais de garotos de dezessete anos da Nova Inglaterra. — Nada espalhafatoso. Apenas uma conversa com um grupo de garotos. E se der certo, quem sabe? Você pode ajudá-los na preparação física, talvez atuar um pouco como auxiliar técnico, em vez de ficar sentado em casa jogando videogame, como eu aposto que está fazendo.

Dean riu.

— Não jogo futebol americano desde o ensino médio, e não era muito bom.

— Não importa.

— Não sei se é uma boa ideia, treinador. Esses garotos vivem na internet e tudo o mais, as pessoas falam.

Finch deu de ombros e acenou com a mão mais uma vez.

— Besteira. Meus meninos são confiáveis. Digo a eles que isso não é assunto para o Twitter, e eles vão ser o mais discretos que puderem.

A parte do Twitter foi a favorita de Dean.

— Sinto informar, treinador, mas acho que eles não usam mais o Twitter. Isso é para caras velhos como você e eu. Acho que agora precisa dizer a eles que não é assunto para... outra coisa. Instagram, talvez.

— Ah, pelo amor de Deus — murmurou o treinador. — Quando começo a entender o que tanto ficam fazendo no celular, eles passam para outra coisa. É como tentar agarrar enguias. — Ele continuou: — Enfim, são bons garotos. O pior que pode acontecer é todo mundo descobrir que você está trabalhando com um bando de crianças. Neste exato momento, o que dizem por aí é que você ficou maluco, então não tem nada a perder, certo?

Dean havia jogado com uma quantidade inacreditável de técnicos. E o treinador Finch, do Calcasset High School Hawks, foi o primeiro a pedir a ele um favor dizendo que era um favor. Difícil recusar.

Dez

Na terceira semana de outubro, Dean abriu a porta do anexo e gritou para Evvie, que estava na sala de estar lendo o diário de uma dançarina da década de 1920, avisando que faltavam dez minutos para começar *Halls of Power*. Era uma série política idiota a que eles faziam questão de assistir no momento em que ia ao ar, mas sobre a qual juraram negar que soubessem qualquer coisa se alguém perguntasse.

Quando a porta não estava fechada, eles se ouviam bem entre o anexo dele e a cozinha dela, e às vezes a deixavam aberta para poderem conversar enquanto ela preparava o jantar ou ele abria a pilha de correspondência encaminhada para seu novo endereço. Vez ou outra, quando Evvie preparava algo do qual ficava particularmente orgulhosa, ele ia até a cozinha e jantava com ela, ou ela se jogava em uma das poltronas dele com uma cerveja e Dean contava histórias das viagens que fazia quando ainda jogava, algo que eles concordaram que não contava como falar de beisebol. Ele falou sobre um cara que ele havia escondido de uma ex-namorada furiosa, sobre dois colegas que ajudou a entrar sem serem vistos em um hotel quando perderam o toque de recolher, e sobre a vez em que teve que entrar escondido em seu quarto de hotel completamente nu, tentando se cobrir com uma toalha e uma guitarra elétrica.

— Ainda não consigo acreditar que você tenha essa TV ridícula de grande — disse ela, acomodando-se para assistir a *Halls of Power* — que eu amo de paixão. — Ele tinha instalado a TV na parede oposta às poltronas, então ela se sentou e jogou os pés sobre o braço. — Me lembre de onde paramos.

— O lobista que você odeia estava subornando o agente especial idiota do FBI.

— Ah, sim. — Ela esfregou os braços por cima do suéter. — E o presidente estava...

— Dando à vice-presidente seu bom e velho veto.

Evvie se virou para ele.

— Se continuarmos assistindo a esse programa, vou acabar descobrindo quantos eufemismos sexuais governamentais você conhece.

— Eu mesmo não sei. Tente de novo.

— Tá. O que o presidente estava fazendo?

— Dando à vice-presidente seu bom e velho aval.

— Pare.

— Bem, pare de rir.

Evvie se espreguiçou na poltrona.

— Está frio aqui, você está com frio?

— Um pouco.

Dean serviu uma bebida para ela. Evvie se levantou e foi até a cozinha, onde pegou um tijolo embrulhado em papel alumínio, que às vezes usava para achatar o frango assado, e prendeu a porta do apartamento anexo.

— Melhor circulação de ar — disse e se sentou novamente. — Então, como foi hoje?

— Na verdade, tenho uma coisa para contar. Não sei se você ficou sabendo, mas os Drake estão montando um programa de bolsas de estudos na escola.

Evvie assentiu.

— Eu tinha ouvido falar que eles iam fazer algo assim. Não me surpreende.

Dean balançou a cabeça.

— O cara realmente deixou uma marca, hein?

Ela fez que sim com a cabeça.

— Sim. Quer dizer, ele foi para a Califórnia e voltou. Trabalhou na cidade, morou na cidade... Isso é importante.

— O simples fato de ele voltar a morar aqui?

— É. — Ela pegou o copo de uísque e recusou com a cabeça quando ele ofereceu uma embalagem aberta de Pringles. — Há alguns anos, alguém nos disse que o Tim, formado na turma de 1999, era um dos dois únicos oradores da nossa escola formados depois de 1994 que ainda moravam aqui.

— Por que isso?

— É uma questão demográfica, econômica, essas coisas.

— Vai. Pode explicar, nerd. Eu fiz faculdade.

Ela riu.

— Bem, basicamente, muitos jovens de dezoito anos com boas perspectivas não ficam em um lugar como este. E, quando vão embora, geralmente não voltam. Então a cidade vai ficando mais velha, a base tributária fica menor, as coisas ficam mais difíceis. Para resumir, há muita gente indo embora e morrendo e não há pessoas suficientes chegando e nascendo.

— O estado com a população mais velha e mais branca do país — disse ele, assentindo.

— Exatamente. — Ela tomou outro gole de bebida. — Então o que acho que aconteceu com o Tim era que muitas pessoas sabiam que, se fosse filho delas, talvez o tivessem encorajado a não voltar. Mas ele não fez isso, e as pessoas o amavam por isso.

— Acho que é compreensível.

— Além disso, ele era bonito e agradável, desde que você não morasse com ele, e se casou com a namoradinha do ensino médio. Ele simplesmente tinha algo, aquela *coisa* que faz com que determinados caras meio que passem deslizando suavemente pela vida. — Ela deslizou a mão estendida no ar. — Para algumas das pessoas que o viram crescer, acho que ele era... um unicórnio.

— Ele não tinha planos maiores?

— Tinha.

— Então por que voltar?

Evvie deu de ombros.

— Porque em qualquer outro lugar, ele seria apenas um belo cavalo. — Ela sorriu e apontou para a TV. — Vai começar.

Antes de ir para a cama naquela noite, Evvie guardou o tijolo e fechou a porta, mas, quando Dean entrou na cozinha para tomar café com ela na manhã seguinte, ela acenou com a mão.

— Coloque o tijolo de volta.

Depois disso, eles passaram a fechar a porta apenas à noite.

Onze

Evvie não tinha participado do dia de Ação de Graças no outono anterior. Ela mandou o pai comer peru com Andy, as filhas dele e Kell, e passou a maior parte do dia na cama com um livro e uma garrafa de vinho na mesa de cabeceira, aberta ao meio-dia e terminada às dez e meia da noite.

Este ano, Andy havia começado o trabalho de convencimento um mês antes, dizendo que queria que ela e o pai fossem com ele e as meninas para a casa de Kell, em Thomaston. Kell tinha convidado os pais de Dean também, e eles estavam tão ansiosos para vê-lo e tão seduzidos pelas fotos que ele enviara que decidiram encarar a viagem. Evvie prometeu ir, em seguida planejou cancelar, então recebeu pelo correio um panfleto de supermercado com um anúncio de perus congelados e chorou no banheiro, até que, por fim, ligou para Andy e prometeu que levaria o pão de abóbora.

Havia um centímetro de neve no chão quando ela acordou na quinta-feira e desceu as escadas vestindo um roupão grosso para preparar o café. Percebeu que Dean estava acordado, então se aproximou e parou diante da porta fechada.

— Bom dia — disse.

— Bom dia.

Ele parecia ter acabado de acordar. Isso a fez sorrir.

Enquanto ela colocava pó de café no filtro, a porta se abriu.

— Quer café?

— Quero — respondeu ele, entrando na cozinha e se sentando em uma das cadeiras. — Fiquei na casa da Kell até tarde ontem. O voo dos meus pais atrasou, então só cheguei com eles lá à meia-noite.

— Eles estão bem instalados?

— Sim. E têm uns dez anos de conversa fiada para colocar em dia. Cinco filhos no total, tenho certeza de que estão entretidos.

— Foi legal da parte deles virem.

— Acho que minha mãe queria ver com os próprios olhos que eu não estava tão mal quanto parecia pelas coisas que leu sobre mim. E você? Está animada? Peru? Família? Futebol americano?

Ela soltou um pequeno "hum" que não chegou a ser uma risada de fato.

— Animada, não sei, mas vai ser bom ver todo mundo. Não participei da última temporada de feriados.

— Compreensível — disse ele, massageando o ombro.

Ela colocou água, apertou o botão e ouviu a cafeteira fazer *pfff-pfff-pfff* enquanto guardava a louça limpa. Os pratos que ganhara quando se casou, e que ainda usava todos os dias, eram brancos com uma carreira de pequenas flores amarelas nas bordas. Eles sempre lhe pareceram louças de casa de boneca.

— Sempre sei que estou de mau humor quando fico irritada com esses pratos — comentou ela.

— Ah, meu Deus. Por quê?

— Eles não fazem meu estilo. Tem alguma coisa em elaborar uma lista de presentes de casamento que faz com que a gente ache que vai se transformar em outra pessoa. Como se eu fosse me transformar em alguém que gosta de florezinhas amarelas quando me casei.

Ela guardou os copos, os talheres, a tigela de vidro. Eles tinham passado tanto tempo sentados em sua cozinha nos últimos dois meses que, mesmo de costas, ela sabia o que Dean estava fazendo. Ele a observava e ouvia tudo semicerrando os olhos ou inclinando a cabeça de tempos em tempos. Quando o conheceu, ela achou que ele ouvia como um terapeuta, mas agora achava que ele ouvia como um jornalista. Tudo o que ela dizia, ele tratava como se terminasse em ponto e vírgula.

— Não me transformei em uma pessoa que gosta de florezinhas amarelas — acrescentou ela. — Acabei ficando com um monte de coisas que não escolhi, porque existe uma indústria do casamento, e você precisa ganhar pratos feios e toalhas ásperas, e as pessoas *ficam com raiva* se não houver na lista panelas de pressão, liquidificadores e garfos de camarão que você tem que prometer que quer muito, muito mesmo, e então acaba com um monte de quinquilharia. Vou ter que passar o resto da vida com esses pratos floridos.

— Por que você tem que ficar com eles?

Evvie fechou a máquina de lavar louça e se virou para ele.

— Ah... sei lá. Eles são meus, e tal. Quer dizer, os pratos são bons.

— Mas você não é obrigada a ficar com eles.

— Tudo bem, mas agora já são meus.

— São pratos.

— É.

— Então você pode comprar outros.

— Mas já tenho esses.

— Mas você é a única pessoa que mora aqui.

— Você mora aqui.

Ele jogou a cabeça para trás em direção à porta do anexo.

— Eu moro ali. Você mora aqui. — Ele bateu o dedo indicador na mesa. — Você — *toc* — mora — *toc* — aqui. — *Toc.* — São seus pratos, porra. É você quem usa esses pratos para comer.

— Eu sei.

— Então, se não gosta deles, compre novos. A Diane pode te arrumar uma caixa inteira de pratos por um dólar e cinquenta. E provavelmente ainda daria um pegador de salada de brinde.

— Por que você está tão irritado com os pratos? — perguntou ela, cruzando os braços.

— Por que *você* está?

— Eu não estou!

Aquele silêncio foi diferente, pontuado pelo *pfff-pfff-pfff* da cafeteira.

— Há muitas coisas que não nos cabe escolher — disse ele por fim. — Acho que você pode decidir a respeito disso, mas fala como se não pudesse.

Ela pensou nas taças de vinho delicadas demais, na mesa pequena, na casa exageradamente grande, no enorme chuveiro em vez da banheira que ela queria, e se perguntou se teria escolhido morar ali para começo de conversa.

— Vou comprar pratos novos. Prometo.

A cafeteira apitou, e ela encheu duas canecas e as levou para a mesa.

— Meu pai vai gostar de passar um tempo com você. Ele gosta de beisebol, mas eu o fiz prometer que não vai tocar nesse assunto. Se você tiver curiosidade a respeito de lagostas, ele pode lhe dizer tudo o que quiser saber.

— Por quanto tempo ele trabalhou com isso?

— Bem, ele se aposentou há dois anos, começou o treinamento aos dez e trabalhava em período integral aos dezessete, acho. Então... quase cinquenta anos.

— Mas nada de barco de lagosta para você.

— As meninas não eram incentivadas a fazer isso quando eu era pequena. Além disso, acho que eu sabia, ao ver meu pai, que era um trabalho difícil. Eu nunca o encontrava antes da escola, e ele só voltava para casa na hora em que eu terminava de preparar o jantar.

— Minha nossa. Acho que nessa idade eu não sabia nem esquentar sopa.

Ela sorriu.

— Bem, era ele quem trabalhava pesado. Ele tinha, quer dizer, *tem* dores horríveis nas costas de ficar puxando as armadilhas de lagosta. Já passou por algumas cirurgias, e foi em parte por isso que acabou se aposentando. Ele sempre quis ter certeza de que eu sentisse que poderia fazer o que quisesse. "Há mais na vida do que oitocentas armadilhas", ele me dizia.

— Oitocentas armadilhas?

— É o número que cada pescador pode ter.

— Isso é muita lagosta.

— É. Acho que eu... concluí que havia maneiras mais fáceis de viver. — Ela colocou as mãos em cima da mesa. — E acho que isso acabou significando me casar com um médico.

— Você queria fazer alguma outra coisa? — perguntou ele.

Ela suspirou.

— Acho que todos os planos que já tive envolviam tudo acontecer mais tarde. Quando se tem vinte e dois, vinte e três anos, o tempo é meio que infinito. É como uma piscina cujo fundo a gente não consegue alcançar. Eu sabia que haveria outra coisa, mas era sempre *depois*. Depois, depois. Era como se eu estivesse esperando alguma coisa começar, mas na verdade estivesse no meio dela o tempo todo. Faz sentido?

— Faz.

Ela brincou com um fio da manga do roupão.

— Você nunca quis fazer mais nada além de jogar beisebol?

Ele fez um som parecido com *pff*.

— Não. Nunca.

— Seus pais não ficavam preocupados?

Ele pensou antes de responder.

— Acho que ninguém quer que o filho tenha apenas um plano que pode terminar no segundo que leva para ele ser atingido por uma bola de beisebol bem na órbita ocular. Mas eles acabaram desistindo e me apoiaram. Me incentivaram muito a ir para um acampamento de jovens talentos do beisebol, e foi então que decidi que iria para Cornell... O resto você sabe.

Ela se lembrou da pinha atingindo a cerca enquanto o espiava no escuro e se perguntou se ele fazia isso em todo lugar o tempo todo, com laranjas em corredores de supermercados, globos de neve nos fundos de lojas de souvenir e ouriços-do-mar que pegava nas piscinas formadas pela maré e atirava na lateral de garagens de barco pintadas de branco, arremessando-os sem parar até finalmente se espatifarem. Ela queria saber se ele achava que um dia ia voltar a arremessar. Queria fazer todas as perguntas que tinha prometido não fazer: ele estava desequilibrado, confuso, alguma coisa tinha acontecido, o que tinha acontecido?

— Só estou avisando — disse ela — que meu pai vai falar muito com você sobre lagostas.

— Estou preparado. Talvez meu pai pergunte sobre as suas políticas de proprietária.

— Mal posso esperar.

A porta da casa de Kell se abriu e Lilly, a filha de cinco anos de Andy, olhou para eles.

— Olá e bem-vindos ao Dia de Ação de Graças! — disse ela.

Lilly era uma garota ousada quando se tratava de moda e, naquele dia, estava recebendo os convidados vestindo calça xadrez marrom e branca e camiseta branca de mangas compridas com um sapo coberto de lantejoulas.

— Oi, vaga-lume — cumprimentou Evvie.

— Olá, Lilly Buck — acrescentou Dean, despenteando os cabelos dela com a mão direita.

— Dean, nãoooooo — reclamou Lilly com um sorriso, antes de sair correndo para dentro de casa.

— Minha nossa, essa aí é louca por você — disse Evvie.

Uma lufada quente de aromas de peru os atraiu para a sala, onde Frank Ashton preparava uma espécie de prato de amendoim enquanto uma conversa transcorria na cozinha. Lilly tinha voltado para o porão, onde sua irmã certamente a esperava com um forte inflável qualquer ou um elaborado kit-robô que a avó tinha comprado para elas. Evvie gritou uma saudação.

— Não se levante, pai — disse ela, inclinando-se para abraçá-lo e apertando a bochecha na dele. — Como você está?

Ele deu um tapinha no braço dela.

— Ah, estou ótimo, meu amor.

Ela ainda amava ouvir o som da voz do pai e o apertou mais uma vez antes de soltá-lo.

— Pai, este é meu amigo Dean — apresentou Evvie.

Dean apertou a mão do pai dela.

— Prazer em conhecê-lo.

— Igualmente. E prometi à Eveleth que não ia falar nada sobre beisebol.

Evvie congelou.

— Valeu — disse Dean com um aceno de cabeça. — Com licença, vou dar um beijo na minha mãe. — Ele pegou o pão de abóbora que Evvie segurava e se virou na direção da cozinha. — Pessoal, estou entrando para avaliar a situação da torta. Se houver alguma coisa que não esteja coberta, eu me reservo o direito de comer com as mãos.

Evvie ouviu Kell rir.

Quando Dean já estava longe o bastante, Evvie se inclinou na direção da poltrona do pai.

— Pai, qual foi a única coisa que eu pedi para você não fazer?

Frank jogou as mãos para o alto.

— Não vou perguntar nada para ele. Você não me disse que eu não podia nem falar com o homem.

Andy apareceu no topo da escada do porão.

— A Evvie está incomodando você, Frank?

— Acertou em cheio, Andrew — respondeu Frank enquanto colocava mais quatro amendoins na boca.

Evvie se levantou e caminhou até o melhor amigo. Ele a abraçou com tanta força que ela fez uma careta.

— Estou feliz em ver você — disse ele no ouvido dela.

— Eu também.

— Seu pai e o pai do Dean estão ficando amigos.

— Quero só ver. O Dean está na cozinha com os outros pais.

Andy a soltou.

— *Dean, você está incomodando minha mãe? Mãe, o Dean está incomodando você?* — gritou ele enquanto se afastava.

Evvie mal tinha tirado o casaco quando Dean voltou para a sala.

— Evvie, estes são meus pais, Angie e Stuart Tenney; essa é a Evvie.

A mãe de Dean era magra, tinha bochechas rosadas e cabelos grisalhos encaracolados e usava óculos; o pai era alto, embora não tanto quanto ele, e tinha ombros largos. Evvie apertou a mão dos dois, mas o impulso de abraçar a mãe dele, em particular, foi quase irresistível.

— Ouvimos falar muito sobre você — comentou Angie.

O marido dela colocou as mãos nos quadris.

— Espero que o Dean não esteja dando muitas festas loucas e obrigando você a chamar a polícia.

— Não mesmo — disse Evvie. — Ele tem sido um ótimo inquilino, pode ficar tranquilo.

Kell veio da cozinha, mordiscando uma fatia de maçã, com Andy logo atrás.

— Está tudo encaminhado na cozinha — disse ela —, então por que não se sentam?

— Então — disse o pai de Dean enquanto todos se acomodavam —, falamos com o Tom hoje de manhã. Ele está em Boulder com a família da Nancy. O Brian e o David estão na casa da irmã do David, e o Mark e a Alison estão em um cruzeiro.

— Esses são os meus irmãos — explicou Dean a Evvie. — Meu pai está compartilhando notícias deles. Ele mencionou que todos são casados?

— E o Mark está em um cruzeiro — repetiu Stuart. — No Dia de Ação de Graças. Quem come torta de abóbora em traje de banho em um navio no meio do oceano? Com um guarda-chuvinha enfeitando a bebida? É a coisa mais idiota que já ouvi.

Angie riu e deu uma cutucada nele com o cotovelo.

— Não seja implicante. Eles gostam do mar.

— Eu gosto da montanha-russa Runaway Mine Train no Six Flags Over Texas, mas não vou jantar lá no Dia de Ação de Graças.

— Então me conte, Stuart — disse o pai de Evvie —, você mencionou que cresceu em Jersey. Já foi a Coney Island?

— Claro — respondeu Stuart. — Visitei a tia da minha mãe que morava para aqueles lados e andei na Cyclone. Já foi a Dollywood? — Frank negou com a cabeça. — Eles têm uma lá chamada Thunderhead. Andei nela alguns verões atrás. Assim que saí, reescrevi meu testamento.

— Espero que tenha deixado algo de bom para mim — disse Dean.

— Para você, vamos deixar o gato.

— Não deixem aquele gato comigo.

— Ah, sim. Vamos deixar o gato para você — repetiu Stuart — e um bilhete dizendo que tem que fantasiá-lo no Halloween e passear com ele pela Quinta Avenida, senão vai perder sua herança.

— Tem uma senhora aqui na cidade que leva o gato para passear — contou Frank. — Os turistas acham que é um costume local. Está na internet que as pessoas no Maine levam os gatos para passear de coleira. Tudo porque um idiota viu a Lois puxando o Pookie pela Main Street como se fosse um poodle.

— É Pumpkin, não Pookie — corrigiu Evvie.

— Que seja.

— Tudo bem, tudo bem. Conte sobre o seu trabalho, Evvie — pediu Angie, sem rodeios.

Evvie riu.

— Eu faço transcrição. Trabalho principalmente com jornalistas e pesquisadores. Ouço as entrevistas, transcrevo e, às vezes, faço uma pequena indexação para que possam encontrar o que estão procurando. É interessante para mim, de qualquer maneira.

— O Dean conhece muitos jornalistas — disse Stuart com uma piscadela. — Ele adora entrevistas.

Evvie se virou para Dean.

— É mesmo?

— Meu pai está tentando me provocar.

— Bem, agora quero saber — disse Evvie.

— Conte a ela sobre Johnny Boo-Hoos! — disse Stuart, sorrindo.

— Quem é Johnny Boo-Hoos? — perguntou Evvie.

Dean revirou os olhos.

— Não é uma pessoa. É um bar em Gowanus, no Brooklyn. O artigo favorito dos meus pais sobre mim começa comigo me empanturrando de frango empanado no Johnny Boo-Hoos. Essas coisas sempre começam com comida. Sobre como Jennifer Lawrence está comendo salmão escalfado ou algo assim, ou sobre como a pessoa está no restaurante de burritos favorito de LeBron James, como se alguém se importasse.

— Eu adoraria ir ao restaurante de burritos favorito de LeBron — comentou Andy, levantando a mão.

— Não está ajudando — disse Dean, apontando o dedo. Andy sorriu e se recostou na cadeira. — Enfim. Começa com: "Dean Tenney está se empanturrando com grandes pedaços de frango frito enquanto um repórter esportivo tenta convencê-lo a falar sobre o quanto ele odeia matérias sobre esportes."

— Foi isso que perguntaram para você? — questionou Evvie.

— Não precisaram — disse Angie. — Um programa com o comentarista esportivo favorito dele estava passando na TV do bar.

— Pete Danziger — disse Stuart sombriamente.

O pai de Evvie soltou um grunhido de desprezo.

— Ah, esse idiota.

— Obrigado, Frank — disse Dean. — Estão vendo? O Frank concorda comigo. Danziger é âncora esportivo na TV a cabo. E um escroto.

— Dean! — protestou a mãe dele, mas com um sorriso. — Kell, peço desculpas pelo meu filho.

Kell acenou com a mão e tomou outro gole de vinho.

— Isso foi há uns três anos — continuou Dean —, e eles estavam falando sobre quando Domenico Garza, que joga no Mets, acertou um *home run* e comemorou batendo com o peito no peito de Florido Marquez. Todos aqueles velhos ficaram transtornados, disseram que ele estava tentando humilhar o arremessador ou algo assim. E Danziger estava falando sobre como os jogadores deveriam ter mais respeito, e eu disse ao repórter que ninguém teria ficado incomodado com isso se Garza e Marquez fossem brancos.

— Também acho — disse Evvie.

Dean se ajeitou na poltrona, como se seu corpo tivesse se lembrado do incômodo.

— Se Domenico Garza se chamasse James Leo Francis Patrick Houlihan, pode apostar que ninguém ia dizer que ele estava sendo desrespeitoso. Ele seria simplesmente um cara que amava o jogo. Foi o que eu disse ao repórter, e eles publicaram.

— Danziger não gostou nem um pouco — disse o pai de Dean.

— Pois é. — Dean sorriu de leve. — Ele teve a oportunidade de narrar o jogo em que eu fiz quatro arremessos desastrosos, então acho que isso compensou.

O silêncio penetrou pelas portas e pelas frestas das janelas.

— Fiquei orgulhosa de você — disse Angie, por fim. — Você disse o que achava certo. É por isso que as pessoas adoram entrevistá-lo. Você sempre diz a verdade.

— Como no caso do meio ambiente — disse Stuart.

— Ah, o meio ambiente! — A mãe de Dean colocou a mão sobre o peito.

Evvie se inclinou para a frente.

— Sério?

Dean se recostou, gemendo como se tivesse uma hérnia, mas Angie assentiu com a cabeça.

— Ele estava no tapete vermelho de um filme no qual Melanie atuou... Ela era namorada dele na época, uma garota adorável. Então perguntaram que mensagem ele queria mandar a seus fãs. E ele disse: "A negação das mudanças climáticas é o equivalente da estupidez da terra plana para as pessoas que querem ver todo mundo morrer afogado."

— "Imbecis cabeças-duras"— corrigiu Stuart. — "Para imbecis cabeças-duras que querem ver todo mundo morrer afogado."

— É verdade — concordou a mãe de Dean, carinhosamente. — Imbecis cabeças-duras.

— Eu não sabia que você tinha se tornado tão político — disse Kell a Dean.

— Não estou nem aí para política. Só não quero morrer em uma guerra pelo último litro de água na piscina infantil de *Mad Max*.

Evvie olhou para a mãe de Dean e elas decidiram juntas não rir.

— O Dean está feliz por estarmos todos aqui para celebrar nossas muitas bênçãos — disse Angie, erguendo a taça na direção do filho.

— Vocês são todos um bando de idiotas — disse Dean, sorrindo enquanto brindavam a ele.

Frank finalmente ligou a TV para ver o jogo de futebol americano, e as conversas continuaram na sala de estar e na cozinha. Em determinado momento, Frank ficou tão irritado com um *touchdown* que derrubou uma tigela inteira de guacamole no chão. Evvie veio da cozinha com toalhas de papel quase antes que ele pedisse.

Na cozinha, Evvie estava ao lado de Kell, descascando batatas. Kell era uma mulher que gostava de alimentar, beber e abraçar, e durante os últimos anos Evvie acompanhou à medida que seus cabelos curtos e elegantes ficavam cada vez mais grisalhos e sua sopa, cada vez mais gostosa. Ela havia perdido o marido muito nova, quando Andy era apenas um bebê, e, depois que Andy e Lori tiveram Rose e Lilly, decidiu que era o momento de deixar os amigos no Colorado, incluindo Stuart e Angie, para morar no Maine com a família. Então ela se mudou para Thomaston e comprou aquela linda casinha. Havia um quarto oficial para as netas, para quem, na casa da avó, as frutas eram obrigatórias, mas os legumes não.

Kell encheu Evvie de perguntas sobre Dean, não importava quantas vezes ela tivesse explicado que era uma relação puramente de inquilino e proprietária. Isso não parecia bem verdade agora, mas a última coisa que ela precisava era despertar a curiosidade de uma mulher a quem tinha sido tão difícil convencer que ela e Andy não iam se casar.

Evvie espiava o peru pela porta do forno de tempos em tempos, observando enquanto ele ia ficando com a pele crocante e dourada, depois ajudou com as batatas, fatiou o pão e o colocou na cesta. Havia vagem e farofa de castanha, e Kell tinha feito seu próprio molho caseiro de *cranberry*, muito obrigada. "Tirar algo de uma lata e colocar na mesa de Ação de Graças!", dizia ela pelo menos uma vez por ano. "É como se você estivesse comendo no refeitório de uma plataforma de petróleo!" Algumas vezes ela dizia "um alojamento de faculdade", mas o favorito de Evvie era: "Bem, é a mesma coisa que comer dentro do carro em cima do volante."

Quando tudo estava pronto, os adultos se sentaram ao redor da grande mesa, apertados e com os cotovelos quase se tocando, e Lilly e Rose se sentaram na escrivaninha trazida do quarto. O vinho foi servido nas taças, e Frank estava sentado com a faca na mão, pronto para começar.

— Parece delicioso, Kell, obrigado. — Aí ele largou a faca. — Quero dizer uma coisa.

Evvie sentiu um rubor no rosto que não era por causa do vinho. Ela se lembrou do dia de seu casamento, quando o pai se levantou e contou uma história que ela preferia que tivesse guardado para si. Era sobre uma ocasião, quando Evvie tinha doze anos e eles foram ao zoológico, e ele emprestou à filha os óculos de sol da mãe, que, por alguma razão, ele havia guardado. Em algum momento durante o dia, Evvie achou que os tivesse perdido e teve o que ainda considerava sua única crise de ansiedade verdadeira da vida, encolhida em um banco, incapaz de respirar, certa de que estava morrendo. Para o pai, essa era uma história sobre como ela era uma garota sensível e amorosa que ficara extremamente perturbada por ter perdido algo, em especial porque, mais tarde, eles descobriram que os óculos tinham simplesmente caído dentro do compartimento lateral da bolsa. Mas, para ela, era uma história sobre o vazio que sua mãe havia deixado e como qualquer coisa, incluindo pânico, tendia a se apressar para preenchê-lo.

Então o pai dela brindou. Ele não disse que Tim tinha sorte por se casar com ela, nem que Evvie tinha sorte por se casar com ele. Em vez disso, disse, de forma bastante específica, que *ela* teve sorte por *Tim* se casar com ela. "Minha família tem muita sorte, e minha Eveleth tem muita sorte por Tim querer ser seu marido." Ela sabia que ele estava falando de uma gratidão ampla e generosa. Frank fora criado por uma mãe que lutara para derrotar a emenda constitucional que instituía a igualdade de direitos entre homens e mulheres e por um pai que havia criticado a "libertação das mulheres" em outro memorável jantar de Ação de Graças, em 1997. Ele sempre quis ter certeza de que alguém cuidaria da filha e, em sua opinião, ela tivera sorte.

Evvie balançou a cabeça discretamente.

— Pai, as meninas estão com fome. Vamos comer.

— Eveleth, vai levar apenas um minuto — disse ele. — Quero dizer que estou feliz por todos estarmos aqui. Fico feliz com a presença de velhos amigos e de novos amigos e, é claro, por nossas queridas Rose e Lilly. Vê-las crescer ano após ano é maravilhoso.

— Amém — disse Evvie, pegando o garfo com determinação.

— Ei, alto lá, não apresse a bênção — disse Frank. — Estamos muito felizes por Stuart e Angie terem se juntado a nós; estamos gratos por conhecê-los e conhecer o Dean. E também estamos felizes por minha filha estar aqui depois do ano que ela teve. A Evvie tem um grande coração, como todos sabem.

— Pai — disse Evvie.

Frank continuou.

— Acho que muitos pais desejam que suas filhas se casem com médicos, mesmo que nem todos admitam. Eu não queria que a Eveleth passasse a vida cuidando de um homem que voltava para casa todas as noites vindo de um barco pesqueiro, podem acreditar. E ela se casou com um bom homem, que, certa vez, salvou minha vida. Não há nada que a Eveleth pudesse fazer que me deixaria mais orgulhoso dela do que ter enfrentado o ano que passou sozinha.

Evvie se sentiu ser *tomada* por algo. Foi assim que ela tentou explicar mais tarde, e foi o que pareceu. Ela sentiu uma dor derreter por todo o seu corpo, espalhando-se por seus braços e pernas, sentiu uma pressão na cabeça como se fosse explodir. Então pousou o garfo, olhou para o pai e perguntou:

— *Sério?*

Ele parou. Tudo parou. Talvez até a Terra.

Foi Andy quem falou:

— Ev... — foi tudo o que conseguiu dizer.

Não foi o suficiente, porque nada seria o suficiente.

— Estou há treze, quase quatorze meses deitada no meu sofá. Eu mal saio de casa. Eu me alimentei e dei um jeito de me virar com o pouco que tenho. Espero que esse não seja o auge do orgulho que você é capaz de ter de mim. Espero que sobreviver ao fato de não ser mais casada com um médico não seja a melhor coisa que você pense a meu respeito. Eu fiz faculdade. Vou viver provavelmente mais uns cinquenta anos. Espero que isso não seja o ponto alto da minha existência.

— Não foi isso que seu pai quis dizer, querida. — Kell tentou acalmá-la em sua voz mais apaziguadora, soando como a mãe que Evvie teria dado qualquer coisa, *qualquer coisa* para ter naquele momento. A maneira como seu corpo quase se encolheu sobre si mesmo, desejando não *sua* mãe naquele momento, mas *uma* mãe, *outra* mãe, como Andy e Dean tinham, foi algo tão desleal com o pai que talvez fosse pior do que qualquer coisa que ela tivesse dito em voz alta.

— É claro que não foi o que eu quis dizer, meu amor, não seja boba — disse Frank. — Eu entendo...

— *Pare* — pediu ela. — Você não entende.

— Estamos falando das coisas pelas quais somos gratos — argumentou Frank. — E sou grato por você ser forte.

Evvie sentiu todos os olhares sobre ela, duas garotas nervosas se perguntando por que o clima na sala havia mudado, pessoas que eram praticamente estranhos sem saber o que dizer. Ela olhou para Dean, sentado a seu lado, olhando para as mãos entrelaçadas sobre a mesa. Olhou para o pai, parecendo confuso, sem saber se deveria começar a destrinchar o peru, sem saber o que ia acontecer em seguida. Ela também não sabia. Era como se tivesse quebrado um copo na própria mão e não tivesse onde colocar os cacos. Evvie respirou fundo, e a pressão em sua cabeça diminuiu.

— Me desculpem. Sinto muito. Não sei o que deu em mim.

— Eu entendo — disse seu pai, aliviado, enquanto pegava a faca. — Sei que você não queria dizer nada daquilo. Vamos comer.

Doze

O TRAJETO DE Thomaston a Calcasset levava cerca de meia hora. Eles tinham ido na caminhonete de Dean e, no caminho de volta, ela fechou os olhos e apoiou a cabeça no banco.

— Meu pai fala sobre seus sentimentos uma vez a cada cinco anos — comentou. — Mas, quando fala, faz valer cada centavo.

— Aquilo foi memorável — comentou Dean.

— Não acredito que gritei com ele — disse ela. Dean esperou. Lá estava novamente: o ponto e vírgula. — Eu não deveria ter feito isso.

— Um dia você vai ter que contar a ele.

— Como assim?

— Bem, estou dizendo que você vai continuar irritada enquanto estiver mentindo sobre tudo. Não é justo com ele. Nem com você.

Ela levantou a cabeça e olhou para ele no escuro.

— Do que você está falando? Sobre o que estou mentindo?

— Evvie, você não pode querer que seu pai saiba que o seu casamento não era ótimo enquanto continuar agindo como se fosse.

— Os pais sempre acham que os casamentos dos filhos são ótimos.

— Até parece.

— "Até parece"?

— Os pais não acham que os casamentos dos filhos são ótimos. Está brincando? Meu pai levou cinco anos para se acostumar com a mulher de um dos meus irmãos. Apostou que iam se divorciar. No dia do casamento deles. Até parece.

— Não sei aonde você quer chegar. — Eveleth esfregou os olhos. — Acho que ninguém conta aos pais tudo sobre seus relacionamentos. Meu pai tem acesso a uma versão da minha vida que faz sentido para ele.

— Então é porque ele é seu pai.

— É.

— Então por que o Andy não sabe de nada? Achei que ele fosse seu melhor amigo.

— Como assim "achei que ele fosse"?

— Ele não sabe de nada. Acha que você está infeliz há um ano porque sente falta do seu marido. Ele não é seu pai. Não é um dos moradores da cidade, de quem seu marido removeu um anzol e que não quer ouvir que seu médico não era perfeito. Você diz que Andy é seu melhor amigo, ele diz que é seu melhor amigo, metade dos seus conhecidos acham que vocês dois estão dormindo juntos, e ele não sabe de nada. Você tem que começar a contar a verdade para alguém.

— Isso viola o nosso acordo — disse ela, por fim. — Estamos falando do meu marido.

— Vamos revogar — disse ele.

— Revogar o quê?

— O acordo.

— Por inteiro? — perguntou ela.

— Por inteiro. Vamos revogar. Em vez de um acordo, vamos ser amigos.

Seu primeiro impulso, ela percebeu com certa surpresa, foi relaxar todos os seus músculos e se jogar no ombro de Dean. Mas seu segundo e melhor impulso foi não fazer nada disso.

— Não podemos revogar o acordo. Nós apertamos as mãos.

— Acabei de fazer isso.

— Então tá, tudo bem. — Ela se endireitou no banco do carro. — Por que você não consegue arremessar?

Ele estremeceu. Ela viu, mesmo no escuro.

— Não sei. Tentei descobrir de várias formas, mas não consegui. É isso, não há o que fazer. Não faz sentido se lamentar. Foi horrível, mas já superei.

Você arremessa pinhas no escuro até a exaustão, pensou ela. *Quem está querendo enganar?*

Evvie disse apenas "Hum", baixinho, mas alto o suficiente para que ele ouvisse; com ceticismo, mas ao mesmo tempo com compaixão. Ela sempre tentava elaborar ao máximo seus ruídos.

— Do que seu pai estava falando quando disse que o Tim salvou a vida dele?

Evvie suspirou.

— Um dia, quando o Tim ainda estava na faculdade de medicina, estávamos todos jantando. Meu pai começou a reclamar que estava com a sensação de que havia alguma coisa tensionada nas costas, como se tivesse estirado algum músculo no barco. O Tim foi com ele para a emergência, onde descobrimos que ele teve um ataque cardíaco moderado. Ele está bem agora; isso foi há uns dez anos. Mas o Tim estava certo. Se dependesse de mim, eu provavelmente teria andado em cima das costas dele e mandado ele para a cama cedo.

— Uau.

— Pois é. O Tim jogou isso na minha cara, dá para acreditar? Uma vez, anos depois, no meio de uma briga, ele disse: "Você é muito ingrata, Eveleth. Eu provavelmente impedi que você perdesse o único pai que você ainda tem." Ele me disse isso. Bem alto, na minha cara.

— Eu acredito.

— Eu sei. — Evvie fez uma pausa, tamborilando na porta do carro. Ela achou que ele ia dizer algo, mas nada foi dito. — Uma vez, ele ficou irritado comigo porque cheguei meia hora atrasada para um jantar que era às sete, porque *ele* me disse para encontrá-lo às sete e meia. Eu disse: "Você falou sete e meia." Ele: "Evvie, eu falei sete. Você estava lendo." Era assim com tudo. Ele quebrou o próprio celular jogando-o no chão enquanto assistia a uma partida de hóquei? Não, devia estar com defeito, porque ele pousou o celular no chão normalmente, mesmo que eu o tivesse visto *atirando* o celular com força no chão. Ele fazia isso até com as coisas mais insignificantes. As piores bobeiras. Se a porta tinha ficado destrancada, era porque eu disse que havia trancado. Se eu não recebia um recado quando as pessoas ainda ligavam e deixavam recado, não era porque ele tinha esquecido, era porque eu não tinha prestado atenção.

Ela percebeu que Dean olhava de soslaio para ela do banco do motorista e se esforçou para olhar fixamente pela janela. Quando estavam perto de casa, eles passaram pelo Dacey Park, onde o Claws jogava, onde o Calcasset Braves tinha jogado antes disso, e ela mostrou a ele.

— O que acontece com o campo no inverno? — perguntou ele.

— Nada — respondeu ela. — Fica vazio. A equipe hiberna, o campo hiberna. Todos nós hibernamos, eu acho. — Ela olhou para os gramados brancos e as árvores quase nuas. — Já jogou beisebol na neve?

— Não muito — disse ele. — Tentávamos não jogar. Os arremessos, em especial; quando está frio, os dedos não funcionam muito bem. Mas, às vezes, em jogos no outono, acontece.

Ele parou o carro na entrada da garagem e ela saiu relutantemente do banco do passageiro para o que agora era oficialmente o frio do fim de novembro. Deixaram os sapatos na porta para que os últimos resquícios de neve derretessem no tapete, e Evvie se jogou no sofá.

— Quer fazer alguma coisa? — perguntou ela. — Podemos ver se tem alguma coisa passando na TV.

— Não, vou ficar sentado aqui um minuto e ver se consigo digerir o segundo pedaço de torta que eu definitivamente não deveria ter comido. — Dean se sentou ao lado dela e os dois se recostaram, empanturrados com o jantar e relutantes em se mover. Finalmente, ele virou o rosto para ela.

— Ei, posso perguntar uma coisa?

— Pode.

Ela virou o rosto para ele também.

— Você disse ao seu pai que está se virando com o pouco que tem.

— É. Você me paga, eu pago minhas contas.

— Não quero soar mórbido, mas... você era casada com um médico. Por que ele não tinha seguro de vida?

— Ele tinha seguro de vida.

— O Andy disse que não.

— Ah. Bem, é verdade. Eu disse ao Andy que ele não tinha. — Dean olhou para ela. — Sim. Eu menti.

— Por que você mentiria a respeito do seguro de vida?

— Para ele não me fazer perguntas.

— Você... recebeu o dinheiro? — perguntou ele, erguendo uma das sobrancelhas.

Ela pensou por um minuto, em seguida respirou fundo.

— Se eu contar, você tem que prometer que não vai contar para ninguém. Nem para o Andy.

— Tudo bem.

Ela voltou a olhar para o teto.

— Eu recebi o dinheiro, mas ele não é meu.

— Você doou?

Evvie fechou os olhos.

— Vou doar. Está tudo encaminhado, tudo liberado, eles me enviaram um cheque. Consultei um advogado, coloquei tudo bem longe do meu próprio dinheiro. Está... guardado.

— Você não quer o dinheiro?

Ela voltou a olhar para ele e escolheu aquele momento para perceber como os cílios dele eram longos. Não era esse o objetivo.

— Bem, Dean, é dinheiro. Eu tenho contas para pagar. Claro que quero o dinheiro.

— Mas você não está usando.

Ela se virou de novo e olhou para o teto.

— Não.

— Quer me explicar por quê?

Ela respirou calmamente, ainda olhando para cima.

— Para falar a verdade, não. Não agora.

Ele olhou para o teto também.

— Um pouco estranho — disse, por fim.

Ela riu.

— Olha quem fala.

Eles acenderam a lareira a gás e ficaram sentados, as mãos descansando sobre a barriga cheia, repassando as melhores fofocas da noite, até que Dean finalmente admitiu que estava exausto e precisava dormir. Ela se endireitou e ele se levantou do sofá com um esforço considerável e audível, em seguida ficou em pé, alongando as costas e os ombros e massageando a nuca.

— Tudo bem, até amanhã.

— Boa noite — disse ela, como sempre. Mas então, diferente do que acontecia sempre, de repente Dean se inclinou na direção dela, ela virou o rosto, sem ter tempo de reagir, e ele a beijou na testa, bem do lado direito.

— Feliz Dia de Ação de Graças — desejou ele antes de ir para o anexo e fechar a porta.

— Feliz... Dia de Ação de Graças — repetiu Evvie baixinho depois que ele saiu. E levou os dedos à testa.

INVERNO

Treze

O ARTIGO ERA INTITULADO "Uma filosofia do fracasso". Foi publicado na *Esquire* em dezembro e se propunha a definir como os americanos processam, descrevem, sentem e definem o fracasso. Foram usados quatro estudos de caso, e um deles era o do ex-arremessador e superastro do beisebol Dean Tenney, exemplo de um tipo de "Fracasso Máximo", alcunha que pareceu despertar um orgulho indecoroso no articulista.

Ele dizia que uma coisa era processar o fracasso nos casos em que uma boa ideia não dava certo ou uma série de obstáculos inesperados tornavam o sucesso inalcançável. Outra coisa era ver o fracasso, como ele disse, "escapar a todo o senso comum". Ele escreveu:

> Tenney será lembrado como a New Coke. Ele será o Ford Edsel em forma humana. Começou como uma promessa. Um prodígio. Um representante do auge da capacidade humana. Mas nada disso importa agora. Agora seria melhor que ele nunca tivesse tido êxito. Porque agora tudo o que vamos lembrar são bolas passando pelos receptores, corredores perplexos diante de sua boa sorte disparando na direção do *home plate* e colegas de equipe se esforçando para não criticar. Para quem está assistindo, não há nada que explique essas coisas ou que garanta que não vá acontecer com você — até ouvir os murmúrios de jogadores que acreditam que é uma questão de fraqueza mental e de mentes perturbadas, incapazes de se reparar. Esses murmúrios são reais. Em especial a respeito de Tenney.

Tenney não é mais arremessador. Ele agora é uma fantasia de bicho--papão. Ele é um exemplo vivo da pior das hipóteses para qualquer um com algum nível de sucesso. A história na qual todo o seu trabalho árduo, no fim das contas, não significa nada. A história na qual a sua vida, sem motivo aparente, se torna o rascunho de um livro que não vai mais ser escrito, abandonado em cima da mesa sem nem sequer uma palavra final.

No início da noite da segunda-feira de dezembro na qual essas palavras foram publicadas, o carro de Andy parou na entrada da garagem de Evvie. Ela abriu a porta para receber duas meninas vestindo casacos em cor-de--rosa e roxo e o pai delas, que lhe dirigiu um olhar cauteloso no minuto que viu seu rosto.

— Aqueles idiotas — murmurou ele.

Ela assentiu com a cabeça.

— Entrem, entrem — disse para Rose e Lilly, pegando seus casacos. — Vão lá para cima e deitem na cama grande. Já vou subir.

— *A Pequena Sereia!* — gritou Lilly.

— Vamos conversar sobre isso. Seja legal com sua irmã, Lill. Boas maneiras na festa do pijama, lembra?

— *A Pequena Sereia!* — gritou Lilly novamente enquanto ela e Rose subiam correndo as escadas.

Andy se encolheu.

— Parece que você vai ficar bastante ocupada. Obrigado por fazer isso. Ele disse alguma coisa? — perguntou Andy.

— Não — respondeu Evvie. — Ele entrou no anexo, fechou a porta e não disse uma palavra.

— Tudo bem. Só vou levá-lo para tomar alguma coisa, ver se ele quer conversar. — Ele e Evvie entraram na cozinha, e Andy gritou o nome de Dean. — Ei, você está pronto?

— Só um minuto.

Dean parecia cansado.

Andy e Evvie se sentaram à mesa da cozinha para esperar. Ela ergueu uma das sobrancelhas.

— Então, como está sua nova amiga?

Evvie sabia que Andy tinha saído algumas vezes com Monica Bell, uma professora do ensino médio, desde que se conheceram em uma festa, mas ele não tinha contado muito mais do que isso. Andy sorriu.

— Ela é divertida. Fomos ao cinema, assistir àquele filme com o francês que fez também aquele com a Jessica Chastain que você não gostou.

— Sei. Era Bryce Dallas Howard e o cara é canadense, mas, sim, sei qual é o filme.

— Não importa. Enfim, assistimos a esse filme e jantamos no Fontaine. Foi ótimo. Eu gosto dela. Você vai gostar dela.

— Que bom. — Evvie conseguia imaginá-los, ocupando uma das mesas no canto do restaurante, entrando no cinema, sentando lado a lado. Parecia tão invasivo imaginar todas aquelas cenas, até os mínimos detalhes, como os garfos do jantar e onde eles tinham se sentado no cinema, mas ela não conseguia evitar. — Parece ótimo.

— Sabe... Você deveria fazer isso um dia. — Andy inclinou a cabeça. — Se decidir que quer, você pode.

— O quê, sair com a Monica Bell? — Ela sabia. Sabia que era uma pergunta injustamente engraçadinha *e* uma tática para ganhar tempo *e* uma reação mal-humorada *e* algo que fazia parecer que ela estava zombando da nova amiga dele. Ele revirou os olhos, e ela levantou a mão. — Desculpe. Eu sei o que você quis dizer. Mas não estou nem sequer pensando nisso. Não mesmo.

— E não tem que pensar. Não é o que estou dizendo. Não tem nada pior do que o cara que começa a sair com alguém e, de repente, todo mundo precisa fazer o mesmo. Prometo a você que não sou assim.

Ela balançou a cabeça.

— Não pensei que você fosse.

— Estou sendo seu amigo.

— Eu sei.

— Estou dizendo que você *poderia*.

— Eu sei. — Evvie tinha quase certeza de que não poderia. E sabia que ele queria dizer duas coisas: que sair com alguém era possível e ninguém a julgaria por isso, porque já havia se passado tempo suficiente. Mas tinha quase certeza de que ele estava errado a respeito de ambas. Na linguagem imortal das metáforas sexuais envolvendo beisebol, ela não conseguia nem se imaginar entrando em campo para jogo, muito menos chegando à primeira base.

— Vou pensar sobre isso. Ainda parece errado.

— Por quê?

— Você sabe. A... viuvez. Outro dia, eu estava transcrevendo uma entrevista para aquele cara, Jason, com quem trabalho às vezes. Ele entrevistou um professor a respeito das mulheres imediatamente após a Segunda Guerra Mundial, e eles conversaram sobre a *viúva* de um soldado. Aí me dei conta de que, desde a morte do Tim, nunca me referi a mim mesma como "viúva". Ou a viúva dele. Não ando por aí me apresentando: "Sou Eveleth Drake, a viúva do dr. Timothy Drake." Eu sou a Viúva Drake.

— Acho que ninguém faz isso sem ser em seriados da BBC.

— Comecei a pensar nisso como uma palavra, sabe? "Viúva." É estranho que tenha que haver uma palavra para "uma mulher que era casada com alguém que morreu". Mas é real. Sou eu. Sou viúva agora, neste exato momento. E, honestamente, sou viúva o tempo todo. Sou viúva aonde quer que eu vá, o que explica por que me sinto assim *o tempo todo*. Mas pesquisei no dicionário e, se me casar de novo, não serei mais viúva. Mesmo que eu tenha sido casada e ele tenha morrido.

Ele franziu a testa.

— Isso é estranho.

— Não é? É como a princesa em coma que só pode acordar se alguém a beijar.

— Bem, na verdade ela está dormindo — esclareceu Andy.

— Quem está dormindo?

— A princesa. Cujo nome é Bela Adormecida, não Princesa Comatosa. Li contos de fadas há menos tempo que você, então confie em mim, ela está só dormindo. Mas entendi o que você quis dizer.

— É estranho ter essa coisa a meu respeito porque fui casada, uma coisa da qual só posso me livrar se me casar de novo. Você se deu conta de que eu *nunca mais* vou ser solteira? Só posso ser casada ou viúva. *Para sempre.*

Andy refletiu por um minuto, depois ergueu um dedo.

— O que você seria caso se casasse novamente e se divorciasse?

— Hum... — refletiu ela. — Acho que, nesse caso, eu seria divorciada.

— E se você se casasse novamente e o casamento fosse anulado?

— Então acho que voltaria a ser viúva. — Ela olhou para a mesa. — Eu sou um desastre. Tenho que me dedicar a um projeto ou algo assim. Quando está frio e não estou trabalhando, eu fico parada, e é como se pudesse sentir todos os meus ossos.

— Como assim? Sentir todos os seus ossos?

— Eu sinto meus ossos. Quer dizer, sou plenamente consciente da sorte e do privilégio que é ter os meus ossos, porque, se não tivesse, seria basicamente um saco de músculos, pele, gordura e órgãos, como o que vem dentro do peru.

— Que nojo.

— Desculpe — disse ela, um pouco mais baixo. — Acho que tenho medo de parecer uma história triste também.

— Bem, você não é. Ou melhor, eu não sairia por aí dizendo às pessoas essa coisa sobre o saco de órgãos. Mas todo mundo só quer que você seja feliz. Dedique-se a um projeto, e então as pessoas vão poder conversar com você sobre o que estiver fazendo, e vão parar de me perguntar o que dizer a você, e vou poder me aposentar do meu trabalho como Intérprete de Eveleth.

— Sinto muito.

— Pelo quê?

— Por você ter que fazer esse papel.

— Posso sugerir como projeto que você faça um curso sobre como parar de se desculpar o tempo todo?

— Desculpe.

— Ai, Jesus. — Ele gritou: — Dean, vem logo!

A porta de Dean se abriu e ele atravessou a cozinha, colocando as mãos nos bolsos.

— Até mais, Ev.

Andy olhou para ela.

— Tudo bem. Não sei a que horas vamos chegar. Os pijamas das meninas estão na bolsa perto da porta. Mais uma vez, obrigado. Me mande uma mensagem se a Lilly perfurar seu tímpano.

— Pode deixar.

Pela janela da sala de estar, Evvie ficou observando as luzes traseiras do carro de Andy até não conseguir mais vê-las.

Quando *A Pequena Sereia* terminou, o quarto de Evvie estava em silêncio. Lilly havia apagado no meio do filme e agora era um emaranhado de membros que ocupava metade da cama, enquanto Rose estava encolhida junto a Evvie na outra metade. Quando os créditos rolaram, Evvie desligou o DVD e se inclinou para espiar Lilly, cuja boca aberta estava afundada no travesseiro. Evvie se virou e sussurrou:

— Sua irmã está num sono ainda mais pesado que o normal.

Rose se levantou para espiar por cima do corpo de Evvie, depois voltou a se deitar.

— Ela está engraçada — disse Evvie baixinho.

Rose revirou os olhos e respondeu no mesmo tom sussurrado:

— Ela faz muito barulho.

— Faz mesmo. Acho que se cansou de tanto cantar junto com o filme. — Evvie acariciou os cabelos de Rose. — Está animada para o Natal?

Rose deu de ombros.

— Acho que sim.

— Acha que sim? Não quer ganhar presentes?

O sorriso com apenas um dos lados da boca era uma das coisas que ela tinha herdado de Lori.

— Não, eu quero presentes.

Evvie deslizou para baixo e puxou os cobertores sobre as duas.

— Qual é o problema, minha menina?

Rose suspirou, e isso fez com que Evvie pensasse que, aos sete anos, ela era nova demais para ter um suspiro como aquele em seu repertório. Um suspiro sarcástico, sim. Um suspiro zangado e frustrado, sim. Mas não o suspiro de uma garçonete de cinquenta anos.

— Vou passar o Natal na casa da minha mãe, e ela disse que tenho que levar um presente para o Fred.

Fred era o namorado de Lori, um designer de móveis de Charleston que ela havia conhecido alguns anos antes, pouco depois de se separar de Andy.

— E você não quer?

— Eu só tinha que dar presentes para minha família — disse Rose.

Evvie assentiu.

— Ah.

Devia ser apenas o primeiro ou o segundo ano que Rose ia escolher os presentes que queria dar às pessoas, mas o fato de estar cutucando as unhas em silêncio certamente demonstrava a transgressão de uma expectativa.

— Bem, muitas pessoas compram presentes para amigos também, sabe?

— Você e meu pai trocam presentes?

— Não — respondeu Evvie. — Mas só porque somos preguiçosos e odiamos fazer compras. — Rose sorriu. — Seu pai compraria para mim um saco de batata frita na máquina de venda automática e eu compraria para ele um cachorro-quente no posto de gasolina.

Rose riu, tapando a boca com a manga do pijama, em seguida começou a rolar e desenrolar a borda do cobertor.

— O Fred é muito chato. Ele é legal, mas só sabe falar de cadeiras.

— Ele gosta de mais alguma coisa? Esportes? Música? Livros?

Rose se virou para encarar Evvie e fez uma pausa, arregalando os olhos o máximo que podia antes de dizer:

— Ele *literalmente* só fala de cadeiras.

Evvie estreitou os olhos.

— E... golfe? Ele joga golfe?

Rose balançou a cabeça.

— Ele não faz nada. — Ela esperou o intervalo perfeito. — Só cadeiras.

— Vou te dar uma sugestão — disse Evvie. — Compre uma gravata.

— Você acha que ele vai gostar?

— Não, provavelmente não. Mas gravatas, perfumes, chocolates e coisas assim são presentes perfeitamente adequados há centenas de anos, quando as pessoas não sabem o que comprar. Uma gravata é um bom presente, um presente seguro.

— Não sei se é bom o suficiente — disse Rose.

Evvie pegou a mão dela, admirando seus dedos longos.

— Quer saber? Você não precisa se preocupar com nada. Sua mãe e seu pai amam você, e tenho certeza de que Fred também. E, quando ele descobrir que você comprou um presente, ele vai ficar feliz, porque é um gesto legal e porque veio de você.

— Evvie?

— Sim?

Rose se contorceu um pouco, em seguida disse:

— Eu nem sempre quero ir para a casa da minha mãe. Tenho que fazer mala e dividir o quarto com a Lilly. E nem sempre quero ir.

— Eu sei. E tudo bem.

— Mas tenho que ir mesmo assim.

Rose disse isso sem rodeios, para Evvie, mas também para si mesma.

— É, por enquanto, sim, você tem que ir. — Evvie apertou a mão dela. — Eu sei que você vai ficar feliz em vê-la.

Rose assentiu.

— Você também tem que ver a sua mãe?

— Mais ou menos — disse Evvie. — Não no Natal, mas às vezes. Quando ela aparece.

— Você deve sentir saudade dela.

— Às vezes.

Evvie acariciou as costas da mão de Rose com os dedos.

— Não vou passar o Natal com o meu pai.

— Talvez não o dia exato — disse Evvie. — Mas, quando você voltar, vai poder passar o Natal com ele. Vamos fazer aqueles biscoitos de floco de neve de novo, e vou precisar da sua ajuda. Nós vamos manter o espírito. O Natal não é um dia. É toda uma celebração. Tem os elfos, as renas e o "Sino de Belém".

— *O Batmóvel perdeu uma roda e o Coringa escapou* — cantou Rose na melodia natalina, e em seguida sorriu para si mesma.

Evvie passou o braço por cima de Rose para pegar um frasco de hidratante para as mãos na mesa de cabeceira.

— Quer? — Rose fez que sim com a cabeça, e Evvie colocou um pouco na palma da mão dela, depois massageou suas mãos e as de Rose. — Ainda vai ser Natal quando você voltar. Eu prometo.

— Vou comprar uma gravata para o Fred — disse Rose, por fim. — E aí só vou precisar escolher alguma coisa para a Lilly, meu pai, minha mãe e meus avós. — Ela olhou para Evvie. — E para você.

— Ah, você é a melhor — elogiou Evvie, colocando o braço em volta dos ombros de Rose. — Ninguém é melhor que você.

Quatorze

Depois que Rose dormiu, Evvie saiu com cuidado da cama e desceu para lavar a louça. Tinha imaginado que conversaria com Dean sobre o artigo quando ele chegasse em casa. Mas, quando voltaram, ele e Andy levaram as meninas para o carro, e Dean foi direto para o anexo, fechou a porta, e foi isso. Nada de beijo na testa; isso não tinha se repetido desde o Dia de Ação de Graças. Às vezes ela se perguntava se teria imaginado a coisa toda.

Às duas da manhã, ela ainda estava acordada, sentindo calor com o cobertor extra e sentindo frio sem ele. Àquela altura, já era inverno de fato, com temperaturas quase congelantes, e, enquanto pensava se deveria se levantar da cama ou ajustar o aquecimento, ouviu a caminhonete de Dean dar a partida. Em seguida, ouviu quando ele manobrou no caminho de cascalho, desviou cuidadosamente de seu carro e saiu.

Havia muitas possibilidades. Poderia ser uma volta para clarear as ideias. Poderia ter ido resgatar um amigo com um pneu furado no meio da noite. Poderia não ser nada. Mas ela se virou de lado e sentiu uma pequena fisgada nas costas, e, quando levou a mão ao local dolorido, foi como pressionar o botão de reprodução de um vídeo de todas as vezes que vira Dean massageando e alongando o ombro direito. Ele fazia isso na cozinha, quando estavam andando pela cidade, quando estavam jantando e quando ficavam sentados vendo TV juntos. Havia muitas possibilidades para isso também. Poderia ser um hábito nervoso. Poderia ser uma lesão antiga ou uma consequência de vinte e cinco anos arremessando o mais forte que podia durante oito meses por ano. Também poderia não ser nada. Mas, em sua mente, ela o viu jogando uma bola até o ombro doer e ouviu o vento lá fora. Isso a fez pensar na pergunta que ele fez sobre o Dacey Park no inverno.

Evvie se desvencilhou dos cobertores e se levantou, acendendo o abajur na mesa de cabeceira. Quando estava frio, ela dormia com uma camisa de flanela macia e short xadrez, então ficou com a camisa e vestiu uma calça jeans e botas. No andar de baixo, colocou o casaco de lã e pegou as chaves do carro no gancho perto da porta.

Os Dacey tinham sido proprietários de um jornal e de um hotel charmoso na cidade quando ambos os negócios estavam em uma situação financeira muito melhor. Restava na cidade apenas um Dacey, que trabalhava no banco. Mas o parque que havia sido construído para o Calcasset Braves ainda levava o nome de família. Evvie entrou no estacionamento e, a princípio, pensou que talvez tivesse se enganado. As luzes do campo não estavam acesas; parecia escuro, exatamente como deveria estar. Mas, então, ela viu a caminhonete dele, estacionada perto de um dos anexos. Evvie ficou aliviada por saber onde ele estava, preocupada que ele estivesse ali e um pouco impressionada consigo mesma por ter deduzido isso.

Ela saiu do carro, caminhou em direção ao campo e, ao se aproximar do portão de entrada, ouviu o primeiro ruído metálico da bola batendo na cerca atrás do receptor, que, é claro, não estava lá. Ela deu mais alguns passos, ouviu outro ruído e então Dean dizer, quase com naturalidade:

— Merda.

Evvie enfiou as mãos nos bolsos do casaco e passou pelo portão aberto, onde normalmente alguém recolhia os ingressos. Aproximou-se do campo, outra bola bateu na cerca, e então ela viu, ao longo da linha da primeira base, o que ele tinha feito. Várias lanternas grandes e quadradas, praticamente holofotes, estavam enfileiradas em uma linha entre o montinho e o *home plate*.

Dean olhava para o outro lado. Ela observou quando ele pegou uma bola dentro de um balde. Sua perna se encolheu, seu corpo girou, a bola voou no escuro e, em seguida, o baque. Ela inspirou fundo o ar frio, que se transformou em uma nuvem branca quando disse:

— Oi.

Ele estremeceu, depois se virou para encará-la. Estava ofegante.

— O que você está fazendo aqui? — Sua voz se aguçou quando ele perguntou: — Por acaso você me seguiu?

— Eu ouvi a sua caminhonete — explicou ela. — Então... adivinhei.

Ela caminhou até a abertura na cerca e entrou no campo, pisando na grama castigada pelo inverno, onde só havia pisado duas vezes: uma quando a banda da escola se apresentou antes de uma partida e outra quando sua tropa de escoteiras participou da apresentação do hino nacional. Ela parou perto dele.

— Você adivinhou que eu estava em um campo de beisebol da segunda divisão às duas e meia da manhã.

— Imaginei que você quisesse ver pessoalmente onde eram realizadas as corridas de caixas de cereal — disse ela, apontando para o *home plate*. — A Bree caiu no chão bem... ali. — Dean sorriu, mas só um pouco, e olhou em volta, como se houvesse alguma coisa visível naquela escuridão. — Eu não sabia que eles não se davam ao trabalho de trancar esse lugar em dezembro.

— Eles trancam. Mas, se fizer algumas perguntas por aí e prometer não quebrar nada, você consegue encontrar um cara que tem a chave.

Evvie assentiu lentamente.

— Pensei que você tivesse desistido de tudo isso. Pensei que estivesse seguindo em frente e tudo o mais.

Ele balançou a cabeça.

— Não quero falar sobre isso. Se quisesse, eu mesmo teria contado a você.

— Você disse para sermos "amigos". Disse que queria revogar nosso acordo. Você me perguntou sobre o Tim, sobre o dinheiro, sobre o meu pai. Estou perguntando por que você saiu da cama no meio da noite para atirar bolas de beisebol em uma cerca e xingar.

— Meu Deus — murmurou ele. — Amigos? É isso que você acha que está acontecendo aqui? Isto é particular, Evvie. Faz um ano e meio que não consigo fazer nada sem ter gente no meu pé. Estou com cara de quem quer falar sobre isso agora?

— Eu estava com cara de quem queria falar sobre o meu pai?

— Vim para esta cidade com a esperança de que as pessoas *parassem* de me seguir. Se eu quisesse falar sobre arremessos, poderia ter ficado em Manhattan. Vim para cá para não precisar me explicar, então não me peça para fazer isso, está bem? Estou bem. E realmente não quero falar sobre isso.

Evvie não sabia que esperava que ele fosse ficar feliz em vê-la até constatar que ele não ficou. Então, percebendo que *tinha* seguido Dean e que *era* de madrugada, percebeu, com um frio na espinha, como aquela situação era constrangedora. Era como uma espécie de clonagem involuntária, na qual uma cópia se desprendia de seu corpo e a encarava. A cópia via um homem tentando desfrutar de alguma paz no meio da noite e uma mulher louca que aparecia de pijama sem ter sido convidada. Não conseguiu pensar em mais nada para dizer, exceto "Tudo bem, tchau", o que suspeitava que fosse resultar em morte por combustão espontânea devido à humilhação. Ela ficou paralisada, incapaz de imaginar até mesmo uma retirada elegante. Mas, então, reparou que ele estava vestindo apenas uma camiseta de manga comprida.

— Ei, você não deveria estar usando um casaco ou algo assim? Isso não vai fazer mal para o seu braço?

— Vai. — Ele andou de um lado para o outro na frente do montinho do arremessador. E então repetiu: — Provavelmente vai.

Ela se aproximou e colocou a mão no cotovelo dele.

— Como posso ajudar?

Ele olhou para a mão dela, em seguida para seus olhos.

— Você já ajuda.

— Eu quero ajudar mais.

Ele riu e massageou o ombro novamente.

— É. Eu sei que você quer. Para ser sincero, não consigo nem sentir mais a bola, de qualquer maneira. — Ele tirou a luva, enfiou-a debaixo do braço, alongou e flexionou todos os dedos. — É o que eu disse sobre jogar no frio.

Ela colocou as mãos sobre as dele.

— É, nossa, suas mãos estão congelando.

Dean olhou para baixo e moveu apenas os polegares, pressionando de leve as mãos dela, apenas o suficiente para que Evvie tivesse certeza de que ele estava fazendo alguma coisa. E então ele assentiu.

— Tudo bem. Vamos para casa.

Eles recolheram as lanternas e as bolas de beisebol, e ela entrou no carro. Ele entrou na caminhonete e a seguiu de volta para casa, onde se despediram e foram cada um para o próprio quarto.

Quando se deitou novamente na cama, Evvie ficou pensando no receptor fantasma e no som da bola batendo na cerca de metal. Arremessar era algo que ele fazia desde criança. Não havia muito mistério; ele tinha o mesmo corpo de sempre. Os mesmos ligamentos, músculos e articulações. E tinha a mesma mente; não havia esquecido nada do que já sabia. Alguma coisa havia se quebrado, e o que estava quebrado poderia ser consertado. Isso era lógico.

Quinze

ALGUNS DIAS DEPOIS de ir atrás de Dean em Dacey Park, Evvie encontrou uma terapeuta em Rockland chamada dra. Jane Talco, cujo perfil on-line dizia que ela tratava de ansiedade e que, a julgar pela foto, parecia confiável. Para consertar uma mente perturbada, ela pensou, era preciso começar com alguém especializado em mentes.

Quando Evvie chegou, a médica estava de pé junto à mesa, de costas para a porta, e se virou com um bloco de anotações na mão. Estava com roupas casuais e os óculos no topo da cabeça.

— Olá.

— Oi, eu sou Eveleth Drake, marquei uma consulta às duas e meia.

— Claro, entre. Desculpe, eu estava apenas organizando a papelada em cima da minha mesa. — Ela se virou e estendeu a mão para apertar a de Evvie. — Eu sou a dra. Jane Talco. Sente-se.

Evvie afundou no sofá, que era um pouco mais profundo do que ela esperava. Ela sorriu sem jeito, examinando as obras de arte serenas e a agourenta caixa de lenços de papel na mesinha ao lado de onde estava sentada.

— Então, o que a traz ao meu consultório hoje?

O som na sala parecia abafado, como se elas estivessem em uma cabaninha de cobertores.

Evvie não tinha certeza de como deveria começar, então supôs que era melhor simplesmente ir direto ao assunto.

— Bem, preciso de ajuda. Eu sei que as pessoas sempre dizem que é para um amigo, mas, no meu caso, é realmente para um amigo.

A médica inclinou a cabeça.

— Para um amigo. Tudo bem. Conte-me um pouco mais.

— Bem, tenho um amigo que era atleta profissional. Já ouviu falar de *yips*?

— Steve Sax, certo?

— Isso. Meu amigo está sofrendo disso. Então se aposentou. Ele diz que está bem, mas acho que não é verdade. Estou tentando ser uma boa amiga. Sei que há muitas pesquisas e queria o conselho de um especialista, caso seja algo como ansiedade e eu possa ajudar.

— Hum, interessante. Pode me dar algumas informações a seu respeito, para eu entender melhor a situação, e depois falamos mais sobre o seu amigo? — perguntou a dra. Talco.

Evvie não estava muito animada para essa parte, mas imaginou que o fato de não estar sendo expulsa do consultório sugeria que talvez valesse a pena continuar, então assentiu.

— Você é casada?

— Não.

— Está em um relacionamento?

— Não.

— Filhos?

— Não.

Meu Deus. Era como conversar com a avó quando ela ainda era viva, só que com menos patos de cerâmica nas prateleiras.

— Já foi casada?

Evvie se ajeitou no sofá.

— Fui casada até pouco mais de um ano atrás. Meu marido faleceu.

— Ah, sinto muito — disse a dra. Talco, fazendo anotações em seu bloco. — E como você está?

— Como era de se esperar, acho.

— Há quanto tempo vocês estavam juntos?

— Desde os meus quinze anos.

A dra. Talco assentiu devagar.

— Foi um relacionamento longo.

— Foi. — Evvie pigarreou.

— Então, neste último ano, você tem estado fisicamente saudável? Como está em relação a coisas como o sono? Você dorme bem?

Ela pensou no frasco de remédio para insônia e nos sonhos com Tim andando furioso de um lado para outro e gritando, que tinha a cada duas semanas, mesmo agora. Às vezes, ele estava de jaleco branco. Uma vez, Dean também estava no sonho. Ela pensou em como se deitava no chão do quarto no escuro e em como sentia falta de se deitar no carpete do anexo.

— Sim, eu durmo bem.

— Como está a sua disposição física e mental? Acha que está normal?

— Sim — respondeu ela, empertigando-se um pouco.

— Procurou uma terapia ou algo do tipo?

— Não. Tive muita ajuda dos meus amigos e da minha família. Foi a única coisa da qual precisei. — Ela começou a enrolar a ponta do suéter entre os dedos. — Realmente não quero gastar todo o meu tempo aqui pensando no meu marido, no meu casamento e em tudo o mais. É complicado. Então, estou tentando não pensar nisso um pouco. É por isso que gostaria de ajudar meu amigo a melhorar.

— A que você se refere quando diz que seu casamento era complicado? Pode falar um pouco a respeito?

Evvie olhou para o diploma da médica na parede.

— Não, na verdade, não. Coisas comuns de casamento.

— Coisas comuns de casamento, entendi — disse a dra. Talco. — Há quanto tempo o conhece? Seu amigo com o bloqueio?

— Ele é meu inquilino, na verdade. Aluga parte da minha casa. Se mudou para lá faz alguns meses.

— Entendi. — A dra. Talco olhou para suas anotações. — Então, deixe-me dizer uma coisa. — Ela mexeu na ponta da caneta. — Às vezes, as pessoas vêm ao meu consultório e dizem: "Estou em crise, preciso de terapia." Mas, no fim das contas, querem um amigo mais do que qualquer outra coisa. E explico que terapia é diferente de amizade. Para começar, amigos são de graça. Você sabe, em termos ideais. Então não sou uma amiga.

— Hum. Está dizendo que acha que quero ser sua amiga? Porque não é bem isso que estou procurando. Quer dizer... sem ofensa.

A dra. Talco sorriu.

— Não. O que estou dizendo é que terapeutas não são amigos, e amigos não são terapeutas. E isso significa que você não pode ser uma terapeuta para o seu arremessador. — A dra. Talco fez uma pausa para ver se Eveleth estava entendendo, mas pareceu concluir que não. — Se ele tem problemas e precisa de apoio, então você pode ser amiga dele, o que parece que já está fazendo. Mas, se ele precisa da ajuda de um profissional, vai ter que procurar um. Você não vai conseguir dar esse tipo de auxílio a ele, se for esse o caso, não importa o quanto eu lhe fale sobre ansiedade.

— Acho que não é isso que eu estava tentando fazer.

— Isso não é uma coisa ruim. Acredite, você não é a primeira pessoa que tem essa ideia. As pessoas vêm até aqui e querem que eu resolva os problemas de um namorado ou uma namorada, um pai, uma mãe ou um filho. E digo a essas pessoas a mesma coisa que estou dizendo a você.

— Que é o quê?

— Que terapia é como escova de dentes. Você não pode usá-la em ninguém além de você mesma.

— Ei, espera aí — disse Evvie. — Está rejeitando meu pedido de terapia?

Ela percebeu que a dra. Jane Talco por pouco, muito pouco, não riu. Mas ela se segurou.

— Não estou rejeitando seu pedido. Na verdade, provavelmente há muito que podemos fazer juntas, e isso pode ajudá-la mais do que você imagina. Mas eu gostaria de falar sobre você. Perder o marido, especialmente na sua idade, é algo que acho que a maioria das pessoas precisaria de muita ajuda para processar. Quer o casamento tenha sido complicado, quer não. Não é uma coisa ruim.

O ruim, é claro, não era o fato de que ela poderia se beneficiar de ter sua cabeça analisada a ponto de virá-la do avesso. O que fizera com que Evvie ficasse encolhida em posição fetal em sua cama, o que tinha feito com que ela chorasse nos ombros de Andy por quase duas semanas depois que ele a levou do hospital para casa, era mais como uma exaustão profunda do que o luto que a médica parecia querer desenterrar. E a última coisa, *a última coisa* que ela queria era falar sobre isso.

Ela se levantou.

— Obrigada pelo conselho. Prometo que vou guardar seu cartão.

A terapeuta também se levantou e estendeu a mão como se fosse tocar o braço de Evvie, mas não o fez.

— Não quer ficar mais um pouco? Pelo menos até terminar o horário? Quero ajudar, se puder.

— Acho que não, mas obrigada por ouvir.

Evvie pegou a bolsa, vestiu o casaco e deixou que a porta do escritório se fechasse depois de sair. Pegou o celular assim que entrou no carro. Aquele era o momento de mandar uma mensagem para *alguém* e falar sobre a médica que não quis ouvi-la, que transformou uma consulta profissional em uma espécie de entrevista barata com a intenção de fazer Evvie chorar, como se ela precisasse de mais uma pessoa obcecada em questioná-la sobre a viuvez. Ela ficou sentada com o celular na mão e ouviu o início de uma chuva levemente congelada atingindo o para-brisa. Depois de alguns minutos, colocou o celular de volta na bolsa e ligou o carro.

Dezesseis

Mais ou menos uma semana antes do Natal, presos dentro de casa, protegidos do vento gelado que de tempos em tempos fazia a moldura das janelas tremer, Dean e Evvie estavam jogados nas poltronas dele, bebendo uísque puro. Já tinham tomado algumas doses. Dean estava estirado no assento, com as pernas compridas em cima da mesa de centro, e ela estava sentada de lado, os joelhos dobrados sobre o braço gordo da poltrona, sentindo a mente decididamente turva.

— Por que as pessoas comemoram o Natal todos os anos? — perguntou ela.

— Ai, meu Deus — disse ele com um sorriso. — Aonde você quer chegar com isso?

— Acho que é um questionamento muito pertinente — respondeu ela, virando o resto do uísque e fazendo o barulhinho gutural que sempre fazia quando engolia bebida alcoólica. — Ninguém tem tempo para isso. Ninguém quer passar por todo o... — Ela acenou com a mão livre. — Não acho necessário comemorar o Natal todos os anos.

— De quanto em quanto tempo, então?

— A cada quatro anos, como as Olimpíadas.

— Se contar com as de Inverno, são a cada dois anos.

— Tudo bem, a cada quatro anos, como os Jogos Olímpicos de Verão, seu *advogado*.

— Então esse é o seu plano para o Natal. Se você for uma criança de quatro anos, nada de Natal novamente até o terceiro ano do fundamental.

— Vai ser bom para as crianças. Algumas delas são terríveis. Essas são as verdades simples do Mundo de Eveleth.

Ele assentiu lentamente.

— Redução de 75% para o Natal, 0% de misericórdia para crianças terríveis.

— É — disse ela. — Zero.

— De onde vem o nome "Eveleth"? — perguntou ele, franzindo a testa. — É um nome de família? É a deusa viking das lagostas ou algo assim?

Ela balançou a cabeça.

— Eveleth é uma cidade em Minnesota. Bem ao norte, frio para cacete. A uns sessenta quilômetros do Canadá. É onde minha mãe nasceu. O pai dela trabalhava em uma mina de ferro.

— Tem mineração de ferro em Minnesota?

— Costumava ter.

— Não tem mais?

— Não como antes.

— Como diabos sua mãe acabou casada com um pescador de lagosta do Maine? — perguntou Dean.

Ele terminou a bebida, pegou o copo dela e serviu um pouco mais para os dois.

— Ela fazia faculdade em Boston e, um ano, veio para cá para ser monitora em um acampamento artístico de verão que não existe mais. Meu pai estava trabalhando no barco de um amigo dele, e eles se conheceram em um bar. Foi uma espécie de... paixão fulminante, acho, então ela se mudou para cá e eu nasci. Tenho certeza de que tudo isso pareceu muito romântico para ela. Uma aventura. Mas ela sentia saudades de casa, então me deu o nome de Eveleth. Fui batizada em homenagem à infelicidade da minha mãe.

Ela ergueu o copo na direção dele e, em seguida, tomou um gole. Normalmente, ouvia o que ia dizer em sua mente antes que as palavras saíssem de sua boca. Naquele momento, tinha acontecido o contrário.

Dean olhou para ela, como se fosse insistir no assunto, mas desistiu.

— Meu irmão mais velho, Tom, é engenheiro. O Mark trabalha para uma startup de tecnologia que faz alguma coisa com telas sensíveis ao toque ou qualquer merda assim. O Brian é contador. E eu, o caçula dos meus pais, agora tenho um golpe de jiu-jítsu informalmente batizado com meu nome. Quer saber qual é?

— Provavelmente não.

— Adivinhe.

Evvie contraiu o rosto.

— Não quero adivinhar.

— Chave de braço.

Ela assentiu com a cabeça.

— É, eu temia que fosse isso.

Nesse momento, a ventania aumentou e a janela chacoalhou novamente.

— O negócio está feio lá fora — disse ele.

— O negócio está *horrível* lá fora. — Ela bebeu e suspirou. — Eu queria estar em Fiji ou algo assim.

— Você tem muitos desejos para uma mulher que quer doar todo o seu dinheiro. — Ele arqueou uma das sobrancelhas. — Você poderia ir para Fiji.

— Não quero o dinheiro, já disse.

Dean ergueu a mão.

— Não, você me disse que *quer*, mas não vai aceitar. O que acho uma loucura. Embora talvez você tenha lido em alguns lugares que eu também sou louco, então não dê muita importância ao que digo.

— Sabe o que é mais louco? — perguntou ela. — Não consigo aceitar o dinheiro, mas não posso devolver. Por isso menti. Não consigo decidir o que fazer com ele. Não é muito doido? Quer dizer, o que deveria ter acontecido é que o dinheiro deveria ter ido para os pais do Tim. Essa história toda é tão bizarra que dar aos pais dele, que já são ricos, uma quantia gigantesca de dinheiro seria a coisa *certa* a fazer. Mas não posso dar o dinheiro a eles.

— Por que não?

Ela abriu um sorriso tênue.

— Como explicar? É o seguro de vida dele. Eu era a esposa dele. Eles iam querer que eu ficasse com o dinheiro. Nunca aceitariam, a menos que eu explicasse por que me recuso a aceitar. Depois de tudo o que eles passaram, não vou causar ainda mais sofrimento dizendo que não o amava mais. Não vou dizer a eles que, se eu não aceitar o dinheiro, é como se eu tivesse me separado. E quero acreditar que teria feito isso.

— Você não pode dar para o seu pai?

Evvie bufou.

— Não há a menor chance de ele aceitar meu dinheiro, ou essa teria sido obviamente a primeira coisa que eu faria.

— Ainda não sei bem se entendo por que você não fica com o dinheiro. Veio de uma companhia de seguros, e você precisa dele mais do que aqueles idiotas. O que estou deixando passar?

Ela olhou para o copo.

— É só que... Não posso. Não posso. Já é ruim o suficiente eu ter vivido à custa dele quando ele estava vivo.

— É assim que seguros de vida funcionam, Evvie. As pessoas precisam de dinheiro. É para isso. É exatamente para isso. Eles não estão pagando pela sua tristeza; estão pagando o dinheiro que ele estaria ganhando e que você não tem mais agora.

— Então ele morre, eu fico com o dinheiro, é assim que sobrevivo, entro e saio de todos os quartos nesta casa enorme, fico velha e sou simplesmente um *nada*...

Dean se endireitou na poltrona e colocou o copo na mesa.

— Tudo bem, em primeiro lugar, senhorita...

— "Senhorita"?

Ela estava um pouco bêbada. Ambos estavam um pouco bêbados.

— Em primeiro lugar, senhorita, você não é um nada. Você não seria um nada nem se vestisse a porra da camiseta da banda da escola, o suéter de bola de pelos e ficasse se lamentando no seu sofá até ter oitenta anos, então me recuso a ouvir isso. — Ele tomou um gole e depois continuou, olhando para o fundo do copo: — Deus do céu, quem *era* esse filho da puta?

— Eu deveria dar o dinheiro para *você* — disse ela. — Pode ficar com ele, desde que não conte a ninguém.

— Não preciso. Ganhei um bom dinheiro até parar de ganhar. E mesmo que tenha jogado uma grande parte no lixo investindo em startups que produzem motores à base de cocô de peru ou sei lá o quê, ainda tenho um pouco.

— Como era?

— Como era o quê?

— Não conseguir mais arremessar.

Ele olhou para ela, estreitando os olhos.

— Como era ser casada com ele?

— Eu perguntei primeiro.

Ela balançou um dos pés pendurados no braço da poltrona para cima e para baixo.

— Era bem parecido com conseguir arremessar — disse ele —, mas se você fosse péssimo.

Ela continuou balançando o pé.

— Tudo bem. Se eu pedisse para você se levantar e andar pela sala, o que você faria primeiro? — perguntou ele.

— Acho que eu... me levantaria?

— Certo. E isso aconteceria sem que você precisasse pensar, porque você sabe como se levantar de uma poltrona. Digo, o que aconteceria, o que *realmente* aconteceria, é que você colocaria a mão a seu lado e tomaria um impulso de leve. Chegaria um pouco para trás e levantaria as pernas, se viraria e colocaria os pés no chão. Então você transferiria o peso para os pés, estenderia as pernas e... Está entendendo o quero dizer? — Ela inclinou ligeiramente a cabeça em resposta. — *Você se levantaria da porra da cadeira.* Você manda o seu corpo se levantar? Ele se levanta. Ele sabe fazer isso. Se você arremessou por vinte anos, é a mesma coisa. Você não fica explicando a si mesmo como arremessar o tempo todo. Você quer atingir um ponto a dezoito metros de distância, dois centímetros para a esquerda, dois para a direita. O seu trabalho é esse. Aí um dia você acorda e... aparentemente, está fazendo a mesma coisa. Mas é como se estivesse tentando entortar uma porra de uma colher com o poder da mente. — Ele tomou um gole. — Era como tentar arremessar com o braço de outra pessoa. Era essa a sensação.

— Nossa, que inferno — disse ela. — Isso é triste.

— Não foi legal. — Ele ergueu as sobrancelhas. — Agora você.

Ela esvaziou o copo e bateu os dedos contra o vidro.

— Vamos ver. Ser casada com o Tim era como... era como remar em um barco, só que por dez anos. Você não está chegando a lugar nenhum e quer parar, mas quanto mais avança, mais pensa: "Bem, vou remar só mais cem metros, caso o outro lado esteja *bem* ali na frente. Então não terei remado até aqui à toa."

Ele assentiu e comentou:

— Sabe, antes eu desejava ter lesionado o cotovelo ou fraturado a porra do meu pulso. Para poder apontar e dizer: "Viu, é por isso."

Evvie se virou na poltrona para se inclinar e se servir de mais bebida, quase se sentindo culpada pelo fato de ser capaz de mandar seu corpo fazer o que quisesse com tanta facilidade.

— Foi uma mulher? — perguntou ela.

Ele abriu aquele terço de sorriso novamente.

— Por que você quer saber se foi uma mulher?

Ela deu de ombros enquanto colocava os pés de novo sobre o braço da poltrona.

— Estou curiosa.

— Sei, mas por que você quer saber *especificamente* se foi uma mulher? O que é? Você quer saber se existe uma mulher agora?

Ela riu, um riso incauto provocado pelo uísque.

— Bem, não era para você *dizer* isso, nunca ouviu falar em entrelinhas?

— Não foi uma mulher. E não há uma agora. Bem direto, sem entrelinhas.

Ela olhou nos olhos dele por um segundo, tocou o lábio inferior com o polegar e sentou-se abruptamente.

— É melhor eu ir. É melhor eu ir dormir, eu não... — Ela colocou o copo com o restante da bebida em cima da mesa. — Se beber mais, vou ficar toda mole.

— Não me importo.

Evvie sentiu as bochechas corarem, se levantou e se virou para ir embora. Ela oscilou um pouco e se apoiou por um segundo no braço da poltrona, mas não olhou para trás.

— Tudo bem, mas obrigada. Isso foi divertido — disse enquanto entrava na cozinha. — Boa noite, Dean.

— Boa noite, Eveleth, em Minnesota, quase no Canadá — gritou ele em resposta.

Dezessete

Quando jogava na segunda divisão e morava em um quarto alugado em Albuquerque, Dean Tenney e os outros caras do time foram a uma festa de encerramento da temporada na casa de um magnata local do ramo ferroviário chamado Fitz Holley. A enorme casa vitoriana de Holley era antiquada e intocável por dentro, como se o coronel Mostarda estivesse prestes a acertar a cabeça da vítima com um castiçal perto do bar. Mas, na sala de jogos, toda em madeira escura e com cheiro de charuto, havia uma antiga máquina de pinball restaurada, com pin-ups pintadas. As sinetas tocavam, as palhetas disparavam satisfatoriamente e não havia como descrever o movimento da bola sem recorrer a barulhos como *poing*. Dean adorou. Ele queria aquela máquina ou uma igual. E a colocou em uma lista das coisas que ia comprar quando tudo desse certo.

As coisas realmente deram certo por um tempo, é claro, e, quando morava em Nova York, Dean às vezes procurava anúncios de máquinas de pinball. Mas descobriu que elas tendiam a ser coisas cafonas com temáticas pop: máquinas da *Ilha dos Birutas*, do KISS, do Michael Jordan. Então comprou jogos de dardo sofisticados, mas, quando deixou de arremessar, algo a respeito de jogar dardos passou a parecer tão ridículo — embora tivesse percebido que isso ainda conseguia fazer, *que inferno* — que ele deu os jogos para os amigos antes de se mudar.

Então, em fevereiro, quando já estava morando na casa de Evvie, um amigo que vivia em Boston avisou que um conhecido estava se desfazendo do bem mais valioso de seu recém-falecido pai: uma máquina de pinball, de 1956, em boas condições, que poderia ser dele por um preço razoável. Na verdade, por um preço relativamente não absurdo. Não era um dinheiro que ele poderia gastar para sempre, mas era um dinheiro que ainda podia gastar naquele momento. Ele olhou algumas fotos que estavam anexadas ao e-mail e, embora não houvesse pin-ups, a máquina era elegante, com carros de corrida pintados. *Vendida*. O único problema era que Dean tinha que ir a Boston para buscá-la, o que significava uma viagem de quase quatro horas de carro.

Ele explicou tudo isso a Evvie enquanto tomavam café em uma manhã gelada de quinta-feira, e ela ergueu uma das sobrancelhas para as pin-ups, riu das máquinas do KISS e foi educada o suficiente para não perguntar quanto ele pagou por aquela máquina de pinball com a qual presumivelmente pretendia produzir todos os tipos de *clangs*, *dings* e *brrrrrrrrings* em sua casa a qualquer hora do dia e da noite.

— Então, quando você vai buscar esse troço? — perguntou ela.

— Domingo — respondeu ele. — Quer ir comigo?

— Para Boston?

— É. São quase quatro horas para ir e quatro para voltar e tenho testado todos os podcasts da sua lista, mas acho que não consigo ouvi-los por tanto tempo assim. São muitos olhares atentos à poesia simples da fabricação de tampas de bueiro e porcarias do tipo. Você deveria vir comigo e me fazer companhia. Além disso, você me disse que queria sair mais de casa. Isso vai contar como uma bela saída. Acordar cedo, pegar a estrada, chegar lá, me ajudar a colocar uma máquina de pinball na caminhonete, voltar, me ajudar a transportar uma máquina de pinball aqui para dentro...

Ela riu.

— Ah, então eu vou *trabalhar* nessa viagem?

— Com certeza — respondeu ele. — Ei, você está à altura da tarefa, você me disse que é metade mineira de ferro.

— Eu sou um quarto mineira de ferro. Mais um quarto artesã de Minnesota e metade pescadora de lagosta da Nova Inglaterra.

— A parte artesã não serve para nada, mas o resto parece vigoroso. Você deveria vir.

— Se precisa tanto de companhia, pode convidar o Andy.

— Você sabe o tipo de música que ele ouve.

— Mas ele é melhor do que eu com trabalho braçal.

— Pare de enrolar, Minnesota. Você vem ou não?

— Você vai comprar uma rosquinha frita no Dunkin' Donuts para mim?

— Tem Dunkin' Donuts aqui.

— Não é a mesma coisa. Eu quero o Dunkin' Donuts de Boston.

— Tá bom, eu compro uma rosquinha frita no Dunkin' Donuts de Boston para você.

E, simples assim, ela concordou em ir de carro com Dean no domingo pegar a máquina de pinball que ele queria. A viúva e o jogador de beisebol exilado iam colocar o pé na estrada para buscar um brinquedo pesado e caro e colocá-lo em uma casinha anexa na qual ele não pretendia ficar por muito tempo. E, em um momento isolado na cozinha, aquilo pareceu algo totalmente lógico a se fazer.

No domingo de manhã, Evvie colocou dois ovos com a gema mole em um prato para Dean e dividiu um bagel, metade para ele, metade para ela.

— Fiz o café da manhã — avisou.

Dean entrou na cozinha vestindo uma camisa do New York Giants. Ela olhou para ele e ergueu as sobrancelhas.

— O que foi? — perguntou ele.

— Vamos dirigir quase quatro horas até Boston, mais quatro horas voltando e, no meio disso, temos que pegar uma máquina de pinball. Você realmente acha que vai ter tempo de arrumar briga em um bar?

— Não vou arrumar briga em um bar. Fique feliz por não ser do Yankees.

Depois do café da manhã, ela colocou a louça na pia, pegou o casaco e as chaves e encontrou Dean do lado de fora, onde ele estava esquentando a caminhonete. Ela se sentou ao lado dele e, por um momento, foi tomada pela ideia de voltar e passar o dia debaixo dos cobertores. Havia três episódios de *Survivor* gravados aos quais ela ainda não tinha assistido e podia optar por não sacolejar durante quatro horas em uma caminhonete apenas pelo prazer de ajudar um homem adulto a transportar uma geringonça de meia tonelada. O sofá era quente, a caminhonete era fria, Boston era longe.

Mas Dean engatou a marcha a ré.

— Tudo bem, vamos nessa — disse ele, e os dois saíram da entrada da garagem.

Eveleth acreditava já ter visto Calcasset de todos os ângulos possíveis: em algum momento já estivera em cada esquina e olhara para todos os edifícios. Mas fazia uma eternidade que não contemplava tudo aquilo enquanto deixava a cidade. Havia pensado bastante naquela imagem, não fazia muito tempo. Tinha se imaginado ao volante do seu Honda, pegando a estrada para o sul, exatamente como estavam fazendo agora. Mas, em vez de estar sentada no banco do motorista, ela agora olhava pela janela e tirava o casaco. E, em vez de para sempre, ela partiria apenas por um dia.

— Então, tenho uma pergunta — disse Dean, interrompendo essa linha de pensamento, bem na hora certa.

— Diga.

Ela se virou para encará-lo.

— Ainda vai ter corrida de caixas de cereal este ano? Vou ficar muito chateado se não tiver corrida de caixas de cereal.

— Deve ter. Eles estão ansiosos para devolvê-la à sua posição de direito, como um elemento mundano de uma pequena atração local *não* mergulhado em um escândalo envolvendo jogo sujo e casos ilícitos. Mas talvez aposentem a caixa de Cheerios. Poderiam pendurá-la nos postes do lado direito do campo.

— Seria o nível certo de dignidade — disse ele.

— Você vai a um jogo do Claws comigo?

— Claro — disse ele.

— Eu... não tinha certeza se você odiava, sentia falta ou sei lá o quê.

— Está se referindo ao beisebol? Claro que sinto muita falta. Está brincando? Foi tudo o que fiz durante a maior parte da minha vida. Se acha que estou gastando demais nessa máquina de pinball, tinha que ver o que gastei tentando voltar ao beisebol. Eu teria dado meu outro braço se isso fizesse meu braço bom funcionar do jeito que deveria.

Evvie conectou o celular ao rádio da caminhonete para colocar um pouco de música.

A parte central do Maine, de Bar Harbor a Portland, se estende como estalactites que gotejam pequenas ilhas no Atlântico. É entrecortada por rios e portos com nomes acolhedores que parecem marcas de sais de banho ou lugares onde navios naufragam em canções populares: rio Sheepscot, rio Damariscotta, baía Linekin. A Route 1 avança pelo litoral, mergulhando em cidades turísticas como Wiscasset, Bath e Brunswick, antes de se encontrar, quase pesarosamente, em Portland, com a 95, que desce de Bangor e Augusta, um pouco mais para o interior.

Quando se aproximaram de Freeport, que ficava a pouco mais de uma hora ao sul de Calcasset, Dean apontou para uma das placas.

— Ei, estamos passando pela loja da L.L.Bean. Você precisa de uma barraca de camping com uma entrada para cães ou de botas que suportam até trinta graus abaixo de zero?

— Já fui a essa loja — contou ela. — É enorme e lotada de homens querendo se encontrar, mas que acabam se contentando com uma dermatite no saco por causa de hera venenosa. O Tim ficou chateado porque eles não faziam lista de casamento.

Dean franziu o cenho.

— Que tipo de presente de casamento ele queria fazendo uma lista na L.L.Bean?

— Sacos de dormir, cantis, mochilas, coisas assim. Ele tinha acabado de voltar para cá e queria que fôssemos um casal que fazia atividades ao ar livre, acho. Isso nunca aconteceu. Ele xingou alguns paus de barraca e foi só.

Cerca de uma hora depois, mais ao sul, eles passaram por um cartaz que dizia: VICTORIA TATTOO PRÓXIMA SAÍDA A 6 KM: TATUAGEM PREMIADA.

— Ei, está precisando de uma tatuagem premiada? — perguntou ela. — Nós podemos parar.

— Já tenho tatuagem.

Ela se virou para ele.

— Sério?

— Sério.

— O que é?

— Fiz quando assinei meu primeiro contrato. Mas eu estava bêbado e, apesar de já ter terminado a faculdade, é uma coisa bem no estilo anuário do ensino médio.

— Cadê? Quer dizer, a menos que seja...

Ele segurou o lado direito da camisa com uma das mãos e, mantendo a outra no volante, levantou-a, expondo uma boa parte do lado direito do torso. Ele manteve os olhos na estrada, então não viu Evvie abrir e fechar a boca ao ver seu abdômen, sua pele, um pedaço da barriga que tocava na camisa quando ele ria. Algo nos joelhos dela *respondeu* a isso com uma pulsação agradecida, e ela percebeu o que era com a clareza de uma badalada: *Ah, certo*, pensou. *Tesão.*

Logo acima das costelas, havia palavras escritas em preto, com uma tipologia simples: NO DIA EM QUE DESISTE, VOCÊ COMEÇA A MORRER. Ela abriu a boca e o que saiu foi (e um dia, muito tempo depois, os dois concordariam que foi isso que pareceu):

— *Baaaaaaaah.*

Ele riu e abaixou a camisa de novo, quase se desculpando, como se ela estivesse reagindo à frase.

— Eu estava numa fase ligada à longevidade. Não esperava bater recordes ou ficar rico. Só queria jogar por muito tempo.

— Ah. Que droga.

Certamente, pensou ela, isso não era o melhor que podia fazer. Mas, conforme o momento se prolongou, pareceu que sim.

— Não fique com pena — disse ele. — Ou não vou mostrar a tatuagem na minha bunda que diz: *eu odeio lagosta*.

— Não estou com pena! — protestou ela. — Estou ouvindo a história!

— Ei — disse ele com um aceno de cabeça em uma direção incerta —, pode pegar o endereço aqui no bolso e salvar no seu celular para a gente poder se orientar quando estiver chegando?

— Você... quer que eu pegue o endereço no seu bolso?

Houve uma pausa, então ele franziu a testa.

— Ei. Você. Mente suja. O bolso no quebra-sol aqui em cima. — Ele balançou a cabeça. — Fique longe do *meu* bolso.

— Eu me confundi! — Ela riu e abaixou o quebra-sol, onde, de fato, havia uma espécie de bolso, e nesse bolso havia um endereço em Somerville, que ela digitou no telefone. — É você quem está tirando a camisa — murmurou Evvie quando o GPS os localizou, e apareceu na tela uma previsão de que ainda iam levar cerca de uma hora e quinze minutos para chegar. — Você sabe alguma coisa sobre esse cara com quem vamos pegar a máquina? — perguntou ela. — Sabe se ele não vai nos esfolar vivos e nos transformar em abajures?

— Meu amigo Corey, com quem joguei em Cornell, trabalha com ele na fábrica de caixões.

— Fábrica de *caixões*?

— Não é um eufemismo, Eveleth, é mesmo uma fábrica de caixões. Um lugar onde caixões são feitos. Aparentemente, o Corey cuida de alças e acabamentos, e esse cara, Bill, faz forros. E o pai dele, do Bill, era o dono da máquina de pinball que estamos indo pegar. Tem carros de corrida pintados, sabe.

— É, você disse.

— Espero que tenha uma buzina e uma sirene. Você tem que admitir, isso seria muito maneiro.

— Por que uma máquina de pinball teria uma sirene? — perguntou ela.

— Provavelmente não tem, mas não seria legal se tivesse? Eu ia manter você acordada a noite inteira com ela — disse ele. — Eu simplesmente gosto do som.

— Se está tão ansioso para ouvir uma sirene, posso ligar para a polícia e pedir que parem o carro.

— Ah, você fala demais, Minnesota.

— Sabe, talvez eu ainda não o conheça o suficiente para ser sua navegadora. Não sei quanto tempo você passou em Boston, mas as ruas são projetadas para impedir que qualquer pessoa descubra para onde está tentando ir.

— Vamos arriscar.

Ela manteve os olhos no celular até a hora de conduzir a caminhonete pelas ruas confusas, congestionadas, muitas vezes diagonais *e* de mão única de Somerville. Eles encontraram a casa alta, azul-ardósia, e Dean estacionou na entrada da garagem ao lado. Eles desceram, e Evvie se inclinou para baixo e abraçou a parte de trás dos joelhos para alongar as costas. Ela seguiu Dean até a varanda, onde ele tocou a campainha. A porta se abriu e um homem com cabelos grisalhos e um moletom da Universidade de Massachusetts abriu a porta de tela.

— Bom dia, senhor, eu sou o Dean, e essa é a Eveleth.

— Ah, oi, sim, eu sou o Bill, entrem. — Bill apertou a mão deles e se afastou, e os dois se viram em uma sala de estar praticamente vazia, com caixas de papelão empilhadas em um canto rotuladas "venda de garagem 1" e “venda de garagem 2”. — Desculpem a bagunça, ainda estamos arrumando as coisas do meu pai.

— Sem problemas — disse Dean. — Sinto muito pela sua perda.

— Obrigado, Dean. É um prazer conhecer você, eu gostava de te ver jogar. Se não houver problema em dizer isso.

— Não tem problema, eu agradeço.

— Meu pai também, mesmo que se sentasse diante da TV e o xingasse de nomes não muito lisonjeiros. Ele ia ficar feliz por você estar comprando a máquina.

Bill colocou as mãos nos quadris e soltou um suspiro.

— Bem, espero que ele tenha visto minhas últimas partidas e que isso tenha lhe proporcionado alguma alegria.

Bill olhou para ele e deu a Dean o que Evvie só poderia descrever como uma autêntica piscadela.

— Acho que ele viu algumas, sim.

— Fico feliz por ter ajudado — disse Dean, abrindo os braços.

— Vou ignorar a sua camisa — disse Bill, fingindo severidade. — A viagem foi boa?

— Foi. Ainda estou devendo uma rosquinha frita para a Evvie, mas acho que vamos resolver isso na volta.

— Meu pagamento é em doces — acrescentou ela.

Bill sorriu.

— Estou feliz que tenha vindo. Já faz alguns meses que venho tentando encontrar um bom lar para a máquina. Queria que ficasse com alguém que fosse aproveitar.

— O Dean vai aproveitar *muito* — disse Eveleth. — Acho que você pode presumir com segurança que não poderia ter encontrado um pai mais amoroso para ela.

Bill riu.

— Tudo bem, perfeito.

Ele os levou a uma sala de jogos nos fundos da casa, de onde todo o restante já havia sido retirado, exceto pela máquina de pinball, encostada em uma parede. Não parecia nova, mas estava limpa e, quando Bill a ligou, ela zumbiu e apitou diligentemente, como um cão de abrigo ansioso e pronto para ser resgatado. Embora não houvesse sirene, carros de cores vibrantes decoravam as laterais e a caixa dos fundos: carrões, na concepção de alguém, com barbatanas e listras e garotas de saias rodadas e garotos de calça jeans apoiados nas carrocerias.

Dean ajudou Bill a desmontar a máquina (*ele tem braços tão bonitos, não olhe, não olhe*), marcando as conexões que Dean teria que refazer mais tarde, e Dean e Evvie levaram para a caminhonete os pedaços envolvidos meticulosamente em plástico bolha e presos com fita adesiva. De volta à casa de Bill, ela desviou o olhar educadamente enquanto Dean contava um maço de dinheiro, que entregou a Bill com um aperto de mão. Em seguida, eles voltaram para a caminhonete.

— Nem toda mulher aceitaria uma máquina de pinball em casa — comentou Bill. — Você tem uma bela garota.

— Ah, eu sei que tenho — disse Dean, assentindo com a cabeça por cima do ombro.

Evvie abriu a porta da caminhonete e entrou e, depois que Dean também entrou e fechou a porta, ela olhou interrogativamente para ele, que deu de ombros.

— Ele não está errado.

Ela balançou a cabeça.

— Tudo bem. Você me deve uma rosquinha frita. Vamos resolver isso.

Eles comeram rosquinhas em vez de almoçar, porque era um desses dias, e Dean dirigiu de volta para a estrada. Dessa vez, eles praticamente só ouviram um programa de variedades no rádio e um podcast sobre crimes reais do qual ela gostava (Dean interrompeu o tempo todo, dizendo "foi o marido", e no fim das contas tinha sido a irmã, mas ele disse que gostou mesmo assim), até chegarem a Calcasset, à tarde. Começava a escurecer quando estacionaram na entrada da garagem.

— Estou morrendo de fome — disse ela quando ele abriu a traseira da caminhonete. — Eu deveria ter exigido que você comprasse um sanduíche de manteiga de amendoim para mim.

— Tudo bem, Músculos — disse ele. — Pegue o outro lado disso aqui.

Os dois levaram o gabinete para dentro, depois as pernas e o painel dos fundos, e Dean os alinhou ordenadamente no carpete do anexo.

— Vou montar isso mais tarde — disse ele, indo em direção à cozinha. — Amei minha máquina de pinball de carros de corrida, mas também preciso comer. — Ele se inclinou sobre a bancada. — Queijo quente? Quero um queijo quente. Você quer um queijo quente?

— Pode ser. — Ela se sentou no lugar de sempre. — Ser dono de uma máquina de pinball é tudo o que você sempre sonhou até o momento?

— Sinceramente — respondeu Dean, enquanto remexia, abria e fechava gavetas —, penso nisso há tanto tempo que estou com medo de montá-la. Como se a expectativa pudesse ser melhor que a realidade. Além disso, não jogo pinball muito bem e acho que, depois que montar e começar a jogar, isso vai ficar mais óbvio do que é agora, com a coisa toda no chão.

— Tenho a sensação de que o pai do Bill está observando de algum lugar e está muito empolgado por você estar empolgado, mas ainda assim está chateado por um Yankee ter ficado com sua preciosa máquina.

— Pelo menos ele deve ter um belo caixão.

— Uau, você ficou sarcástico depois que comprou uma máquina de pinball.

Ela ouviu o pão começar a chiar na frigideira quando ele se aproximou e se sentou na cadeira ao lado dela.

— Posso dizer uma coisa? — perguntou ele, passando a mão pelos cabelos curtos.

— Claro.

Ele tirou o sapato direito com o pé esquerdo, depois o sapato esquerdo com o pé direito. Estudou o rosto dela por um segundo.

— O que foi? — disse ela, tocando a bochecha por reflexo como se tivesse açúcar nela.

— Pensei em beijar você algumas vezes hoje.

Ela sentiu as sobrancelhas se erguerem depois baixarem. Sua boca se cerrou, depois relaxou. *Rápido, rápido, rápido, como é que eu faço uma expressão neutra mesmo?*

— Você pensou...

Ela ficou chocada. Não, satisfeita. Talvez alegre. Não, espere, ela estava se contorcendo de ansiedade. Também estava em pânico.

— Pensei. Quer dizer, já tinha pensado em fazer isso algumas outras vezes, mas um pouco mais hoje. Na caminhonete e quando voltamos e estávamos tirando as coisas, você sabe, da traseira. — Ele fez um gesto vago com uma das mãos em direção à entrada da garagem. — Mas eu não sabia o que você ia achar e não me pareceu uma boa ideia surpreender você. Ou melhor, surpreender você é o que eu faria normalmente. Não costumo discutir esse tipo de coisa com antecedência nem nada assim. Mas me parece um caso especial.

— Sei — disse ela devagar, o cérebro trabalhando furiosamente, como pés de pato debaixo da água, enquanto ela mantinha o rosto o mais sereno possível. — Porque eu sou viúva? Ou porque sou a proprietária da casa anexa? Ou porque somos amigos agora? Ou porque você é muito próximo do Andy? Ou...?

Ele assentiu lentamente.

— Por todas essas coisas. Caso especial.

— Então agora você está discutindo.

— Acho que estou propondo uma discussão.

Ela teve a sensação de que sua cabeça estava fervendo por dentro e pensou que talvez, pelo menos uma vez, devesse simplesmente começar a falar. Abrir a boca e ver o que acontecia. Ficou surpresa ao sentir um sorriso surgindo.

— Olha.

Dean se levantou imediatamente.

— Já entendi.

— Ei, sente-se! — pediu ela, e ele voltou a se sentar na cadeira. — Não era esse tipo de "olha".

Ele ergueu as mãos.

— Continue. Mas, se disser "cara legal", vai ficar sem sanduíche, estou avisando.

Evvie mordeu o lábio.

— Eu percebi — disse ela. — Entende? Quer dizer, eu percebi. Eu estava aqui. Você sabe, eu estava *aqui*. — Ela acenou com a mão para o espaço entre eles. — Eu não estava alheia. Eu... percebi.

Ele sorriu para ela.

— Tudo bem, que bom.

Por um minuto, ela desejou ter se jogado em uma ou duas aventuras sem importância no tempo em que tinha ficado sozinha. Desejou ter alimentado a parte dela que queria as mãos, a pele e a pulsação de alguém sob seus dedos. Era confuso demais, delicioso e assustador demais pensar naquela sugestão. Seu marido não tinha sido a única pessoa que ela havia beijado, mas tinha sido a única pessoa com quem ela havia feito sexo, e era como se o *sim, por favor* da idade adulta, a paixão do ensino médio e a cautela duramente conquistada estivessem tentando se espremer através de uma porta ao mesmo tempo, e era um caos.

— Eu não estou pronta — continuou ela. — E não quero começar nada enquanto não estiver pronta, porque... Eu me arrependeria, e me arrependeria... de me arrepender. Entende o que quero dizer?

— Claro — disse ele. — Soa um pouco como um “talvez mais tarde”.

— Eu sei. — O rosto dela estremeceu todo. — E eu nunca faria isso se não fosse um...

— Caso especial, sei, já entendi. Está tudo bem, mesmo. Mas vou presumir que essa seja a resposta, então, se for um “talvez mais tarde”, então mais tarde você vai ter que me dar algum tipo de sinal verde, caso mude de ideia.

— Um sinal verde? Eu tenho que dar um sinal verde?

— É. O sinal verde vai depender de você.

Ela pensou por um instante.

— Tudo bem, e o que você acha que deveria ser?

— O sinal verde?

— É.

— Acho que deveria ser “vá em frente”.

— Esse é o sinal verde? O sinal verde é “vá em frente”?

— Esse é o sinal verde.

— Tudo bem. Entendi. Ei, não queime meu sanduíche.

Enquanto ele estava diante do fogão, ela murmurou para si mesma, só para ver como seria.

Vá em frente.

Dezoito

Duas quintas-feiras depois, Evvie estava assistindo a *Halls of Power* quando alguém bateu na porta. *Quem seria depois das dez da noite?* Mas ela olhou pela janela e viu o carro de Andy na entrada da garagem, então foi até a porta e abriu.

— Ei, está tudo bem?

— Sim, está todo mundo bem — respondeu ele. — Me desculpe por não ter ligado. Eu estava na casa da minha mãe e vim direto para cá. Preciso falar com você. Pode ser?

As mãos dele estavam enfiadas nos bolsos, mas ela viu um elástico de cabelo em seu pulso, o que significava que alguma garotinha havia desfeito a trança na casa da avó.

— Claro. Entre. Quer uma cerveja? Ou uma xícara de chá ou algo assim? Tem certeza de que está bem?

— Não, eu estou bem, obrigado. — Ele se sentou no sofá, mas se inclinou para a frente, com os cotovelos apoiados nos joelhos e os dedos entrelaçados. — Preciso falar com você sobre uma coisa e tentei pensar em uma boa maneira de abordar a questão, mas acho que não consegui.

— Você está me assustando — disse Evvie, sentando-se ao lado dele. — O que houve?

— Desculpe. Eu estava na casa da minha mãe, e começamos a falar sobre você e sobre como você está. — Eveleth achou esse tipo de confissão constrangedora, mas Andy continuou. — E acabamos falando sobre a noite em que o Tim sofreu o acidente.

— Tudo bem — disse ela, e começou a cutucar uma das unhas.

— Minha mãe me disse que uma das coisas que a deixou mais triste foi que ela percebeu que, quando chegou à emergência, você achava que o Tim estava apenas machucado. E que teria que passar muito tempo no hospital com ele, o que ela achou comovente. Ela comentou que você devia amá-lo muito para ter se preparado para ficar o tempo que fosse necessário. "Aquela garota fez as malas para ficar fora de casa um bom tempo", foi o que ela disse.

— Tudo bem — repetiu ela, sentindo a boca secar. — Por que ela diria isso?

— Você lembra que não conseguiu voltar para casa dirigindo naquela noite? E que por isso eu trouxe você para cá? E minha mãe pediu que alguém a levasse ao hospital no dia seguinte para ela buscar seu carro?

Eveleth olhou para o carpete, impotente.

— Acho que não lembrava quem tinha buscado o carro, é tudo meio que um borrão. Mas isso faz sentido.

— Foi assim que ela soube que você havia se preparado para ficar no hospital. Ela me disse que viu que você tinha levado uma mala para o hospital. Para ficar ao lado dele. Cuidar dele. Ela me disse que olhou para o banco de trás do seu carro quando foi buscá-lo e viu. Comentou como achava triste que, no fim das contas, você não tivesse precisado usá-la, porque ele morreu antes mesmo de você chegar ao hospital.

O sangue começou a latejar em seus ouvidos. Ela sentiu o rosto corar até a linha dos cabelos. Ficou com calor, ou talvez com frio.

— Ela me descreveu o momento em que estava caminhando na direção do seu carro e viu uma velha mala azul cheia de adesivos. — Ele estava tentando olhar Evvie nos olhos, mas ela fixou o olhar em um ponto alguns metros diante dos dedos dos pés. — Ela pensou que você tivesse feito a mala para ficar no hospital. Porque minha mãe não sabe que aquela mala era da sua mãe. Mas eu sei.

Andy sabia disso porque, uma noite, quando eles estavam tomando cerveja na sala de estar e Tim estava trabalhando até tarde, ela havia lhe contado tudo sobre Eileen Ashton, que sentia saudade de Eveleth, a cidade, mas não de Eveleth, a filha. Então, Evvie abriu o armário do corredor e tirou a mala azul surrada com os adesivos que diziam "Paris" e "Londres", adesivos que a mãe havia comprado em livrarias. Ela mostrou a ele que, lá dentro, guardava tudo o que Eileen havia mandado para ela ou deixado para trás: seus óculos de sol, um cachecol de cashmere, algumas cartas, uma pulseira de prata, três romances em brochura desbotados. Ela tentou explicar o quanto sentira falta da mãe quando era criança e como meio que detestava ter notícias dela agora. Detestava, mas não conseguia jogar nenhuma daquelas coisas fora.

Ele continuou.

— Então ela não sabe que não tem a menor chance de você ter recebido a ligação sobre o acidente, pegado a mala, tirado tudo de dentro e colocado as coisas de que ia precisar no hospital. Minha mãe não sabe que há apenas uma razão pela qual você tiraria aquela mala do armário e a colocaria no carro. — Ele fez uma pausa. — Mas eu sei.

— Andy.

Finalmente, ela o encarou.

— Você estava indo embora? — Ele esperou. — Você estava deixando ele? — De novo. — Você estava deixando o Tim *naquela noite*? Evvie?

Eveleth tinha passado os últimos dezessete meses com uma bomba de medo amarrada às costelas, e agora ela sabia como era senti-la explodir dentro do peito. Achou que ia desmaiar, vomitar, chorar e até rir. Mas, em vez disso, confirmou:

— Eu estava indo embora naquela noite.

— Então você estava colocando suas coisas no carro — disse ele.

— Tinha acabado de começar — respondeu ela, como se sua voz estivesse saindo de uma gravação, ou como se ele tivesse puxado um cordão em suas costas e as palavras não fossem dela, e sim uma gravação que se reproduzia sem parar. — Mas eu não ia levar muita coisa.

— E aí ligaram para você.

Ela fez que sim com a cabeça. E contou tudo a ele. O carro, a mala, a ligação e o médico de cabelos brancos que deu a notícia, quando ela chegou ao hospital, de que o marido já estava morto.

Naquela noite, Andy a levou para casa no carro dele — o mesmo que estava estacionado na entrada da garagem agora, com o suéter de Rose embolado no banco de trás. Evvie tremia tanto que, quando chegaram, ele a amparou para ajudá-la a entrar em casa, abriu a porta que ela não se preocupara em trancar, ajudou-a a subir as escadas estreitas e a deitou na cama, onde ela se afastou, virou de lado e se encolheu em posição fetal. Andy acendeu a pequena luminária em sua mesa de cabeceira, depois foi até o banheiro e umedeceu uma toalha com água fria. Ele voltou e se sentou ao lado dela na cama.

— Tudo bem — disse. — Aqui.

Ela se virou e deixou que ele colocasse a toalha fria em sua testa, como fazia com as meninas quando elas estavam doentes. Ele pegou roupas em uma gaveta e esperou no banheiro enquanto ela se vestia, e então os dois se deitaram por cima dos cobertores da cama dela, dormindo em intervalos de meia ou uma hora, até clarear lá fora.

Ele passou treze dias na casa dela. Kell cuidou das meninas e levou roupas para ele, e todos os dias alguém aparecia com ensopado, pão, sopa, guisados. Andy recebia tudo na porta e prometia transmitir a ela os sentimentos de todos. A escola chamou professores substitutos para cobrirem as aulas dele. O pai de Evvie ligava todos os dias e sempre ouvia que ela não queria que ele fosse até lá, que não queria ver ninguém. Andy fazia Evvie tomar banho, a persuadia, estimulava e subornava para que comesse e, embora houvesse uma cama no quarto de hóspedes, ele dormiu praticamente metade das noites encolhido ao lado dela, porque às vezes ela tomava um antialérgico e adormecia com um braço estendido, mas não conseguia dormir sem remédios.

Os pais de Tim cuidaram dos preparativos para o velório, e Andy levou Evvie. Mandou lavar seu vestido de lã cinza-escuro, levou-a de carro até a igreja e a amparou mais uma vez enquanto ela recebia as condolências de pessoas que, como ele, não sabiam que ela estava colocando as malas no carro quando recebeu a ligação do hospital. A cada cinco ou dez minutos, ele se aproximava do ouvido dela e dizia: "Você está bem." E sempre que ele fazia isso, uma nova onda de dor a atravessava. Ela poderia jurar que, todas as vezes, seu coração bombeava ácido direto para a ponta dos dedos. Aquela foi a primeira vez que as palavras ricochetearam dentro de seu crânio: *Monstro, monstro*.

Ele levou Evvie para casa, e ela foi direto para a cama. Na maior parte do tempo, ela chorava, dormia e mal tocava nas tigelas de sopa e torradas que ele levava para o andar de cima em uma bandeja. Depois de um tempo, Andy a convenceu a assistir a alguns filmes com ele: nada muito bobo, nada muito triste, nada com acidentes de carro. "Sinto muito", ele dizia. "Sinto muito, Ev. Como posso ajudar?" E ela puxava os cobertores sobre a cabeça. Depois de alguns dias, ela desceu para comer, e, após mais um tempo, os dois começaram a conversar sobre quando ela estaria pronta para ficar sozinha.

Quando ele retomou a vida normal, Evvie sabia que as pessoas perguntavam sobre ela aonde quer que fosse, porque Andy lhe transmitia seus melhores votos. E ela sabia como o elogiavam, mesmo quando ele não dizia nada, porque entreouviu mais de uma vez: "Você está sendo tão bom para ela." "Ela tem muita sorte por ter você." "Não sei o que aquela garota faria sem você, Andrew." Isso ainda acontecia, de tempos em tempos, mesmo com pessoas que viam Evvie regularmente. Elas queriam que Andy dissesse como ela estava *de verdade*. Queriam que ele traduzisse sua reserva e explicasse a ausência dela em lugares que esperavam que estivesse.

— Você ia deixá-lo — repetiu ele. — Então, todo esse tempo depois... não era porque você sentia a falta dele. Ou era?

Evvie balançou a cabeça.

— Eu não tinha ideia do que fazer.

— Evvie, ele... ele machucava você? Você estava com medo dele?

Temer todas as conversas com ele conta? Ficar tensa quando ele chegava em algum lugar conta?

— Não — respondeu ela. — Eu tinha prometido a ele que não ia falar sobre as coisas do casamento com você. E não estava certa de que ia deixá-lo até o momento em que aconteceu... Eu não disse nada. Eu ia ligar para você.

Ele assentiu com a cabeça.

— Você ia sair da cidade — disse ele.

Não foi uma pergunta. Ele sabia que ela não poderia planejar deixar Tim e continuar em Calcasset. Ela devia ter a intenção de ir mais longe que isso.

— Ia — respondeu ela.

— Não ia se despedir de mim, de seu pai... das meninas.

— Não, eu não ia.

Ela quase explicou que tinha pensado em deixar bilhetes para eles, mas pareceu que isso só pioraria as coisas.

— Evvie... Eu teria ajudado, teria ajudado você a encontrar um lugar para morar. Eu teria levado você para qualquer lugar.

Ela balançou a cabeça.

— Eu não disse nada a ninguém.

Ele nunca levantou a voz, nem uma vez.

— Você foi a primeira pessoa para quem eu contei que ia me divorciar. Contei para você antes mesmo de contar para a minha mãe. Não acredito que eu não fazia ideia.

Evvie tinha certeza de que Andy estava assistindo a uma sucessão de imagens em sua mente daqueles dias levando comida até o quarto dela no andar de cima, dele no velório de Tim, inclinando-se para falar ao ouvido dela, e dos dois na cerimônia de plantio da árvore, e sabia que ele estava mudando as legendas de todas aquelas imagens. Ele tinha repetido várias vezes que entendia tudo o que ela pensava ser estranho, errado, ruim, inadequado às circunstâncias. A perda explicava tudo, ele achava. A dor explicava. Mas agora ele precisava repassar todas aquelas imagens novamente e parecia inevitável para ela que, ao procurar novas legendas, mais cedo ou mais tarde, ele chegaria a *Eis uma imagem dela mentindo*.

— Eu não queria responder perguntas sobre a minha decisão — explicou ela. — Achei que todo mundo ia me culpar.

— Você achou que eu ia culpar você?

Andy não precisava dizer como isso era injusto e que jamais dera motivos para Evvie pensar algo assim. Ele tinha razão, e isso não mudava o fato de que ela pretendia deixar para ele nada além de um bilhete, depois do qual Andy passaria os mesmos treze dias consolando o pai dela. Ela podia argumentar, mas era verdade: estava pronta para deixar todos eles sem se despedir. Visitaria. Ligaria. Mas o que pretendia mesmo era ir embora. *Realmente, realmente* ir embora.

— Não — disse ela. — Não, claro que não, é claro que eu sabia que você não ia me culpar. Não sei o que pensei. — Eram os dois, o tique-taque suave e o aquecimento sendo acionado. — Sinto muito.

Andy assentiu, mas o que disse foi:

— Não precisa se desculpar.

Ela olhou para baixo e notou pela primeira vez que ainda usava a aliança, e ele não. Andy deixara de usar sua aliança dois meses depois que Lori saiu de casa. Andy tinha sido casado e agora não era mais, era descasado. Ela era casada de uma maneira diferente, mas era para sempre.

— Quero saber se está tudo bem entre nós.

Ele fez que sim com a cabeça.

— Claro. É claro que está tudo bem entre nós. — E se virou para ela. — É só muita coisa para processar.

— É.

Ela esfregou os olhos.

— Vou deixar você dormir — disse Andy, olhando para o relógio. — E, para ser sincero, é melhor eu ir para casa. Tenho que trabalhar amanhã. Foi um longo dia. Só não queria deitar sem resolver isso.

— Tudo bem. Estou feliz por termos conversado. — Eles pararam na porta. — Andy, me desculpe por você ter descoberto tudo dessa maneira, por eu não ter contado nada.

— Não, eu entendo. — Ele balançou as chaves na mão. — Talvez eu não tenha feito meu trabalho direito.

— Não foi isso. Eu não queria que ninguém soubesse. Então ninguém sabia.

Ele assentiu devagar.

— É. — Então repetiu: — É.

Em seguida, se voltou para a porta.

— Nos vemos no sábado? — perguntou ela quando ele saiu para a varanda.

— Claro.

— Eu te amo.

— Eu também te amo, Ev.

Ele desceu os degraus até o carro e acenou, e ela fechou a porta.

Dezenove

NA SEXTA-FEIRA À TARDE, Evvie estava lendo na sala quando recebeu uma mensagem de Andy: *Oi, tenho q cancelar amanhã. Fds com a M. Volto semana q vem. Ok?*

Ela ficou encarando a mensagem por um minuto e resolveu responder. Digitou: *Tudo bem, divirta-se.* Então mudou de ideia e digitou: *Tudo bem! Divirta-se!*

Bem, isso parece sarcástico, pensou, e mudou para: *Tudo bem. Divirta-se!*

Na manhã seguinte, ela estava na cozinha lavando a louça quando ouviu os ruídos e solavancos distintos da máquina de pinball, então enfiou a cabeça no anexo.

— Posso assistir?

— Pode, desde que não fique tirando sarro de mim — alertou Dean sem desviar o olhar do jogo. — Espere, hoje é sábado — disse, em meio às sinetas. — Você não deveria estar com o Andy?

— Ele cancelou. — Ela foi até a máquina, inclinando-se sobre a lateral. — Planos com a namorada.

— Ah, a outra. Como você está se sentindo?

— Bem, isso significa que tenho que preparar minhas próprias panquecas, o que é um saco.

— Acho que não foi *isso* que eu perguntei.

— Não, eu sei que não foi. Fico feliz que ele esteja feliz. Gostaria que não tivesse que cancelar, mas não o culpo. Nem a ela, nem ninguém. Se eu fosse a namorada dele, não ia querer que ele tivesse um compromisso permanente todo sábado de manhã. Eu esperaria que ele pudesse sair, ou viajar, ou... só ficar em casa. Ou sei lá.

— Ou sei lá — repetiu ele. — Está tudo bem entre vocês?

— Não faça isso.

— Fazer o quê? — Ele xingou baixinho e liberou uma nova bola prateada.

— Não espere que eu tenha ciúmes, é muito clichê. Ela não é a primeira pessoa com quem ele namorou nos últimos quatro anos; é só a que está durando mais tempo.

— Pensei que talvez você não gostasse dela.

— Não a conheço muito bem. Quer dizer, eu a conheço, e ela estava no aniversário dele em fevereiro, mas não conversei muito com ela.

— Ela provavelmente está apavorada — disse Dean, dando um empurrão na máquina com o quadril.

— Acho que empurrar a máquina é trapaça — contestou Evvie. — E por que ela estaria apavorada?

— Ela provavelmente tem pavor de você.

— Por que ela teria pavor de mim?

— Sério? Evvie, desde que ela começou a namorar o Andrew, quantas pessoas já devem ter comentado com ela que achavam que vocês namoravam? Ou que ele queria namorar você? Ou estava tentando? Você mora aqui; conhece toda essa fofocada de quem não tem o que fazer. Eu entendo vocês, quer dizer, mais ou menos, mas, se eu fosse a Monica, acharia que você é tipo... uma combinação maluca de mãe, ex-mulher, irmã mais velha e empresária dele. Você tem que admitir que é... sabe?

— Não, o quê?

— Intenso.

— Bem, acho que ela não vai ter que me ver tão cedo, então ela tem isso a seu favor. E o que você quer dizer quando diz que nos entende "mais ou menos"?

— Quero dizer que é incomum.

— O que é incomum?

— Essa coisa de almas gêmeas platônicas que vocês fazem não é algo muito comum na vida da maioria das pessoas.

— Não, eu sei. — Uma campainha soou. — É só... Aconteceu, entende?

— Destino?

— Necessidade doméstica — corrigiu ela. — Quando o Andy se divorciou, a Lilly era um bebê e a Rose era bem pequena. E a Lori simplesmente... *puf*. — Ela fez um gesto imitando um truque de mágica. — Você sabia que ela levou todas as colheres? Por alguma razão, quando montou a nova casa, quis mais colheres. Andy só queria que tudo aquilo terminasse, queria facilitar as coisas, então deixou que ela... Se bem que, para constar, eu falei para ele não fazer isso. Ele disse: "Leve o que quiser." Então ela levou todas as colheres. Fui até lá uma manhã, uma semana depois que a Lori se mudou, e a Rose estava tentando comer cereal com um garfo de plástico.

— A Kell não comprou cinco de tudo para ele?

— Ele não contou para ela. Mas contou para mim. Então levei algumas colheres. E comprei um livro de receitas para ele. E ficava com as meninas quando ele tinha que sair. Eu estava com elas na noite em que a Lori ligou e disse que sua mãe havia morrido, e acariciei as costas da Rose até ela dormir. Ensinei o Andy... Bem, tentei ensiná-lo a fazer tranças nos cabelos delas.

— Ele me disse que você salvou a vida dele.

— Sério?

— É. — A bola com a qual Dean estava jogando rolou para o fundo da máquina, e ele encarou Evvie. — E o que estou querendo dizer é: isso ocupa espaço. Ele tem filhas, ex-mulher, mãe, amigos. E tem você, essa amiga platônica que não é "nada de mais", que ele diz para todo mundo que salvou a vida dele. — Ele pegou a xícara na mesa de centro próxima e tomou um gole de café. — Só estou dizendo que pode ser intenso.

— Entendi. Você realmente foi a muitos psicólogos. Então, o que vai fazer hoje além de jogar?

— Bem, vou fazer um trabalho de condicionamento com a equipe, depois vou conversar com um repórter. — Diante do olhar de surpresa dela, ele assentiu com a cabeça enquanto liberava uma nova bola. — Eu sei. Mas desse eu gosto. Ele quer escrever sobre o que os atletas fazem depois que acaba a carreira no esporte. Disse que queria escrever o perfil de alguém que não se aposentou voluntariamente. Foi essa a expressão que ele usou. "Não se aposentou voluntariamente." É uma maneira bem-educada de dizer: "Deu com a cara no chão com tanta força que abriu uma cratera do tamanho de uma piscina."

— E você tem certeza de que quer falar com ele?

— Não diria que tenho certeza. Mas, em algum momento, vou ter que resolver o que vou fazer, além de morar na sua casa e andar com um bando de adolescentes. Vou ter que colocar a cabeça para fora da toca e ver se ainda tem mais seis semanas de inverno lá fora ou o quê.

— Hum, receio que você já tenha perdido o Dia da Marmota.

— Bem, então, no St. Patrick's, vou colocar a cabeça para fora da toca e ver se tem mais seis semanas de idiotas não irlandeses vomitando na calçada.

— Agora sim.

Ver Dean tentando jogar pinball acabou se revelando uma maneira bastante razoável de desperdiçar uma manhã de sábado. Ainda assim, ela sentia falta do conforto do café e do bacon, e de se sentar diante de alguém que encontrava uma babá todo fim de semana para que eles pudessem passar o tempo conversando sobre nada especial.

Na quinta-feira seguinte, Andy mandou uma mensagem: *N posso sáb. Vc pode dom? Fds cheio c/ M & Lil & Ro.*

Ela respondeu: *Ocupada aqui também. Nos vemos no próximo fim de semana.* Em seguida, excluiu a mensagem salva nos rascunhos, mas nunca enviada: *Estou ansiosa para nos vermos sábado. Sinto muito estarmos nos desencontrando, espero que possamos conversar.*

A matéria para a qual Dean foi entrevistado foi publicada na segunda semana de março, durante a pré-temporada de beisebol. Foi a primeira pré-temporada da qual ele não participava em onze anos. O artigo ia ser publicado on-line, às dez da manhã de uma terça-feira, quando estava chovendo no Maine, mas, sem dúvida, fazendo um lindo dia em Tampa. Dean estava no anexo com seu iPad, um café e um bagel. No andar de cima, com seu laptop, Evvie atualizava o site e assistia a trailers de filmes; fazia quase dois anos que não ia ao cinema. Sabendo que ele estava lá embaixo esperando, ela também esperou. Nada às dez, 10h02, 10h05... Mas, às 10h07, ela avistou a foto dele no topo da coluna de reportagens: "Depois do beisebol: oito jogadores falam sobre tempo livre, pagar por bebidas e seguir em frente." Seis dos caras se aposentaram após longas carreiras e um havia abandonado o esporte ainda jovem para se dedicar à família. E havia Dean, a quem o jornalista chamava de "à primeira vista, talvez o fiasco mais famoso do esporte no século XXI".

Na matéria, entretanto, Dean falava carinhosamente sobre a cidade onde agora morava (ele a chamava de "o oposto de Nova York em praticamente todos os sentidos") e dos garotos nas equipes que estava treinando ("Eu estava sentindo falta de um bando de palhaços me criticando, então tive sorte de ter conhecido esses palhaços no momento certo"). A versão de Dean da matéria poderia facilmente disputar o prêmio de Homem Mais Maduro do Mundo, dizendo que "o time fez tudo que podia para tentar ajudar", que "às vezes, você precisa reconhecer quando não está mais contribuindo para a equipe" e que "eu seria muito ingrato se reclamasse depois de onze temporadas de beisebol profissional e três finais da World Series. Tive sorte. Ainda tenho". Ele falou sobre a ida a Boston para comprar a máquina de pinball, que aparentemente havia mostrado ao repórter durante uma visita que Evvie nem sabia que tinha acontecido. O jornalista tinha inclusive conversado com Bill, de Somerville, que disse que Dean era "um cara legal, para um Yankee".

Dean não havia contado ao repórter que às vezes ia às duas da manhã ao campo do time da segunda divisão local para fazer arremessos, lançando a bola com estrondo contra a cerca de metal, cercado por lanternas. Ele não descreveu como arremessava pinhões na cerca dela até explodirem quando ia colocar o lixo para fora. Não contou que tinha a sensação de estar arremessando com o braço de outra pessoa. Em vez disso, ele mostrou ao repórter um equilibrado e super-relaxado Dean "Eles Rebatizaram a Chave de Braço com Meu Nome, Mas Tudo Bem" Tenney. O Rei da Tranquilidade.

No final, o repórter escreveu o seguinte: "Às vezes, Tenney estende o braço esquerdo para massagear o ombro direito, como se ainda o usasse todos os dias. Em determinado momento, pergunto se o ombro ainda incomoda. 'Sou só um velho enferrujado', ele me responde. 'Embora também possa ser meu braço me dizendo para sair do sofá e fazer o meu trabalho.' Ele sorri e acrescenta: 'É um dos dois.' Não tenho certeza de que está brincando."

Evvie chegou ao fim do artigo e olhou para uma foto de Dean, creditada a um fotógrafo da equipe. Na foto, vestindo um casaco e um boné do Yankees, Dean estava sentado em uma pilha de caixas de lagosta em um barco chamado *Segunda Chance*, que ela sabia pertencer a um dos amigos de seu pai.

Dean havia oferecido ao fotógrafo um leve estreitar de olhos e um rosto com uma ligeira barba por fazer que indicava tempos difíceis e intrigas. E sexo, embora talvez apenas na cabeça dela.

Ela imaginou como o fotógrafo deve ter ficado maravilhado ao levar Dean para uma sessão de fotos e encontrar um barco chamado *Segunda Chance* para ele se sentar. Poderia muito bem se chamar *Metáfora Contundente Flutuante*. Era exatamente o que Andy sempre dizia: um dia a imprensa ia ansiar para que Dean encontrasse o caminho de volta. Iam querer perdoá-lo, embora não por serem misericordiosos. Seria porque o sabor de odiá-lo teria se esgotado, como um chiclete barato, e agora precisavam saborear algo diferente.

Ela fechou o laptop e foi até a cozinha, onde fez chá e esperou. Quando a chaleira assobiou, ele apareceu.

— Oi.

— Oi — respondeu ela, depositando o saquinho de chá na xícara. — A matéria ficou legal.

— Ele é um cara legal — disse Dean, com um dos ombros apoiado no batente da porta. — O texto é honesto. Eu me reconheço.

— Achei curiosa a parte sobre o seu braço — comentou ela. — O que você disse sobre talvez seu braço querer arremessar.

Ela sabia, sem precisar se virar, que ele estava inclinando a cabeça como se não tivesse a menor ideia do que ela estava falando. Como se não tivesse acabado de ler o artigo.

— Eu não disse que meu braço quer arremessar.

Ela não se virou.

— Você disse que talvez. Você disse que talvez seu ombro te incomode porque seu braço quer fazer o trabalho dele.

— Eu estava brincando.

— Então você não quer voltar a arremessar.

Ela se virou e se sentou. Em seguida, estendeu a perna debaixo da mesa e empurrou a cadeira à sua frente com o pé.

Dean se sentou.

— Não entendi a pergunta. Você sabe o que aconteceu. Não é uma questão do que eu quero. É assim que as coisas são agora. Estou tranquilo em relação a isso.

Ela tamborilou na lateral da caneca.

— Por que você sai no meio da noite e fica arremessando no frio? Por que eu encontrei você no campo arremessando para o nada como um louco? O que você estava *fazendo* lá?

— Bem, você me encontrou porque me seguiu — disse ele com um tom tenso e comedido. — Você me encontrou lá porque saiu da cama às duas da manhã de pijama e dirigiu por aí procurando por mim. Quer dizer, talvez devêssemos conversar sobre isso. Quer explicar por que anda dirigindo por aí no meio da noite à procura de pistas como se fosse uma personagem de *Assassinato por Escrito*?

— Estou tentando ser sua amiga. Estou tentando entender. Você me diz que está bem...

— Olha, às vezes é bom fazer algo normal. Vocês têm um estádio de beisebol, eu não tenho emprego. Quando cheguei aqui, não conhecia ninguém além do Andy. Eu gosto de campos de beisebol; eles são familiares, só isso. Você está dando muita importância a esse episódio. Não vou saber explicar como é não conseguir mais arremessar, não importa quantas vezes você me pergunte.

— E as pinhas? — perguntou ela. — Você gosta de pinhas? Isso é familiar?

Novamente o mesmo olhar.

— Do que você está falando?

— Vi você lá fora, pegando uma pinha do chão e arremessando-a na cerca sem parar até ela se espatifar. Você faz isso em todo lugar? Anda por aí arremessando coisas? É por *isso* que massageia o ombro? Porque não consegue parar de arremessar coisas para o nada até se machucar?

Dean revidou, mas não da maneira que ela achava que ele faria.

— O que está havendo entre você e o Andy? Por que não se encontram mais aos sábados?

Ela balançou a cabeça como se tivesse água no ouvido.

— Do que você... O que uma coisa tem a ver com a outra?

— Quem conhece você? — perguntou ele.

Eveleth o encarou. *Estou prestes a desmaiar? Porque isso seria estranho.*

— O que você quer dizer com "quem conhece você"?

— Você quer ser minha amiga, quer fazer perguntas sobre coisas que viu quando eu não sabia que estava sendo observado, mas quem conhece você? Eu não conheço. O Andy não conhece, seu pai não conhece. Estou começando a achar que seu marido não conhecia também. Moro na sua casa e você diz que somos amigos, mas acho que não faço a menor ideia do que está acontecendo com você. E agora você quer me interrogar sobre o que acontece no meio da noite? Esqueça. Você quer que eu lide com os meus problemas; sabe de uma coisa? Lide com os seus primeiro.

Evvie sentiu a cabeça latejar. Ela olhou para a xícara e viu que os dedos apoiados na alça estavam tremendo. Em seguida, se levantou e foi até a fileira superior de armários. Abriu uma das portas e tirou um dos pratos de porcelana com as florezinhas amarelas. Aqueles que pareciam pertencer a uma casa de bonecas. Virou-se para Dean e segurou o prato na vertical para que ele pudesse ver.

— Um prato. E daí?

Ela levantou o prato até ficar quase na altura da testa e, sem tirar os olhos do rosto dele, abriu a mão e o deixou cair. O tempo pareceu parar por um instante, da mesma maneira que uma palavra às vezes fica presa na garganta antes de ser dita. Mas, quando atingiu o chão, explodiu com uma alegria percussiva.

Dean pulou na cadeira.

— Que porra é essa?

— Eu moro aqui — disse ela. — Certo? Eu moro aqui. São meus pratos. Foi o que você disse. Você disse que, se eu não gosto deles, deveria comprar pratos novos. — Ela voltou ao armário e pegou uma tigela de cereal. Dessa vez, não a deixou cair: atirou-a no chão de cerâmica, onde os pedaços se espatifaram com mais força, voando mais longe.

Ele não disse nada. Apenas observou.

Ela pegou outro prato. Usou ambas as mãos. Por alguma razão, quando atingiu o chão, o prato não se quebrou. Ela o jogou da maneira certa — da maneira errada —, e ele caiu estatelado e sobreviveu. Ela se abaixou, pegou o prato e olhou para Dean.

— Já entendi — disse ele, erguendo uma das mãos. — Você não precisa quebrar todos os pratos. Já entendi.

Ela jogou o braço para trás e bateu o prato com força na lateral da mesa da cozinha, onde ele se espatifou, restando apenas um pedaço na mão dela. Evvie deixou o pedaço cair na pilha crescente a seus pés.

— Eveleth, pelo amor de Deus — disse Dean, levantando-se e empurrando a cadeira para trás.

Ela se virou e pegou a pilha do restante dos pratos — os outros seis — e colocou sobre o balcão. Quebrou-os, um por um, batendo alguns contra a bancada ou contra a mesa antes de deixar que caíssem no chão da cozinha, e Dean ficou de pé, observando, de braços cruzados. Ela quebrou um enquanto pensava em quando Tim a chamou de idiota por não conseguir encontrar as chaves, e os fragmentos deslizaram e resvalaram pelo chão da cozinha, indo parar embaixo da geladeira e ao lado da máquina de lavar louça.

Quando estavam todos despedaçados — todos os pratos nos quais havia jantado às nove e meia da noite depois de desistir de esperar que Tim voltasse para casa, todos os pratos que havia colocado diante dele no café da manhã de aniversário com uma vela em uma pilha de rabanadas —, ela parou. Estava tonta e com calor e seu coração batia acelerado, e Dean ainda estava em silêncio. Então ele foi na direção dela, chutando pratos quebrados, abrindo caminho até onde ela estava. E chegou bem perto, até ela sentir o cheiro do sabão de lavar roupa dele.

Dean passou o braço por trás dela, por cima do ombro, e Evvie se perguntou se estava prestes a sentir a mão dele em sua nuca. Felizmente, antes que pudesse fechar os olhos ou se comportar como uma pessoa que claramente esperava ser beijada, ela viu Dean pegar uma tigela e arremessá-la com um movimento vigoroso do pulso — movimento que um dia valeu muitos milhões de dólares por ano.

Em um filme, eles acabariam rindo e talvez até fazendo cosquinhas um no outro. Haveria alegria. Mas eles ficaram de pé junto à pia e quebraram oito pratos de jantar, oito tigelas de cereal e oito pratos de sobremesa. Quando Dean lhe entregou o último prato, ela o segurou diante de si, quase com reverência, abriu os dedos e simplesmente deixou que o peso não fosse mais sustentado por sua mão. O prato se partiu em pedaços tão pequenos no chão que deixou de *ser*. O som aumentou e cessou, e então eles ficaram sozinhos, juntos, em pé em uma ilhota de ladrilhos em um mar de flores amarelas partidas. Ela levantou a mão esquerda para afastar uma mecha de cabelo do rosto corado e ele estremeceu.

— Ah, você se machucou!

Não era surpresa que, cercada de cacos de pratos quebrados, ela tivesse um corte entre dois dedos. Foi mais surpreendente verificar, depois de virar as mãos, frente e costas, que não havia mais sangue. Ela colocou a mão sob a água fria e a lavou, e Dean pegou uma toalha de papel limpa e pressionou o corte.

— Eu faço isso — disse Evvie, assumindo o controle, mas ele colocou a mão sobre a dela.

— Não esqueça de pressionar. Vai estancar.

Dean era tão alto que ela deveria ter antecipado o tamanho da mão dele, mas ver como seus dedos pareciam pequenos sob os dele a fez rir.

— Suas mãos parecem patas de um filhote de dogue alemão — murmurou ela.

— Sim. Sabe, elas ainda fazem algumas coisas bem — disse ele.

Ela olhou para ele. Havia uma pequena cicatriz acima da sobrancelha. Com certeza, pensou, resultado de ter sido atingido por uma bola. Provavelmente havia aberto um talho. Talvez ele fosse criança, como ela era quando caiu sobre um caco de vidro e levou quatro pontos no joelho. Talvez não. Durante o tempo de um piscar de olhos, ela se viu, na própria mente, fazendo um curativo no olho dele.

Ele espiou o corte por baixo do papel.

— Acho que você vai sobreviver.

Evvie continuou olhando para as mãos dele, em seguida percorreu com os olhos o braço e o ombro. Lá, em algum lugar. Lá, em algum lugar, estava a resposta.

— Você deveria me ensinar a arremessar — sugeriu ela.

Ele riu.

— O quê?

— Você deveria me ensinar a arremessar — repetiu.

— Para quê?

— Para eu saber como é arremessar.

— Para quê? — repetiu ele.

Ela deu de ombros.

— Para assim eu saber como é não arremessar.

Ele assentiu com a cabeça devagar.

— Mas você sabe que eu não consigo arremessar. Você sabe que essa é meio que a minha especialidade.

— Eu sei. Mas você pode me ensinar.

— Em qual nível você quer ficar?

— Digamos que... o suficiente para não passar vergonha em um campo da segunda divisão.

Dean estreitou os olhos.

— Qual faixa etária?

Ela pensou por um minuto.

— Crianças de doze anos.

— Aos doze anos, eles já são muito bons — alertou ele. — Não seja tão ambiciosa.

— Eu quero aprender.

Ele sorriu, apenas um pouco.

— Tudo bem. Quer começar agora? Imagino que seja destra, então essa mão não vai ser problema.

— Não, outro dia. Tenho coisas para fazer hoje.

Ele ergueu uma das sobrancelhas.

— Alguma coisa boa?

Ela se apoiou na pia.

— Limpar a cozinha e comprar pratos.

PRIMAVERA

Vinte

NUMA QUINTA-FEIRA no início de abril, Evvie estava no quarto, guardando os suéteres de inverno, quando o celular vibrou em seu bolso. Ela o pegou e viu a foto de Andy com uma mensagem: *Podemos tomar café da manhã no sábado? Desculpe por estarmos nos desencontrando. Muitas coisas acontecendo, mas seria ótimo ver você.* O alívio fez com que seus ombros relaxassem um centímetro no mesmo instante.

Desde que conversaram sobre a noite da morte de Tim, Andy parecia mais distante. Estava ocupado com a nova namorada, as filhas, o trabalho. Mas Evvie não conseguia se convencer de que Andy não estava chateado por tê-la consolado à toa, por semanas e meses, por uma dor que não existia de verdade. Eles haviam se encontrado algumas vezes, e a cordialidade dele chegava a ser aflitiva. Ela pegara o celular para mandar uma mensagem para ele diversas vezes, mas sempre acabava desistindo.

Depois de alguns minutos, enfiou a mão no bolso novamente para responder: *Oi!! Que bom ter notícias suas. Eu adoraria, claro. Estou com muita saudade.*

Ele respondeu imediatamente: *Eu também! Tudo bem por você se a Monica for com a gente?*

Evvie garantiu a ele que estava tudo bem e que estava muito animada, o que não era exatamente verdade.

Então pegou o celular outra vez e mandou uma mensagem para Dean. *A boa notícia é que vou tomar café da manhã com Andy no sábado.*

Ele respondeu: *E a má notícia?*

E, antes que ela pudesse responder, o celular vibrou novamente. *A namorada vai?*

Ela respondeu com o emoji com a boca tensa e cheia de dentes. Aquele no qual sempre pensava como sr. Eita.

Mas feliz que você vai, respondeu ele. *Vai dar tudo certo. Ela é ótima. Juro.*

Ela respondeu com um coração amarelo. Na cabeça dela, cada coração tinha um significado, sombreados e agradavelmente oblíquos e enviados em um idioma que apenas ela falava; o que talvez significasse que nem era um idioma, apenas um diário escondido à vista de todos. O coração amarelo era para gratidão.

Evvie foi a primeira a chegar para o café da manhã no sábado. Estavam finalmente entrando na primavera, então ela se sentou à mesa deles com o café e virou o rosto para a grande janela, de olhos fechados, deixando que as bochechas se aquecessem ao sol. Evvie se virou ao som de Andy rindo enquanto conduzia Monica para o banco diante dela.

— Oi, desculpe, estamos atrasados — disse ele.

— Não tem problema nenhum — disse Evvie. — É bom ver vocês.

— É bom ver você também — respondeu Monica com um sorriso. — Obrigada por deixar que eu me intrometesse na tradição de vocês. Eu sei que é especial.

— Fico feliz que o Andy tenha conseguido reservar um tempo. — *Não, não, não, não era isso que eu queria dizer.* — Quanto mais gente, melhor — acrescentou ela, o que também não soou direito. Ela já estava perdendo por 2 a 0. — Recomendo as panquecas de mirtilo, embora o Andy seja fã da omelete de presunto e queijo.

— Ah, acredite em mim, eu sei — disse Monica.

Nesse momento, Marnie apareceu ao lado da mesa. Ela colocou uma xícara com um saquinho de chá e um pequeno bule de água quente diante de Monica.

— É bom ver todos vocês aqui juntos! Já pedi a comida de todos, vai ficar pronta em alguns minutos — avisou ela enquanto enchia a xícara de café de Andy.

— Desculpe, eu não sabia que vocês estavam vindo aqui, que idiota — disse Evvie, ajeitando o guardanapo no colo.

Andy olhava para o celular.

— O Andy é uma criatura de hábitos — disse Monica a favor dele. — A propósito, eu queria dizer que passamos pela sua casa outro dia e eu não conseguia parar de comentar como ela é bonita. Acho sua varanda maravilhosa.

Eveleth riu.

— Que gentileza a sua. Você deveria passar um tempo lá qualquer hora dessas. — Ela estreitou os olhos. — Isso soou estranho.

— Não, de jeito nenhum. Por favor, venha passar um tempo na minha também, embora seja consideravelmente menos legal.

Andy estendeu o braço e entrelaçou os dedos com os de Monica.

— Como você está, Ev? — perguntou ele.

Ela tentou agarrar aquela chance. Tentou de verdade.

— Estou bem. Finalmente comecei a ver *The Americans*, a propósito.

Ele sorriu.

— Eu estava certo?

— Estava, estava.

Evvie assentiu lentamente com a cabeça.

— Você não acha que seja "propaganda"? — perguntou ele, os olhos pestanejando para Monica.

— Ah, meu Deus — interveio Monica, revirando os olhos. — Sinto muito se não gostei da sua série. Converse com a Evvie. Ela gostou. — Ela afastou a mão de brincadeira, mas Andy a beijou e a pegou novamente, entrelaçando-a à dele em algum lugar debaixo da mesa. — Ele é muito imaturo quando se trata de televisão.

Eveleth sorriu.

— Eu sei. Como estão as meninas?

— Ah, elas estão bem — disse Andy. — A mãe delas vai se casar com o Fred, aliás.

— Puta merda — murmurou Eveleth. — Ela finalmente vai se casar com ele?

— Felizmente, as meninas começaram a gostar dele agora. Seria muito mais complicado se não gostassem. Essa é uma das razões pelas quais esperamos alguns meses antes de apresentarmos esta aqui. — Ele inclinou a cabeça para o lado.

— Ah, então você já conheceu as meninas — disse ela a Monica.

— Conheci. Elas são incríveis. Mas você sabe disso melhor do que eu. Elas estão chateadas porque já faz um tempo que não veem você.

Os olhos dela se voltaram para Andy, e ele respondeu com um olhar discreto.

Mais alguns momentos de silêncio, mais algumas torrentes de nada, e Marnie trouxe a comida: as panquecas de Eveleth, a omelete de Andy e algo para Monica que parecia ovos mexidos com legumes. Ela realmente parecia o tipo de pessoa que comia ovos mexidos com legumes: muito sensata. Muito saudável. Não uma esnobe que come queijo *cottage*, apenas uma pessoa mais madura do que qualquer outra na mesa que tivesse pedido panquecas, por exemplo.

Eles comeram e conversaram: Eveleth e Monica conversaram, e Monica e Andy conversaram. E, quando a maior parte da comida já havia acabado, Monica pediu licença.

— Já volto — disse, batendo de leve com o ombro no ombro de Andy para que ele se levantasse e a deixasse sair da mesa.

Quando ela saiu, Evvie pegou um mirtilo na borda do prato.

— Ela parece incrível. — Ela apoiou o queixo na mão e olhou para ele. — Está tudo bem?

Ele sorriu.

— Está tudo muito bem, Ev. Quer dizer, ainda é cedo. Mas, sim, ela é incrível, e estou feliz. Sinto muito se tenho andado distante. Eu estava... Você sabe. Tentando ser um bom namorado. Os fins de semana têm sido movimentados, muita coisa acontecendo. Eu me senti mal. Tive medo de que você achasse que eu estava chateado por causa do que conversamos na sua casa, sobre a mala e tudo o mais.

Evvie sentiu as bochechas corarem.

— Achei que talvez você estivesse.

— Sinto muito. Admito que fiquei um pouco atordoado. Não sei.

— Não era a minha intenção — disse ela.

Ele deu uma risada nervosa, um fio estreito de voz, e Evvie sentiu tão nitidamente a distância que se abrira entre eles que seus olhos começaram a arder, um nó se formou em sua garganta e... *não*. Ela tossiu.

— O Dean vai me ensinar a arremessar.

— Sério? — Andy riu. — Parece que vocês estão se divertindo.

Ela sabia que era uma abertura; o momento certo para falar sobre o sinal verde e os pratos. Mas essas coisas, por enquanto, eram seu único segredo voltado para o futuro, em vez de para o passado. Se ela contasse, acabaria com o ar de transgressão, seria como beber uísque em uma caneca de café. Além disso, não conseguia pensar em nada que ele pudesse dizer (*vá fundo, tenha cuidado, me conte tudo*) que ela soubesse como responder. Então disse:

— Você tinha razão; é bom ter companhia. Isso me impede de ficar tão solitária.

— Só não tente consertá-lo. Eu sei como você é.

— Como assim?

— Você é muito... cuidadora. Literalmente. Cuidou do seu pai, cuidou do Tim, cuidou de mim quando a Lori foi embora. Só não quero que acabe acolhendo caras perdidos pelo resto da vida. Você é o tipo de pessoa que acaba com um cachorro de duas pernas que puxa por aí em um carrinho.

— Isso não é um tipo de pessoa.

— É definitivamente um tipo de pessoa. É uma pessoa que acaba administrando um hospital de bonecas e colocando pequenas talas feitas com palitos em pássaros com as asas quebradas.

— Bem, prometo que não vou abrir um hospital de bonecas.

— E o que você pensa em fazer?

Ela colocou uma mecha de cabelo atrás da orelha.

— Trabalhar. Ou talvez estudar. Não sei. Estou pensando. A Nona me mandou umas mensagens; ela está pesquisando para um novo livro. Você sabe o quanto eu amo trabalhar com ela.

— Isso seria fantástico — disse Andy, se empertigando. — Só acho que você deveria ter alguma coisa. — Ela notou o momento exato em que ele se ouviu dizer aquilo. — Não estou querendo dizer que você não tenha agora. Estou me referindo a alguma coisa divertida, incrível, diferente...

Eles se entreolharam.

Naquele momento, Monica apareceu ao lado da mesa e deu um empurrão de leve no ombro de Andy, de forma que ele chegou para o lado para abrir espaço, ainda olhando para Eveleth, ainda se perguntando exatamente o que tinha acontecido.

— Perdi alguma coisa? — perguntou Monica.

— Não — respondeu Eveleth. Ela pegou a conta que Marnie havia colocado sobre a mesa e se levantou. — Pode deixar comigo. Mas foi ótimo ver vocês.

— Ah, Evvie, obrigada — disse Monica, estendendo a mão e apertando o cotovelo dela. — A próxima é por nossa conta, está bem?

Evvie colocou a mão sobre a de Monica.

— Claro. A próxima. — Ela colocou o dinheiro da gorjeta sob a borda do prato, depois foi até o balcão pagar. Andy e Monica acenaram para ela quando saíram, os dedos casualmente entrelaçados, e se foram. De pé junto à caixa registradora, ela sentiu que as pessoas a observavam. Não estavam acostumadas a vê-la tão arrumada em uma manhã de sábado, não estavam acostumadas a vê-la ir embora tão cedo e não estavam acostumadas a vê-la sozinha. Elas estavam acostumadas a ver conversas que continuavam porta afora, depois o abraço ao lado do carro dele. Não naquele dia.

Vinte e um

NAQUELA TARDE, Eveleth entrou mais uma vez na caminhonete de Dean, e mais uma vez ele disse:

— Tudo bem, vamos nessa.

Dessa vez, ele a levou para o campo de futebol da escola.

— Dean, não sou particularmente ligada em esportes, mas sei que isso não é um campo de beisebol — disse ela enquanto caminhavam pela grama.

— É verdade. É o seu primeiro acerto no seu primeiro dia oficial como arremessadora. Por acaso, a equipe reserva da escola está jogando no campo de beisebol e a única coisa que você vai fazer hoje é arremessar. Não vai precisar de nada além de uma bola e uma luva. — A mão direita de Dean surgiu entre eles segurando uma bola de beisebol. — Então pegue isto.

— Isso é, tipo, uma coisa sagrada, pegar a bola das suas mãos? Tenho que prometer respeitar as leis do...?

— Pegue a bola — falou ele, e sua voz ficou um pouco mais baixa e áspera. Ele se virou e ficou bem diante dela, segurando a bola entre eles, tão perto que quase tocava suas costelas. Ela pegou a bola, e ele enfiou a mão em uma bolsa de lona que trazia pendurada no ombro, tirando lá de dentro uma luva de beisebol preta com cordões rosa-choque.

— Você está de brincadeira — disse ela.

— Pegue.

— É rosa — comentou ela, sem tocá-la. Recuando um pouco para não tocá-la.

— Não é rosa, apenas *tem* rosa.

— Não vou usar. Eu me oponho.

— A quê?

— Acho que ao... patriarcado.

— Evvie, eu também não estou em bons termos com o patriarcado. Fui expulso de Nova York por caras na internet que me chamavam de frouxo para baixo. Quer, por favor, colocar a luva rosa?

— Não é rosa, apenas *tem* rosa — reclamou ela, enquanto a vestia e tentava encaixar a bola nela. — E acho que você não entende o patriarcado.

Dean gesticulou com a luva surrada na mão esquerda.

— Provavelmente não. Tudo bem, ande para trás até eu mandar parar. E não caia.

— Isso faz parte do seu treinamento? "Não caia"?

— Com certeza. Mas digo isso de uma maneira muito sábia. Com o peso da experiência — disse ele, erguendo a mão para que ela parasse. — Tudo bem. Agora, não pense muito, apenas jogue a bola para mim.

Ela virou o ombro esquerdo na direção dele, o corpo se lembrando de uma aula que seu pai lhe dera uma vez, e deu um passo quando arremessou para Dean. A bola passou um pouco longe, mas ele esticou o corpo para a esquerda e pegou.

— É um bom começo. Mais uma vez.

Dean jogou a bola de volta para ela e, quando fez isso, ela não pôde deixar de pensar no pobre Mackey Sasser. Girou a luva para ficar com a palma da mão para cima, pegando a bola quando a alcançou.

— Muito bom — elogiou ele. — Você tem talento.

— Sério?

Houve uma pausa.

— Talvez você tenha talento.

Ela riu. Eles repetiram os movimentos mais algumas vezes. Ela arremessou de forma razoavelmente consistente para alguém que nunca havia feito isso, com exceção talvez de lenços amassados em uma lata de lixo, e pegou as bolas que ele jogou delicadamente na direção dela na metade das vezes.

— Tudo bem, quero mostrar uma coisa a você — disse Dean, indo até ela e se posicionando bem atrás de Evvie. Ela sentiu o calor do corpo dele ao longo das costas. — Tudo bem se eu tocar em você um pouco enquanto mostro isso?

Ela se virou e o encarou nos olhos por cima do ombro.

— Sim, tudo bem.

Talvez ele tivesse piscado. Talvez não. Era um ângulo difícil. Mas ele colocou as mãos nos braços dela e a reposicionou com o ombro esquerdo voltado para o alvo novamente.

— Essa parte você está fazendo certo. Mas, quando arremessar, guie o movimento com o cotovelo e, antes de soltar a bola, quero que você solte o pulso — ele segurou o pulso direito dela —, deixe o pulso cair assim antes de jogar. Palma para cima. Como se estivesse prestes a empurrar o teto.

— Empurrar o teto?

Ele virou as palmas para cima e ergueu e baixou os braços.

— Você sabe.

— Ah, meu Deus, esqueça que perguntei. Se os garotos que você treina virem você fazendo isso, nunca mais vão te dar ouvidos.

— Tudo bem, Músculos, está pronta para levar as coisas a sério?

Evvie percebeu que ele se afastou alguns centímetros e sorriu.

— Estou pronta, estou pronta.

Ela inclinou o braço para trás do corpo.

Dean estava junto das costas dela de novo. O pé esquerdo dele avançou e empurrou o pé esquerdo dela alguns centímetros para a frente.

— Você precisa abrir um pouco mais de espaço aqui.

Ele deslizou o braço direito ao longo do dela, até as costas da mão, onde pousou a palma. Cinco segundos se passaram. Mais cinco.

— O que você está fazendo? — perguntou ela, por fim.

— Dando um tempo — disse Dean, diretamente no ouvido dela.

Eveleth sempre havia odiado a sensação de ruborizar. Vinha junto de um desejo miserável de deixar de ser, por completo, de se transformar em uma névoa que pudesse ser dispersada. Aquele rubor, no entanto, foi como um desabrochar, como se, ao olhar para baixo, ela fosse ver pétalas esvoaçando de seus ombros. Ela respirou fundo, e eles permaneceram como estavam. Ela começou a se preocupar que Dean pudesse sentir os batimentos cardíacos dela pelo pulso, porque sentia as têmporas latejarem e temia que toda a sua caixa torácica estivesse fazendo *tum-tum-tum*. Antes que ela pudesse tentar se afastar, ele estendeu a mão e colocou dois dedos no pescoço dela.

— Estou verificando sua frequência cardíaca. Você sabe, me certificando de que você esteja tranquila e relaxada. Faz parte do meu sistema. — *Tum--tum-tum.* — Espere — disse.

Então, ele soprou no pescoço dela. Soprou direto no pescoço dela, o que fez com que todos os pelos de seu braço se arrepiassem. Ele olhou para a pele dela e disse, com uma mistura de curiosidade e satisfação:

— Hum.

Evvie olhou por cima do ombro.

— Você soprou em mim.

— Sim.

— Por quê?

— Porque tinha um inseto em você.

— Ah, pelo amor de Deus. Volte ao trabalho, *treinador* — disse ela com firmeza.

— Como quiser — respondeu ele. — Da próxima vez que vir um inseto, vou deixar que ele rasteje pelas costas da sua camisa.

— Ótimo. Da próxima vez que soprar em mim, dou uma cotovelada na sua barriga.

A risada dele veio de algum lugar no peito, algum lugar que estava pressionado aos ombros dela.

— Então você vai se virar enquanto arremessa. Como eu disse, vai conduzir o movimento com o cotovelo. — Ele moveu a mão do pulso para o cotovelo dela. — Isso vai acontecer primeiro. Então, enquanto arremessa, vai levantar esse pé — ele abaixou a mão e bateu no quadril direito dela com o dedo — e finalizar o movimento virada para a frente, certo? Então tem que virar o corpo para a frente.

Ela olhou por cima do ombro direito mais uma vez e estreitou os olhos.

— Tenho a impressão de que não é assim que você ensina os garotos do ensino médio a jogar.

— Não. Eles fedem muito.

— Você sabe que está incrivelmente na cara — disse ela.

— Ei, estou desenvolvendo um método aqui. É pegar ou largar.

— Continue.

— Então, agora, levante o cotovelo do braço da mão enluvada. — Ele bateu na luva com a dele. — Aponte para onde eu vou estar. Então você vai virar o pulso, completar o movimento, dar a volta com essa perna, e pronto... É assim que se arremessa uma bola de beisebol.

— Agora estou pronta para arremessar como você?

Ele se afastou dela.

— Hoje em dia, sim, provavelmente vai arremessar bem como eu.

Ela fez uma careta.

— Não foi isso que eu quis dizer.

— Eu sei que não. — Ele deu uma corridinha para longe, então diminuiu a velocidade e se virou. — Tudo bem, jogue a bola para mim — disse, socando a luva.

Ela se virou de forma que seu corpo ficasse perpendicular a ele. Afastou um pouco mais os pés. Esticou o braço para trás com a bola na mão e apontou o cotovelo esquerdo para Dean. Peso para a frente, cotovelo para a frente, virar o pulso, completar o movimento, girar. A bola foi direto para o chão.

— Ah, ops.

Ele correu para pegá-la, rindo.

— Não, não, é mesmo coisa demais para lembrar — disse ele.

— Eu queria ver você arremessar. Acho que ajudaria.

Dean ficou parado com a bola na mão e pareceu pesá-la.

— Você acabou de me ver arremessando.

— Arremessar de verdade — disse ela.

— Eveleth, não acho que seja...

— Não em mim, seu pateta, você me mataria. Na direção da cerca.

Ela fez um gesto com a luva que *tinha* rosa.

Dean observou a cerca cinza que delimitava um dos lados do campo de futebol.

— Não sei, não, Ev.

Ela caminhou na direção dele até estar bem perto, em seguida cruzou os braços.

— Vai ajudar. Apenas me deixe observar.

— Tudo bem.

Ele se virou para a cerca, se posicionou, e ela observou como o corpo dele operava. Evvie achou que podia ver todos os músculos, ossos e tendões que ele tensionava e em seguida soltava como um estilingue. Seus ombros giraram, seus quadris se torceram, ela viu algo mudar até mesmo na nuca dele. A bola voou e bateu com força na cerca. Ele se voltou para Eveleth, que assentiu de leve com a cabeça.

Ele abriu a bolsa que estava ao seu lado no chão, virou-a de lado, e mais de dez bolas de beisebol rolaram para fora. Ele as arremessou, uma após a outra, *pá*, *pá*, *pá*, primeiro parecendo um cara que sabia lançar bolas, depois parecendo um arremessador de verdade. Ele mexeu na aba do boné da Calcasset High School. Esfregou a mão no quadril. Ao arremessar a última bola, já estava elevando completamente a perna durante o movimento, e Eveleth até o viu dar uma olhada para uma inexistente primeira base.

No fim, Dean estava sem fôlego, e uma pilha de bolas de beisebol havia se acumulado na base da cerca. Ele ficou parado com as mãos nos quadris. Evvie ficou ao lado dele por um minuto, imitando sua posição e seu olhar para a frente. Então foi até a cerca e juntou as bolas, recolhendo-as na barra erguida da camisa. Ela voltou e as jogou no chão na frente de Dean. Ele assentiu. Pegou uma. *Pá*.

Todas atingiam o que pareceu a Evvie ser um ponto muito consistente. Depois de um tempo, ela viu as marcas nos pontos onde as bolas bateram na cerca, e todas estavam próximas umas das outras, agrupadas como uma cesta de pêssegos. Mas, acima de tudo, ela observou Dean. Sua testa havia ficado um pouco úmida a ponto de um bolinho de mechas se grudar na pele. Para ele, havia uma história em algum lugar naquilo tudo, alguém a derrotar e, uma vez, ela o ouviu sussurrar algo que tinha quase certeza de que foi: "É, toma essa, desgraça."

Dean arremessava como um grande felino atacando em um documentário sobre a natureza. Ela identificava quando ele estava prestes a arremessar, via quando ele se posicionava, observava as contrações enquanto ele esperava, mas, toda vez que acontecia, a execução era surpreendentemente impiedosa e silenciosa. Ela pegou as bolas de novo, levou-as de volta e as colocou aos pés dele, mas dessa vez ele ficou parado com as mãos nos quadris e perguntou:

— Quantos arremessos você precisa assistir?

Ela encolheu os ombros.

— Não sei, quantos arremessos você precisa fazer?

Ele sorriu e balançou a cabeça.

— Não, isso é para você, Minnesota.

— Tem certeza?

Ele olhou para ela, recuperando o fôlego.

— Por que estamos aqui?

Evvie caminhou até a cerca com as mãos nos bolsos e olhou para as marcas.

— Não me parece que você esteja arremessando para todo lado — disse ela. — Estou errada?

— Pelo amor de Deus. — Ele olhou para o céu azul-claro. — Evvie, quando se arremessa, centímetros fazem diferença. *Centímetros.* O fato de eu não estar atirando as bolas do outro lado da cerca não significa que alguma coisa tenha mudado. Por que estamos falando sobre isso de novo?

— Porque, se eu fosse capaz de fazer alguma coisa tão bem quanto você arremessa, ia querer continuar fazendo isso pelo máximo de tempo possível. E acho que você sente o mesmo. Eu vi como era quando você não estava bem. Você não estava fazendo isso. — Ela apontou para o aglomerado de marcas na cerca. — Então alguma coisa mudou. Você não tem curiosidade?

— Eu desisti. Acabou.

Ela caminhou na direção dele.

— Se acabou, por que você se sentou em um barco chamado *Segunda Chance* e deixou que tirassem sua foto?

Ele transferiu o peso do corpo para a outra perna.

— Foi o fotógrafo. A ideia foi dele. Era aquele barco ou o *Espólio Natural*.

Ela balançou a cabeça.

— Não faça isso. Você sabe do que estou falando. Você sabe o que disse naquela entrevista, sabe que sai no meio da noite...

— Não quero falar sobre isso — disse ele com firmeza. — Se eu quisesse *falar* sobre isso, teria te *contado*, como já disse na última vez que você me *perguntou*.

— Acho que você não está pronto para desistir. Acho que é por isso que sai para arremessar às escondidas.

— Evvie... você nunca desiste?

Ela estava diante dele novamente e apoiou a mão no braço com o qual ele arremessava.

— Todo ano acontece uma partida, um amistoso, entre o Claws e um time de Freeport. Eles jogam, arrecadam dinheiro, o dinheiro é dividido entre as duas associações de pais e mestres, com um bônus para o vencedor. Às vezes, há jogadores convidados que jogam em um dos...

— Você está de brincadeira? Nem pensar — disse ele. — Quer atrair uma centena de repórteres até aqui para escrever sobre como é triste que eu esteja arremessando em um jogo beneficente qualquer? Essas pessoas estão finalmente se cansando de falar a meu respeito, não vou dar munição a elas.

— Não vamos divulgar nada — disse ela, mudando com naturalidade para o tempo futuro. — Vamos contar apenas à equipe. Vai ser uma surpresa para todo mundo. Os garotos que você treina vão adorar. E você vai poder ver como se sai. Pode fazer apenas um *inning*.

Ele ainda tinha uma bola na mão e passava os dedos pela costura.

— Você não desiste — disse ele.

— Eu sei.

Vinte e dois

TODOS OS ANOS, no último domingo de maio, o Calcasset Claws e o Freeport Explorers realizavam um amistoso que chamavam de Baile da Primavera. Os times alternavam entre os dois estádios, realizavam um festival no estacionamento antes do jogo, e, todos os anos, o anfitrião tentava superar as atrações anteriores. Houve uma partida de laser tag em Freeport um ano, e uma sala de realidade virtual em Calcasset no seguinte. Houve uma exposição de cães em Calcasset um ano, e um touro mecânico em Freeport no seguinte.

Aquela era a vez de Calcasset, e os organizadores ficaram compreensivelmente entusiasmados quando Dean Tenney entrou no escritório temporário deles em Dacey Park algumas semanas antes do jogo para dizer que, se a equipe estivesse de acordo, ele gostaria de demonstrar sua gratidão por ter sido tão bem recebido na cidade arremessando um *inning*. Freeport podia ter instalado um túnel de vento vertical no ano anterior, mas Calcasset teria um furo de reportagem. Seria segredo até ele entrar no campo; essa era sua única condição.

Quando fechou o acordo com Liza, a administradora, Dean saiu do escritório e entrou em um corredor de blocos de concreto. A direção da qual tinha vindo, à direita, levava de volta ao estacionamento onde havia deixado a caminhonete. A outra dava no campo onde ele só estivera à noite. Ele virou à esquerda. Enquanto caminhava, pegou o celular e mandou uma mensagem para Eveleth. *Eles concordaram*, escreveu. *Agora não posso voltar atrás.*

Ela respondeu com um coração azul.

Ele abriu um portão com uma trava barulhenta e entrou no campo. O primeiro campo de beisebol no qual tinha colocado os pés ficava em Lansing, no Michigan, sua cidade natal.

Dean costumava se deitar debaixo da arquibancada quando seus irmãos estavam jogando e ouvia a bola em vez de assistir. Era o som dela batendo na luva do receptor que o fascinava. *Tum*. Para muitos caras que conhecia, era o som do taco. Eles adoravam rebater, tinham crescido ansiando primeiro pelo ressoar metálico do taco de alumínio da liga infantil, depois, se chegavam lá, pelo disparo do taco de madeira da liga principal. Mas, para ele, sempre foi a bola acertando a luva. Ele acreditava firmemente que bons arremessos tinham um som diferente dos ruins e, quando começou a falhar, ansiava por aquele "som bom", o som satisfatório da bola arremessada que ia parar exatamente onde o receptor desejava.

A última vez que deixara o campo no Yankee Stadium, a multidão tinha ficado feliz em vê-lo partir e frustrada por não ter a oportunidade de soltar uma colmeia na cabeça. Ele soube — *soube* — que talvez nunca mais arremessasse. Entrar em campo em Calcasset seria sua primeira atuação como arremessador desde que entregara a bola ao treinador de arremessos dos Yankees e se encaminhara para o banco, acompanhado por um grito: "Cai fora da porra do campo, seu caso perdido!"

Ele andou pelo gramado, passando pelo banco e atravessando o *infield* até chegar ao montinho do arremessador, onde Evvie o encontrara cercado por lanternas. Com as mãos nos quadris, ficou de pé e olhou para o *home plate*. Pensou nela e no episódio da louça na cozinha. Ela estava tão calma e tão determinada, um prato levando ao seguinte e ao seguinte, e em alguns momentos Dean nem teve certeza de que ela se lembrava de sua presença. Ele havia olhado para Evvie e reparado que estava sangrando e, por um segundo, soube o que fazer e foi capaz de fazê-lo.

Ele chutou a terra uma vez e saiu do campo, pensando em como havia espiado atrás da nuca de Evvie quando estava a seu lado na pia, pressionando o corte em sua mão.

As semanas seguintes foram um exercício de conspiração. Liza falou com o empresário do Claws, que, por sua vez, falou com a equipe sobre Dean. Um ou dois dos jogadores expressaram surpresa ao saber que ele queria fazer aquilo, mas quem resistiria ao apelo de uma história de superação que seria estampada *em toda parte* talvez acontecendo em seu campo? Como jogador, os caras que conheciam Dean gostavam dele, o achavam engraçado e surpreendentemente inteligente para alguém considerado meio desequilibrado pelas pessoas.

Eles mandaram fazer para Dean um uniforme com "Tenney" estampado nas costas. Perguntaram se queria seu antigo número, mas ele disse que não. Em vez disso, para dar sorte, pediu o 26, porque era o número da casa de Evvie na Bancroft Street. Quando chegou em casa, mostrou a camisa para ela.

— Ei, olha só. É o número daqui — comentou Evvie. — Talvez dê sorte.

— Talvez — respondeu ele, dobrando o uniforme.

O clima no dia do Baile da Primavera não poderia ter sido melhor. Uma brisa preguiçosa soprava no céu quase sem nuvens. As pessoas colocaram toalhas no porta-malas para fazer piqueniques no gramado e levaram casacos leves para quando esfriasse mais tarde. O estacionamento cheirava a fritura, garotas experimentavam brincos que uma mulher de Camden fazia com plástico reciclado e homens instalavam os alto-falantes no palco onde a banda — trazida de Boston — ia tocar antes do jogo.

Na cozinha do número 26 da Bancroft Street, Evvie colocou em uma ecobag de lona os óculos de sol, a almofada do Claws e uma camisa de mangas compridas que Dean havia lhe emprestado depois que percebeu que o zíper de sua jaqueta estava quebrado. A porta do anexo ainda estava fechada e, ao colocar a orelha na madeira e descobrir que ele ainda estava ouvindo um dos podcasts que ela indicara, Evvie abriu um armário lateral e pegou a garrafa de champanhe pelo gargalo. Tocou o rótulo e fechou os olhos para dar sorte, em seguida a colocou rapidamente na geladeira, escondendo-a atrás de uma jarra de chá gelado.

Quando ia começar a preparar algo para comer antes de sair, ele deixou o anexo vestindo calça jeans e uma camiseta verde de mangas compridas com botões na gola e carregando uma bolsa de academia no ombro.

— Tudo bem — disse. — Estou indo.

Ela largou a ecobag.

— Está se sentindo bem?

— Sim, claro. — Ele ajeitou a bolsa no ombro. — Um pouco nervoso, acho.

Ela assentiu com a cabeça.

— Você vai se sair bem.

— Espero que você esteja certa — disse ele. — Vai ser um verdadeiro desastre se eu não conseguir.

— É um jogo divertido para arrecadar dinheiro. Não é muito diferente de treinar. Você vai fazer o que sabe.

— As pessoas já me esqueceram — argumentou ele. — Não sei se lembrá-las é uma boa ideia.

— Coloquei aquela fulana para correr. Posso fazer isso de novo se for preciso.

— Você está pronta para usar a força bruta, hein?

— Custe o que custar.

Dean estreitou os olhos.

— Você é incrível. Eu só... acho que você deveria saber. Não sei se sabe.

Ela se recostou na pia.

— Você também é. Sei que isso é assustador, mas você só precisa fazer o que já vi que sabe fazer.

— Se eu estragar tudo, vai ser o maior fiasco que este lugar já viu.

Ela abanou a mão.

— Isso não é verdade. Você ainda estaria bem atrás de uma garota do ensino fundamental caindo de cara no chão, fantasiada de caixa de Cheerios. Essa é a grande vantagem de fracassar por aqui. Você ainda estará em vantagem em relação a alunos pré-adolescentes dando de cara no chão para nossa diversão.

Ele riu e coçou o queixo.

— Posso pedir um favor?

— Claro.

— Vai soar... Não sei como vai soar. Mas me disseram que não tem lugar marcado. Será que você pode tentar se sentar bem atrás do *home plate*?

Ele fez um gesto para a frente com as mãos, como se estivesse ajudando um avião a taxiar.

A primeira coisa que Evvie pensou foi que ele queria que ela conseguisse ver se os arremessos eram bons. A segunda foi que ele queria que ela se sentasse em um bom lugar. Foi só no terceiro pensamento que ela entendeu o que ele queria dizer.

— Posso. Você quer que eu acene ou algo assim? Não sei se vai conseguir me ver.

— Não vou — disse ele. — Mas vou saber que você está lá. Quem sabe? Talvez ajude. Estou disposto a tentar qualquer coisa.

— Isso é muito gentil. Acho que estou honrada.

— É melhor eu ir — disse ele, mas não foi. Ficou com as chaves na mão, brincando com elas, pendurando o chaveiro em diferentes dedos. — Estou muito nervoso.

A intenção dela, quando deu o primeiro passo, era dar um abraço perfeito, de amolecer os joelhos, durante o qual ele cheiraria seus cabelos e ela cheiraria o pescoço dele, e os dois ficariam unidos em um aperto estranho, suspenso e secreto. Mas, assim que Evvie se moveu, ele olhou diretamente para ela e largou a bolsa, que deslizou por seu braço e caiu com um baque no chão. A bolsa puxou a camisa para o lado, expondo a clavícula dele. E, um passo depois, ele soltou as chaves, que estalaram no piso de cerâmica. Assim que se aproximou, em um único movimento, ele pegou pela aba o boné do Claws que ela estava usando e o jogou longe.

A única coisa na qual Evvie conseguiu pensar quando finalmente, finalmente o beijou foi *finalmente, finalmente*. Ela cruzou os pulsos na nuca dele e sentiu as mãos de Dean em seu corpo, os dedos se afundando em seu quadril. Ele soltou um pequeno ruído de surpresa, ou talvez os dois tivessem soltado.

Foi um pouco desajeitado e imperfeito, ou talvez perfeito, porque nunca haviam feito aquilo antes. Pasta de dentes, barba por fazer, hálito, a mão de Dean deslizando um centímetro por baixo da blusa em sua cintura, uma articulação no ombro que se deslocou como um dedo sendo estalado quando ele moveu os braços para apertá-la mais forte. Isso foi tudo que ficou registrado. Isso, e *finalmente, finalmente*.

Eles se separaram devagar, e ela recuou. Colocou as mãos nos cabelos e percebeu que ele havia desfeito metade do seu pequeno rabo de cavalo.

— Esqueci de dar o sinal verde — disse ela, apoiando as mãos na mesa a suas costas.

Ele sorriu e passou a mão na bochecha.

— Tudo bem, eu entendi.

Ela se abaixou para pegar o boné, em seguida olhou para ele com um lampejo de preocupação.

— Ah, meu Deus, eu sei que você tem que ir. Sei que é um grande dia. Não planejei isso nem nada. Não quis... fazer nada que o deixasse confuso.

Ele pegou as chaves do chão e pendurou a bolsa no ombro.

— Evvie, isso... não foi confuso. — Ele foi em direção à porta da cozinha e, antes de sair, se virou. — Foi muitas coisas. Não confuso. — Fez uma pausa e acrescentou: — Desculpe ter bagunçado seu cabelo.

Deu uma piscadela e saiu.

Vinte e três

Evvie se encontrou com Andy, Monica e as meninas na entrada do estádio, para que pudessem se sentar juntos. Quando viu o cabelo de Lilly dividido em duas tranças embutidas, Evvie se aproximou para inspecioná-las melhor.

— Meu vaga-lume, parece que seu pai finalmente aprendeu a pentear seu cabelo.

— Meu pai não sabe fazer nada — respondeu Lilly com naturalidade. — Foi a Monica. Ela faz as melhores tranças de todos os tempos.

— Ah, claro que foi. — Evvie se levantou e fez um sinal de positivo para Monica, assombrada com a maneira pela qual uma criança no jardim de infância era capaz de desferir um golpe tão forte no plexo solar sem nem ao menos desviar o olho do algodão-doce.

De todas as pessoas nas arquibancadas, à exceção de algumas das esposas e namoradas dos jogadores e de algumas pessoas da equipe do Claws, apenas Evvie, Andy e Monica sabiam que Dean Tenney ia sair do banco de reservas e arremessar no quarto *inning*. Tinham escolhido o quarto porque assim o jogo já estaria em andamento, mas ele não seria responsável — bem, não mais responsável do que o necessário — pelo resultado.

O Claws estava vencendo por 3 a 2 quando o Explorers reagiu, pouco antes do quarto *inning*. Entre o terceiro e o quarto *innings*, Gloria Rubia, diretora da Calcasset High, foi até o campo e leu uma lista das Dez Principais Melhorias que Gostaríamos de Ver no Refeitório, elaborada pela turma do último ano. ("6. Máquina de jogar *skee-ball*.")

Evvie mudou de posição na arquibancada e ajeitou o boné. Andy olhou para ela.

— Você vai ficar bem, não importa o que aconteça? — Ela assentiu com a cabeça, e ele sorriu. — Então tá.

Uma voz soou no alto-falante.

— Senhoras e senhores, para fazer um anúncio muito especial, vamos dar as boas-vindas à proprietária do Calcasset Claws, Ginger Buckley!

Um bramido. Ginger era uma viúva excêntrica, no melhor sentido, herdeira do império de uísque que o falecido marido tinha em Kentucky. Em meados da década de 1990, depois que ele morreu em um acidente com um avião de pequeno porte aos cinquenta e poucos anos, ela fez as malas e deixou o sul do país, porque havia crescido na Costa Leste e sentia falta do mar. Agora morava em um farol desativado e reformado na ponta de um quebra-mar, com três galgos resgatados e um fluxo constante de netos que ela adorava. Em 2009, comprou o Claws, como ela mesma disse, "para minha cidade natal adotada desfrutar para todo o sempre". Ginger ia a todos os jogos, muitas vezes com um cobertor impermeável prateado sobre os cabelos vermelhos para se proteger da chuva e, de vez em quando, entrava em campo para fazer anúncios importantes.

— Bem-vindos, bem-vindos, bem-vindos ao Baile da Primavera! — disse em um microfone com penduricalhos cor-de-rosa em torno do cabo, reservado apenas para ela. Uma ovação. — Todo mundo se divertindo até agora? — Outra ovação. — Bem, vocês ainda não viram nada. — Mais gritos e aplausos. — De tempos em tempos, gostamos de convidar amigos muito especiais para jogar nesta partida, e quebramos algumas regras — ela se inclinou provocativamente para o lado — para tornar isso possível. — Ela olhou para o banco de reservas do Claws. — Este ano, estamos muito felizes por receber no time um dos recém-chegados à nossa cidade — os primeiros arfares começaram nesse momento — para assumir o posto de arremessador. Calcasset, vamos dar nossas mais calorosas boas-vindas ao treinador assistente do Calcasset High Hawks e nosso bom amigo, Dean Tenney!

Eveleth viu quando ele saiu do banco de reservas e ouviu o ruído das arquibancadas, tão alto que quase fazia seus ouvidos zumbirem. No montinho do arremessador, ele apertou a mão de Ginger, que saiu de campo, acenando com o microfone rosa e erguendo o punho. O receptor, Marco Galvez, que trabalhava na concessionária da Honda em Thomaston, se posicionou atrás do *home plate*, e Dean olhou para a bola em sua mão.

— É só aquecimento, está tudo bem — murmurou Evvie para si mesma. — Apenas respire.

A única coisa que ela ouvia era a gritaria, mas sua mente ainda revivia com entusiasmo a lembrança dos dedos dele tocando a pele de sua nuca.

Dean se preparou. Girou, e a bola deixou sua mão, e duas mil e quinhentas pessoas souberam que, o que quer que acontecesse, depois poderiam dizer que tinham estado lá.

A bola atingiu a luva de Marco com um baque surdo e todos comemoraram. Marco lançou a bola de volta. E, quando Evvie olhou para cima novamente, viu um mar de celulares erguidos na multidão, alguns por um breve momento, apenas para tirar uma foto e voltar aos bolsos com uma espécie de vergonha, outros documentando tudo em vídeo. Alguns, presumiu ela, em breve estariam transmitindo aquilo ao vivo, e uma dessas transmissões seria vista e compartilhada por alguém famoso, e as pessoas ficariam paradas em pontos de ônibus e sentadas em restaurantes e fariam uma pausa nos jogos de computador e desligariam o som da TV porque havia um vídeo ao vivo de Dean Tenney, que talvez estivesse prestes a passar vergonha por não conseguir arremessar a bola sobre o *home plate* em um jogo no qual o hino nacional havia sido cantado pelo coral de sete mulheres e dois homens de um clube local da terceira idade.

Ela olhou para Andy ao seu lado e respirou fundo. Ele estendeu a mão e apertou o braço dela. Monica murmurou: "Boa sorte." Evvie assistiu a Dean fazer mais alguns arremessos de aquecimento e então teve quase certeza de que o viu olhar para as arquibancadas. *Devo acenar? Eu definitivamente não deveria acenar. Devo me levantar? Eu deveria ter vestido cores mais vibrantes?* Ela esfregou as mãos nas coxas e se inclinou para a frente, como se quisesse sussurrar no ouvido dele. *Você consegue, você consegue, você está bem.*

O rebatedor era Brian Staggs, um compacto defensor externo do Freeport, com uma postura atarracada e uma torcida movida a cafeína, quando não a álcool. O programa dizia que ele tinha dezenove anos. Isso significava que, aos quinze anos, no primeiro ano do ensino médio, ele provavelmente vira

Dean arremessando para os Yankees. Se fosse daquela região, havia uma boa chance de ser torcedor do Red Sox. Ele poderia estar rebatendo contra seu inimigo mortal da adolescência. Muitos deles talvez estivessem.

Staggs crispou os dedos na extremidade do taco. Dean segurou a bola junto ao peito. Evvie inspirou fundo e prendeu a respiração. E lá se foram a perna, o corpo, o braço, a bola. E lá se foi Staggs girando os ombros para rebater, e lá se foi o taco em uma curva impotente, e lá se foi a bola bater com um baque na luva de Marco. Um som como um murro contundente, profundo e punitivo que soaria bem para alguém que estivesse debaixo das arquibancadas. Andy berrou ao lado dela, Rose e Lilly bateram palmas e Evvie soltou o ar.

Era um arremesso. Apenas um. Mesmo em seus piores momentos, ele às vezes conseguia fazer um arremesso decente, lhe contou. Em alguns jogos, seu desempenho fora até mesmo aceitável. Mas ele também tinha lhe dito que, muitas vezes, logo de início, mesmo antes de seus problemas começarem, ele já sabia se ia se sair bem ou não. Ele havia se referido a isso como uma sensação, como quando sabemos que alguém está olhando para nós ou que estamos ficando resfriados ao sentir a primeira coceira seca no fundo da garganta. Ela se perguntou se ele saberia naquele momento.

A multidão passou de pessoas festejando em um evento beneficente local a possíveis testemunhas de um evento histórico. Elas teriam feito ainda mais barulho se metade não estivesse mandando mensagens, publicando um tuíte ou usando um dedo para escrever *Dean Tenney* em garranchos azuis brilhantes e desenhar uma seta em um vídeo granulado de oito segundos no qual ele recebia a bola devolvida por Marco.

Não foi apenas um arremesso. Uma multidão acostumada a assistir a bons arremessadores da segunda divisão percebe a diferença quando é repentinamente visitada por um excelente arremessador da primeira. Dean jogava forte. Tipo, *forte*. Sua bola rápida era inclemente, arremessada na direção de caras que não podiam fazer nada a não ser vê-la passar ou tentar acertá-la depois que já havia passado. Staggs, Carlos Stanfield e Mickey Cudahy foram todos eliminados. Quatro arremessos, três arremessos e quatro arremessos, respectivamente. Cudahy jogava havia anos e já tinha até rebatido contra Dean uma vez, anos antes. Quando o último dos quatro arremessos o eliminou, Evvie o viu sorrir para Dean e apontar para ele com o taco.

Dean Tenney, que havia deixado o campo em Nova York sendo chamado de caso perdido, saiu de campo em Calcasset, no Maine, sendo figurativamente levado nos ombros de duas mil e quinhentas pessoas que o aplaudiam, e de mais sabe-se lá quantas coladas a seus celulares. Marco correu e saltou sobre ele para baterem peito com peito, momento perfeitamente capturado por Charlotte Penney, uma aluna do nono ano que estava na primeira fileira ao lado da primeira base. Charlotte postou o vídeo no Twitter, que foi compartilhado por sua prima Brenda, depois pelo namorado de Brenda, Steve, depois pelo pai de Steve, Rick, depois pelo colega de quarto de Rick na faculdade, Michael McCasey, que trabalhava em um site de notícias esportivas muito pequeno, depois por Walt Willette, jornalista esportivo em um site de notícias muito grande. Tudo isso levou quatro minutos.

A equipe o cercou quando ele deixou o campo. Deram tapinhas em suas costas, apertaram sua mão, e Evvie notou que estavam conversando e agradecendo, admirados. Tiveram medo de receber uma pessoa completamente transformada no lugar de Dean Tenney, mas haviam recebido Dean Tenney, pelo menos no quarto *inning*. Brett Bradley, que jogava na primeira base, se aproximou dele enquanto caminhavam para o banco de reservas e disse algo que fez Dean rir, e com vontade, dando um tapinha no ombro de Brett. Quando estava prestes a sair de campo, Dean se virou e olhou diretamente para onde ela estava, como se pudesse vê-la, mesmo que parecesse impossível. Monica se inclinou por cima de Andy e segurou a mão de Evvie.

— Bem, não poderíamos ter esperado nada melhor do que isso. — Ela ergueu as sobrancelhas. — Ele foi incrível em campo.

— Sim, com certeza foi — disse Evvie.

O tuíte mais compartilhado com a *hashtag* #DeanTenney incluía o vídeo e dizia: "Um momento muito bom para um cara legal que teve alguns anos muito ruins." O segundo mais compartilhado mostrava uma foto da equipe em torno de Dean, parabenizando-o. E dizia: "Parabéns! E daí que vc tem 4 campeonatos na World Series. Vc eliminou 3 rebatedores em uma exibção [sic] em um fim de mundo no MAINE."

Dean passou o restante do jogo com outros jogadores no banco de reservas do Claws, onde Evvie não conseguia vê-lo. Ela segurou Lilly no colo por um tempo, comeu um pretzel e recebeu alguns visitantes que se debruçaram sobre ela, de olhos arregalados, questionando se ela sabia que aquilo ia acontecer. A única coisa que ela dizia era: "Eu imaginava que ele pudesse aparecer." Ela pegou o celular e viu que o nome de Dean estava entre os *trending topics* em praticamente toda parte, que sua aparição surpresa estava na lista de manchetes do SI.com, e que a ESPN havia decidido, em sua primeira versão da história, que Dean estava vivendo como um "recluso", o que seria uma novidade para os atletas do ensino médio em cujas costas ele vinha dando tapinhas nos últimos seis ou sete meses.

Resumindo, Evvie tinha certeza de que, se Dean colocasse a cabeça para fora do banco de reservas naquele momento, ela deixaria para trás uma nuvem de fumaça no formato do seu corpo enquanto corria feito o Papa-Léguas até o campo para se atirar nos braços dele.

Andy se aproximou.

— Você parece feliz — disse ele.

Ela sorriu.

— Estou.

— Que bom.

Com isso, ele voltou a explicar a história do farol de Ginger para Monica, que se dividia entre ouvi-lo e descascar amendoins para Lilly.

Evvie pegou a camisa de Dean e enfiou os braços nela, apertando-a contra o corpo e cheirando disfarçadamente a gola enquanto fingia olhar para um ponto no chão. O sol estava começando a se pôr, deixando para trás um fio laranja, e as luzes brancas do campo brilhavam. Uma brisa afastou o cabelo de suas bochechas, e ela fechou os olhos e lambeu um grão de sal do pretzel no lábio. *Ah, é verdade*, pensou ela. *Eu me lembro de ter dias bons.*

Vinte e quatro

Quando o jogo acabou, Evvie se despediu de Andy, de Monica e das meninas e foi esperar junto à caminhonete de Dean, encostada na porta do lado do motorista, tentando parecer ocupada com seu telefone. Àquela altura, o jornal de Portland já havia enviado seu repórter esportivo para lá, e aparentemente outros viriam. No dia seguinte, o hotel da cidade estaria lotado, não haveria um carro sequer para alugar em nenhum lugar mais perto que Brunswick, e ela voltaria a enxotar repórteres da varanda. Só que, dessa vez, eles estariam lá para retirar tudo o que tinham dito. Talvez Ellen Boyd surgisse com seu caderninho de couro para dizer que sentia muito e que, aparentemente, Dean *não* estava bebendo e talvez eles *não* estivessem tendo um caso e talvez ela *não* soubesse de nada. Talvez Ellen Boyd admitisse que ninguém chamava Tim de doutor, que Evvie nunca a havia ameaçado e que não havia nada de errado com Dean. Talvez Ellen Boyd tropeçasse nos degraus de Evvie e caísse de cara no canteiro de flores.

— Senhora, você está encostada na minha caminhonete.

Ela olhou para cima. Ele era o mais perfeito retrato de *minha nossa*: vestia sua calça jeans, a camiseta com botões na gola e uma jaqueta do Calcasset Claws nova em folha. Evvie enfiou o celular no bolso e correu na direção dele.

— Meu Deus, meu Deus, meu Deus — disse ela enquanto se atirava sobre ele. Dean a abraçou e ela sentiu os dedos dos pés saírem do chão, em seguida, ele a colocou de volta e lhe deu um beijo rápido na boca. — Não consigo acreditar em como você foi bem. Não acredito. Você foi incrível. Como está se sentindo?

Ele colocou as mãos na nuca.

— Eu nem sei.

— Bem, mas deveria saber. Deveria estar se sentindo incrível. Aqueles caras se prepararam, mas nem viram a bola. Quase senti pena, eles pareciam tão *patéticos* e...

— Você sabe que foi um jogo beneficente, não sabe?

— Eles foram *patéticos* por uma boa causa. Beneficentemente patéticos. Ninguém chegou nem perto das bolas durante todo o tempo que você arremessou.

— Você sabe que foram onze arremessos, não sabe?

— Sim, eu sei que foram onze arremessos. Mas foram onze *grandes* arremessos. Você estava no controle, eu não conseguia acreditar. Todo mundo estava tão animado e tão feliz por você, e...

— E nós vencemos o jogo.

— Isso! Nós vencemos o jogo! Eu tinha esquecido que vencemos o jogo! Estou muito feliz por isso também. — Ela quicou na ponta dos pés. — Estou muito orgulhosa de você. *Muito* orgulhosa. Ah! E tenho uma surpresa para você em casa.

Dean arqueou uma das sobrancelhas.

— Tem?

Ela riu e levantou o dedo indicador.

— Não foi isso que eu quis dizer.

Ele se inclinou na direção dela.

— Tudo bem, mas ainda podemos nos beijar um pouco mais na cozinha? Nem consegui bagunçar seu cabelo direito, porque tive que sair para fazer uma coisa.

— Você quer dizer... arremessar como um astro? Você quer dizer... fazer todos aqueles idiotas parecerem idiotas? Você quer dizer... confundir a indústria de editoriais da imprensa esportiva? Essa? Essa coisa?

Ele se inclinou e encostou a testa na dela. Respirou fundo, a inspiração mais profunda possível, ao que pareceu, e suspirou.

— Foi bom.

— Para mim, também — sussurrou ela.

— Foi apenas um *inning*.

— Uma coisa de cada vez.

Ele se empertigou.

— Vejo você em casa?

Ela assentiu com a cabeça. Então foram cada um em uma direção e, enquanto ele entrava na caminhonete e ela ia para o carro, ambos se viraram e olharam por cima do ombro.

No carro, Evvie colocou para tocar um disco do Avett Brothers que ela não ouvia fazia quase dois anos. Tecnicamente, a canção era sobre morte, mas soava esperançosa: *Quando abandono meus medos, minhas esperanças e minhas dúvidas; os anéis em meus dedos e as chaves da minha casa; sem ressentimentos...*

Ela ainda estava usando a camisa de Dean e, embora a noite estivesse fria, deixou a janela entreaberta enquanto saía do estacionamento. Dava para sentir o cheiro de maresia da baía, e, quando a música parou, ela ouviu as boias e buzinas, sons que vinham do mar, onde as pessoas trabalhavam. Era para onde o pai dela tinha ido todos os dias durante muito tempo, acordando bem cedo e voltando tarde da noite, às vezes com sujeira nas botas e as costas tão doloridas que pedia à filha que caminhasse sobre elas com suas meias cor-de-rosa felpudas até ela ir para a faculdade. Evvie tinha ido ao porto tantas vezes que podia discernir tudo na orla de muito longe: as casas na beira da água, o restaurante, o píer onde os garotos balançavam as pernas e pescavam com varas enquanto bebiam Coca-Cola e comiam Doritos.

Ela virou na Cherry Lane, que levava à Bancroft Street, viu a caminhonete de Dean no espelho retrovisor e sorriu. Em seguida viu sua casa, a ampla varanda com a luz que tinha se lembrado de deixar acesa e a entrada de carros, onde virou e estacionou. Ela mal conseguia ver Dean no escuro, e ele sussurrou "ei" quando saiu da caminhonete.

— Ei, você, campeão.

Ela se encostou na traseira do carro, e ele colocou as mãos nas laterais do corpo dela.

— Que barulheira — disse ele, aproximando-se.

— São grilos.

Ele a beijou no canto da boca.

— Grilos e o que mais?

— Grilos e... sapos, acho.

— Vamos entrar?

Evvie fez que sim com a cabeça, e ele subiu atrás dela os degraus da varanda.

— Então, eu disse que tinha uma coisa para você. — Ela atravessou a sala em direção à cozinha. Depois de abrir a geladeira, afastou o chá gelado e pegou a garrafa de champanhe. — Em homenagem à sua vitória.

Dean sorriu.

— Ah, obrigado. — Ele pegou a garrafa e a examinou, depois olhou de volta para Evvie. — O que você ia fazer se eu tivesse sido um fiasco?

Ela fez uma careta.

— Isso nunca aconteceria.

Ele começou a tirar o papel alumínio que envolvia a rolha.

— Você estava muito mais confiante do que eu, então. — Ele fez uma bolinha com o papel alumínio e a arremessou na lata de lixo, mas ela resvalou na borda. — Ignore isso. Não conta.

— Você conseguia me ver? Quando estava arremessando? Diga a verdade.

— Eu tentei, mas não consegui. — Ele tirou a rolha. — Mas eu sabia que você estava lá. Imaginei que estivesse ocupada dando socos na cara das pessoas comentando os rumores de que eu estava maluco.

Houve um estampido e uma espiral enevoada saiu da garrafa. Ele encheu dois copos de suco.

— Bem, vamos brindar aos onze arremessos e a muito outros parecidos com eles.

Eles brindaram e beberam.

— Então — disse ele.

— Então.

— O que a fez pensar que eu não ia ser um fiasco?

Evvie balançou um pouco a cabeça.

— Não tenho certeza. Eu simplesmente sabia.

— Você sabe que, mesmo na minha pior fase, eu ainda conseguia fazer onze arremessos decentes seguidos de vez em quando, não sabe?

Ele olhou para a bebida.

— Com que frequência você fazia onze arremessos tão bons quanto aqueles? Depois que as coisas começaram a piorar, quero dizer.

— Quase nunca.

Ele tomou outro gole da bebida.

— Bem, aí está. Não me entenda mal, acredito em todas as coisas pelas quais você passou. Mas, às vezes, é algo intangível.

— Intangível, é?

Eles se entreolharam. Dessa vez, ela arqueou uma das sobrancelhas. Ele massageou a nuca.

— Caramba, vou me arrepender do que estou prestes a dizer.

Os olhos dela se arregalaram.

— O que foi?

Ele riu.

— Nada. Mas tenho que dizer a verdade. Estou exausto. Preciso de tipo um mês sob um chuveiro quente para minhas articulações voltarem a funcionar. E isso é péssimo, porque eu realmente queria... curtir.

Ela assentiu lentamente com a cabeça.

— Entendo. Você queria curtir.

— Ev, eu só... Isso foi muito importante para mim, sabe? Acho que talvez não seja uma boa ideia misturar as coisas com as quais eu me importo em não estragar. Além disso, vamos ter outras oportunidades, não é? — Ele se apoiou na pia. — Minha nossa, como eu vou me arrepender.

Ela havia acordado naquela manhã sem nada daquilo na cabeça. Nada daquilo parecia real, mas agora tudo parecia real. Era coisa demais de uma vez só.

— Para ser completamente sincera, fico um pouco aliviada. — Ela sentiu os músculos das costas relaxarem. — Foi tudo tão devagar, e agora está indo tudo tão rápido que talvez seja melhor não dar todos os sinais verdes no mesmo dia. — Ela bebeu o resto do champanhe e colocou o copo em cima da mesa. — Quer dizer, eu me casei com meu namorado do ensino médio.

— Eu sei.

Eveleth se inclinou para a frente.

— E ele morreu.

Dean pareceu confuso.

— Eu sei. Falei algo errado?

—Não.

Ela tamborilou no balcão atrás de si.

— Ah — disse Dean, de repente. — Você está querendo dizer que ele foi o único.

— Ele foi o único.

Dean deu de ombros.

— Tudo bem.

Ela continuou:

— Então, só estou dizendo...

— Só está dizendo o quê?

Eveleth deu uma boa olhada na cozinha (teto, chão, fogão, pia, armário, outro armário, mesa), em seguida olhou para ele.

— Não há garantias. A satisfação não é garantida.

Ele caiu na gargalhada. Colocou um braço em volta da cintura dela e a puxou até que estivessem bem próximos. Evvie percebeu que ele pareceu examinar o contorno de seus cabelos, depois a orelha, a bochecha e a boca, antes de olhá-la nos olhos.

— Não estou preocupado com isso — sussurrou ele.

Então a beijou. O primeiro tinha sido louco, o segundo, rápido, mas esse foi o beijo que vinha se anunciando desde que tinham se conhecido. Beijar Dean era muito parecido com conversar com ele: era fácil. Bem, era fácil e a fazia querer arrancar as roupas. Então era mesmo parecido.

— Talvez devêssemos ter um encontro — disse ele, por fim.

— Já moramos juntos. — Ela olhou para ele de soslaio. — Acho que não dá para ter um encontro com quem você já mora.

— Não moramos juntos. Você vai lá para cima — ele apontou —, e eu vou para lá. — Ele apontou novamente. — Isso não é morar juntos. Me deixe levar você para sair.

— Me levar para onde?

Ele pensou por um minuto, dando batidinhas com o dedo no quadril dela.

— Só um jantar. Como pessoas comuns. Onde você quiser.

— É uma boa oferta — respondeu ela. — Mas talvez devêssemos ficar aqui. Não quero que as pessoas façam fofoca. É estranho. Você sabe que odeio... que as pessoas falem. Podemos pedir alguma coisa. Você costuma ficar na minha cozinha. Podemos comer na sala de estar.

— Tenho uma ideia melhor — disse ele. — E se sairmos da cidade? Formos a algum lugar onde ninguém vai se importar?

— Você está muito em evidência agora. Não sei bem onde isso seria possível.

— Eu vou descobrir. Um lugar pequeno, que dê para irmos de carro. — Ele afastou uma mecha de cabelo da testa dela. — Me deixe levar você para sair — repetiu.

Evvie olhou para ele, para seus olhos verdes (manchas douradas, cílios grossos, uma ridícula abundância de bons genes) e para a pequena cicatriz.

— Eu adoraria. Quando?

Ele sorriu.

— Que bom. Tenho treino depois das aulas às segundas, terças e quartas, então que tal quinta-feira? Jantar na quinta-feira. Podemos sair às cinco, já que vamos pegar estrada. — Ela concordou com a cabeça, e ele se aproximou e beijou a ponta de seu nariz. — Combinado, Minnesota. Obrigado novamente por tudo. Foda-se Freeport, e voltaremos a isso na quinta-feira.

Ela franziu a testa enquanto ele se dirigia ao anexo.

— "Voltaremos a isso"?

— Ou algo assim — gritou ele em resposta, e fechou a porta.

Aparentemente, era preciso manter um ar de mistério agora.

Vinte e cinco

No dia seguinte, Evvie ligou para o pai e perguntou se poderia levar um pouco de sopa do Sophie's para ele. Ela passara a manhã lendo notícias admiradas sobre como o desastre Dean Tenney havia ressurgido em um lugarejo no Maine e arremessado, por pelo menos um *inning*, como costumava fazer. Ellen Boyd, aliás, havia escrito uma coluna referindo-se ao ressurgimento de Dean como "milagroso, em uma escala que vá da primeira divisão do beisebol até jogos de exibição para arrecadar fundos para a associação de pais e mestres local". Eveleth detestava a palavra "vaca" e tentava evitá-la ao máximo, mas em alguns momentos entendia por que as outras pessoas gostavam tanto dela.

O pai dela, é claro, ficou feliz com a visita, e, quando ela estacionou diante da casa, pouco depois das seis, viu-o parado atrás da porta de tela antes mesmo de sair do carro. Com a sacola de papel na mão, ela desceu e caminhou pelas pedras rachadas até ele.

— Oi, pai.

— Olá, meu amor — respondeu ele, abrindo a porta de tela.

Ela se aproximou e o beijou na bochecha.

— Eu trouxe sopa — disse Evvie, mostrando a sacola.

— Bem, eu estou com fome.

O pai ainda comia à mesa da cozinha da mesma casa onde Evvie havia crescido. Ele não era muito bom de decoração, então a residência era uma mistura de coisas antigas, coisas novas que substituíam as antigas quando elas finalmente deixavam de servir e coisas novas que ele às vezes permitia que Eveleth lhe desse sem fazer objeções. O que o pai mais dizia a ela depois que Tim se tornou médico era: "Guarde seu dinheiro."

— Você se divertiu no jogo ontem?

O pai dela tinha ficado com os amigos em uma fileira de cadeiras dobráveis junto ao lado esquerdo do campo.

— Está brincando? Foi o melhor Baile da Primavera de todos. O tempo estava perfeito.

— O tempo estava *perfeito*.

— Ganhamos o jogo. — Ele esperou que ela assentisse com a cabeça. — Não esperava ver o Dean em campo, arremessando.

Ela sorriu quando eles se sentaram um de frente para o outro.

— Pois é, foi meio que uma surpresa. Desculpe não ter contado nada. É complicado, com toda a atenção, a imprensa e tudo o mais. Ele queria tentar e ver como se sairia.

— E ele ficou feliz?

— Claro.

Ela estava tentando não sorrir muito. E de uma maneira não muito reveladora, embora não fosse provável que o pai notasse.

— Bem, ele tem sorte de ter você torcendo por ele. E fico feliz que você tenha companhia naquele casarão. Não gosto que passe tanto tempo sozinha.

Ela soprou uma colher cheia da sopa espessa e salgada e a colocou na boca. O Sophie's tinha aberto havia apenas alguns anos, mas já figurava em todas as revistas que faziam resenhas sobre a região para os veranistas.

— Bem, se quer saber, também não gosto que você passe tanto tempo sozinho — devolveu ela.

— Eu sou um velho — retrucou o pai, abrindo um pacote de biscoitos sabor ostra e colocando-os na tigela. — Você é uma moça bonita. Não quero que fique vagando por aquele lugar para sempre. E, se me permite dizer, o Tim também não ia querer isso.

Ela ficou parada com a colher na mão e olhou para as mãos cobertas de sardas e de pequenas cicatrizes do pai. Por cima do ombro dele, na bancada, viu uma bandeja com seus frascos de remédios para dor nas costas, pressão arterial, colesterol alto. A mão dela era macia e pálida.

— Pai, alguma vez você pensou em se casar de novo? Depois?

— Casar? Não. Mas conheci pessoas, é claro.

Ela não se lembrava de ninguém.

— Conheceu?

O pai olhou para ela e ergueu as sobrancelhas.

— Sua mãe foi embora quando eu tinha trinta e três anos. O que você acha que eu fiz? Passei vinte e cinco anos falando com as lagostas?

— Mas não encontrou ninguém especial?

— Eu não disse que não encontrei ninguém especial, mas não encontrei ninguém com quem tenha pensado em me casar. Não se esqueça, meu amor, que eu trabalhava em um barco todos os dias. Nós não tínhamos muito, e não sobrava tempo para encontros.

Eveleth sorriu, mas então surgiu em sua mente uma foto dela e do pai tirada quando tinha cerca de nove anos. Estava segurando um peixe, com marias-chiquinhas nos cabelos, enquanto ele estava agachado com o braço em volta da cintura dela.

— E você tinha uma filha.

— Isso — disse ele. Mas então reparou na expressão dela. — Mas preste atenção: uma coisa não teve nada a ver com a outra. Você era a melhor parte de mim. Ainda é. Não me venha com ideias.

— Ainda assim, provavelmente teria sido demais para alguém aceitar.

— Você está dizendo bobagens. Que espécie de maluca gostaria de viver comigo e não com você? É mais provável que seja minha culpa que você nunca tenha tido uma madrasta. — Ele tomou um pouco de sopa. — Eu fui feliz. Tive sorte e fui feliz a vida toda. É o que quero para você.

— Eu sei, pai. Estou tentando. — Ela pousou a colher. — Posso fazer uma pergunta? É um pouco íntima.

— Tudo bem.

— Como você soube o que fazer depois que ela foi embora?

Ele ficou em silêncio. Por fim, entrelaçou as mãos diante de si e olhou para ela.

— Acho que simplesmente continuei me levantando da cama. No começo, me senti um pouco como você se sente. Sei que é diferente, já que o Tim *realmente* se foi. Mas eu me levantava e ia trabalhar, e você ia para a escola. Eu não podia ficar parado, só pensando. Talvez fosse bom que eu estivesse ocupado, suponho. Aí eu chegava em casa, e nós comíamos. Não podíamos parar, então seguimos em frente.

— Você descobriu por que ela foi embora? Quer dizer, isso ajudou de alguma maneira?

— Sua mãe nunca foi feliz aqui. Ela queria viver em um lugar maior, acho. Com mais gente. Mas nunca me disse que estava pensando em algo como ir embora em uma terça-feira antes de acordarmos, se é essa a sua dúvida. A única coisa que eu sei é que não teve nada a ver com você. Ela ama você.

Isso, Eveleth acreditava com firmeza, era o treinamento dele entrando em ação. Seu pai tinha lido em algum lugar que era importante reforçar que não era culpa dela e nunca parava de dizer isso, nem nunca ia parar: *Nada a ver com você, nada a ver com você, nada a ver com você.* Mas isso, ela sempre teve medo, não podia ser verdade. Sua mãe havia decidido que ficar em Calcasset com a filha não era tão bom quanto ir para a Flórida sem ela. Isso significava *alguma coisa.*

Eileen tinha ido embora em uma terça-feira e, depois de acordar naquela manhã, Eveleth se sentou à mesa da cozinha e deu de cara com o pai preparando os ovos em vez da mãe, quando normalmente ele já teria saído para trabalhar. Ele estava muito animado na noite anterior, porque finalmente tinha comprado o barco que sempre desejara. Seu próprio barco, no qual poderia trabalhar sozinho. Seu próprio negócio. Parecia o início de algo. Mas, naquele momento, ele estava com uma aparência triste e abatida.

Ela perguntou pela mãe, e ele respondeu: "Foi dar uma caminhada." Anos se passaram até que o pai finalmente lhe contou que, naquele dia, ao acordar, encontrou uma carta na mesinha de cabeceira do lado dele que começava com as palavras *Querido Frank, sinto muito, mas...* Ele levou horas para tomar coragem e ler o restante.

Naquela noite, "ela foi dar uma caminhada" se tornou "ela vai passar um tempo fora" e, uma semana depois, Frank disse à filha que Eileen decidira ser melhor ela ir morar na Flórida e eles ficarem com a casa. A única coisa que Evvie sabia sobre a Flórida era que era lá que ficava a Disney. Então, para ela, isso significava que a mãe ia estar na Disney o tempo todo, e quem poderia discordar dessa decisão?

No começo, ela perguntava com frequência quando iam visitar a mamãe na Flórida, ou quando a mamãe ia visitá-los. Pensava neles como uma família com duas casas, como se em Pompano Beach ficasse a casa de praia dos pais. Foram precisos dois meses sem ver a mãe para que ela absorvesse completamente a ideia de que agora vivia apenas com o pai, da mesma maneira que Heidi, personagem de um livro que Frank começara a ler para ela à noite, morava com o avô nos Alpes.

A primeira vez que ouviu que a partida da mãe não era culpa dela foi em seu décimo aniversário, quando fez a pergunta pela primeira vez. Depois de soprar as velas em um bolo em forma de gato da Specialty Sweets e de tirar o papel vermelho e a fita branca de uma caixa com um casaco novo dado pelo pai, ela pegou o cartão que Eileen havia enviado. Evvie quase nunca recebia correspondência, então adorava ver o próprio nome escrito acima do endereço deles, e reconheceu a caligrafia depois de ter lido e relido uma longa carta que a mãe lhe enviara falando de suas ambições abandonadas, uma carta que Evvie mal havia compreendido. Ela dizia coisas como: "Eu era uma bailarina muito talentosa! Mas muitas coisas podem atrapalhar, o que me deixava triste. Eu sabia que, se fosse infeliz, não poderia ser uma boa mãe!"

Fui batizada em homenagem à infelicidade da minha mãe.

Na frente do cartão havia um terrier escocês, e, quando Evvie o abriu, dentro estava impressa a frase: "Espero que seu aniversário seja bom pra cachorro." Eileen tinha escrito: "Com amor, mamãe". Apenas: "Com amor, mamãe." Esse cartão estava na mala azul na noite do acidente de Tim, quando Kell a viu no banco traseiro do carro de Evvie.

Evvie mostrou o cartão ao pai.

— Ela não escreveu nem "Feliz aniversário".

Frank pegou o cartão e o examinou.

— Não — concordou ele com firmeza. — Realmente. — Mas então apontou para a frase impressa. — Bem, aqui está escrito "aniversário". Talvez ela não quisesse repetir.

Ele apertou de leve o ombro de Evvie.

— Acho que ela está brava comigo — disse ela ao pai, pousando o cartão em cima do casaco.

— Ela não está brava com você — negou Frank calmamente. — Eu garanto, está me ouvindo? Ela não está brava com você.

Evvie sentiu que ia chorar e cravou as unhas nas palmas das mãos.

— Então por que ela não volta para casa?

Ele a levou para a sala, e os dois se sentaram lado a lado no sofá verde surrado.

— Sua mãe está na Flórida refletindo sobre uma porção de coisas — começou ele. — Mas ela ama você, Eveleth. Ela não foi embora por sua causa. — Ele pôs a mão na bochecha da filha. — É importante que você saiba disso.

Eveleth baixou o olhar.

— Eu nunca iria embora — disse ela, com a voz embargada.

— Eu também não. — Então Frank ergueu o queixo da filha com o dedo, para que ela o olhasse nos olhos. — Ei. Eu também não.

Sua vida era um misto de coisas: viúva, com uma casa enorme, sem um emprego de verdade, com um melhor amigo meio distante e o que parecia ser um compromisso marcado para dali a três dias para fazer sexo com um dos melhores arremessadores dos últimos vinte anos. Mas ela era inteligente o suficiente para saber que talvez seu maior golpe de sorte tivesse sido um dos primeiros: quando disse a ela "eu também não", seu pai estava sendo sincero. Agora, olhando para ele enquanto tomava uma tigela de sopa, ignorando a dor nas costas que ela sabia que ele sentia quase o tempo todo, a única coisa que ela desejou foi ser igualmente boa para ele.

— Amo você, pai.

Ele estendeu a mão e apertou os dedos dela.

— Também amo você, meu amor.

Vinte e seis

NA MANHÃ DE QUINTA-FEIRA, Evvie entregou a Dean uma xícara de café, e ele se despediu dela com um beijo na testa. Então, quando já estava na porta, virou-se e perguntou:

— Cinco horas, né?

Ela assentiu com a cabeça.

— Cinco horas.

— Esteja pronta para sairmos.

— Estarei. Espero que tenha escolhido um lugar bom.

— Ah, eu escolhi. Leve uma muda de roupas para o caso de passarmos a noite fora. Além disso, tenho uma proposta.

Evvie bufou.

— Aposto que tem.

— Você tem uma mente suja — disse ele em voz baixa. — O que eu quis dizer é que proponho reestabelecermos as regras antigas para esse jantar. Nada de marido, nada de beisebol.

— Tudo bem, concordo.

— Então, qualquer coisa que precise dizer sobre esses assuntos, é melhor dizer agora.

— Tudo bem. Espere: meu marido era um idiota.

— Bem, às vezes eu assisto a vídeos de mim mesmo eliminando rebatedores no YouTube.

— Tudo bem, já chega. Agora vá para a escola. Há adolescentes esperando você para moldar o caráter deles.

Quando ele saiu, ela foi para o andar de cima e entrou no closet, onde havia guardado uma sacola branca com elegantes letras pretas que diziam: Catherine's. Era uma boutique de lingerie que Monica havia recomendado por mensagem depois de jurar segredo.

Pergunta estranha: você tem um lugar favorito para comprar lingerie de renda bonita? Estou querendo peças novas, mas não compro há anos.

SIM. Tem uma loja chamada Catherine's em Bangor. Vale a viagem. Bonitas sem serem vulgares, boas para o dia a dia e ocasiões especiais. Em seguida um emoji dando uma piscadela. Ela não podia culpar Monica por isso. Ela merecia o emoji dando uma piscadela.

Obrigada. POR FAVOR, não conte ao Andy que te perguntei isso.

Monica tinha enviado de volta um emoji com um zíper fechado no lugar da boca.

Bem, aquela podia ser considerada uma ocasião especial, se isso estava de alguma forma relacionado ao fato de ter sido negligenciada por tanto tempo que praticamente esquecera todos os recursos que já tivera nesse assunto (não que um dia tivesse sido muito habilidosa nisso). Ela havia comprado um conjunto de duas peças rosa, um vermelho e um preto, que lavou à mão na pia com um sabão para roupas delicadas no dia anterior, depois pendurou para secar e colocou de volta na sacola dentro do armário, como se estivesse deixando as peças em quarentena, isoladas das outras roupas, para que seus moletons não ficassem escandalizados. Ela pegou o conjunto preto e o colocou em cima da cama.

À tarde, entrou na banheira e raspou e aparou os pelos de várias partes do corpo, com uma precisão que antes associava à montagem de navios dentro de garrafas, depois besuntou o corpo todo com hidratante. Desejando ter ido à pedicure, lixou os calcanhares amolecidos com pedra-pomes e borrifou os pés com spray de hortelã.

Saindo do banho, vestiu um roupão e foi descalça para o andar de baixo, onde comeu um sanduíche de manteiga de amendoim e tentou relaxar. Em setembro, faria dois anos da morte de Tim, o que significava que havia ainda mais tempo que ela não fazia nenhum tipo de sexo, fora o fato de que jamais transara com outra pessoa. Não pensava muito nisso até recentemente: fazia parte da viuvez, parte de não ser mais esposa de ninguém, e estava tudo misturado a outras perguntas sobre o que deveria fazer agora que todos os seus planos originais e todos os seus planos B tinham se evaporado.

Ela se lembrou de ter se perguntado, naquele primeiro dezembro, se aquilo significava que nunca mais ia fazer sexo na vida. E se ninguém mais se interessasse? E se ela simplesmente não tivesse vontade, nunca mais? E se houvesse uma regra que não tinha lido exigindo que se mantivesse casta até a morte dos pais de Tim? E se a cidade aprovasse a resolução de colocá-la em uma redoma de vidro diante dos correios como uma instalação em memória de seu falecido marido?

Foi algum tempo depois do sanduíche de manteiga de amendoim que ela decidiu fazer algo estúpido. Abriu o laptop e pesquisou "Dean Tenney namorada". Em seguida, clicou em "Imagens".

— Ah, meeeeeeeeeeerda — disse, baixinho.

Evvie sabia sobre Melanie Kopps, a atriz com quem ele fora visto pouco antes de encerrar sua carreira. Era uma ruiva de pele muito clara e sobrancelhas que parecia ter ganhado jogando pôquer com o fantasma de Audrey Hepburn. Em uma foto, estava agarrada ao braço de Dean usando um vestido verde com um decote que ia quase até a cintura, quer dizer, até quase o que restava de sua cintura. Mas também havia uma foto de Dean com uma surfista profissional, uma loira de ombros poderosos e sardas. E também Dean com uma cantora chamada Bev Bo, famosa por combinar vocais suaves e violoncelo elétrico. Ela também era muito, *muito* bonita, com pele escura e lindos cabelos negros.

Evvie fechou o computador com força e foi até o espelho do banheiro. Tinha duas cicatrizes de acne na testa e uma mancha mais escura de origem indeterminada na bochecha que um dermatologista garantira que não estava apenas à espreita para matá-la. Seu nariz era ligeiramente torto, assim como os dentes da frente. Abrindo o roupão, cutucou a barriga mole com todos os dedos. Colocou as mãos nas laterais da cintura e prendeu a respiração. Tinha pernas grossas como troncos de árvore, de acordo com uma garota que havia feito parte, por um breve período, de sua turma na oitava série, e, embora sempre tivesse ficado razoavelmente feliz com seus seios, eles já não eram tão satisfatórios quanto aos vinte anos.

Evvie se aproximou do espelho. Pegou uma pinça de uma bandejinha de prata e estreitou os olhos. Como sempre, fazer a sobrancelha esquerda a fez espirrar, mas ela limpou o espaço entre as sobrancelhas e os locais onde pelos desgarrados se projetavam de maneira desorganizada em direção às têmporas e arrancou alguns fios que simplesmente não deveriam estar onde estavam, como bezerros separados do rebanho. Passou um creme de limpeza no rosto, esperando que não fosse do tipo com micropartículas de plástico que faziam mal para golfinhos, tartarugas ou o que quer que fosse, em seguida, aplicou um hidratante que se apresentava como "revitalizante". Ela ainda não havia recorrido a cremes "anti-idade", mas imaginava que "revitalizante" fosse para mais de trinta e menos de quarenta, "anti-idade" para mais de quarenta e menos de setenta, e então, quando se fazia setenta anos, você simplesmente mandava todo mundo se ferrar. Colocou três gotas de sérum sob cada olho, porque aparentemente a pele dessa região não é uma pele normal, e besuntou os lábios com um hidratante que suspeitava ser secretamente produzido na mesma fábrica que a manteiga de cacau comum, mas, no fim do processo, em vez de ser colocado em um tubinho, ele era despejado em uma embalagem redonda de plástico, acrescido de uma gota de baunilha e vendido por dezesseis dólares.

Seu cabelo natural tinha cachos, contra os quais havia lutado de forma intermitente por alguns anos no ensino médio depois de ouvir sua avó Ashton dizendo ao pai exausto que ele deveria fazer alguma coisa a respeito daquele "ninho de rato". Ah, vovó, que Deus a tenha, de preferência, na sala de espera de um salão de beleza cheia de pessoas extremamente críticas, para toda a eternidade. Às vezes, Evvie fazia escova nos cabelos quando estava se arrumando (quer dizer, quando isso acontecia), mas se fizesse uma escova agora ia parecer que estava se esforçando demais, não? A ideia era parecer que era *naturalmente* uma deusa do sexo, não que tinha gastado o dia inteiro naquilo. Então optou por um creme para domar os cachos e torceu para dar certo.

Então foi para o closet. Ela vasculhou uma gaveta cheia de calças jeans até encontrar a mais bonita, a escura de pernas retas, que valorizava mais sua forma. Colocou a calça em cima da cama e começou a examinar os cabides no armário. Tinha uma blusa preta larguinha com a barra canelada, uma blusa preta trespassada com amarração na lateral e um suéter leve de manga curta. Sem saber aonde iam, pareceu terrivelmente difícil escolher. A ideia era conseguir um resultado que só seria possível com um esforço considerável, mas sem aparentar fazer nenhum esforço. Ela não podia dar a impressão de que não estava se esforçando. Tampouco podia dar a impressão de que *estava* se esforçando.

Ela pegou o suéter e o colocou sobre a cama. Mas que tal uma abordagem totalmente diferente? E se usasse a camiseta do show dos Decemberists? Isso não seria casual? Não pareceria descolado? Ele voltaria para casa e ela estaria à vontade na cozinha vestindo sua... Não, para isso teria que vestir outra calça jeans e não estaria arrumada o suficiente para um jantar e... *pelo amor de Deus*, pensou, *simplesmente escolha alguma coisa*. Então ela tirou o roupão, vestiu a calcinha preta e ajeitou tudo que precisava ser ajeitado no sutiã do conjunto, em seguida, vestiu a calça jeans e o suéter e sacudiu de leve os cabelos. Estava quase pronta. Quase.

Voltou ao banheiro e pegou a bolsinha de maquiagem. Base seria um exagero; ela ia parecer maquiada demais. Não tinha certeza se Dean já a havia visto completamente maquiada antes; e se ele achasse estranho? Tinha quase certeza de que o encontro terminaria em sexo; e se a maquiagem manchasse o travesseiro? Havia quanto tempo que tinha aquilo, afinal? Não, não, apenas um pouco de pó, um pouco de blush e um pouco de rímel. Ah, Deus, quantos anos tinha aquele rímel? Ela provavelmente não deveria usá-lo, porque com certeza não tinha comprado rímel desde a morte do marido (uma maneira prática, porém lúgubre, de datar seus produtos perecíveis), mas o aplicou mesmo assim e prometeu a si mesma que compraria maquiagem nova antes da próxima vez que fosse fazer sexo.

— Sou uma mulher adulta — disse para si mesma no espelho. — Isso é ridículo.

Então desceu e foi para a sala de estar, onde se afundou no sofá e pegou a *Sports Illustrated* da pilha de revistas a seu lado. Ela notou que, no canto, havia um quadradinho com a foto de Dean e Marco batendo peito com peito, abaixo de uma manchete que dizia: "Não tão rápido: há esperança para o 'caso perdido' exilado do beisebol?"

Ela encontrou o artigo curto na revista, que incluía uma foto de Dean sentado no banco de reservas três anos antes. O cotovelo apoiado no joelho, o boné na mão, um pouco de suor na testa. Ela se aproximou da fotografia para olhar em seus olhos. O texto se referia a ele como "perturbado", "outrora brilhante" e "dinâmico". Examinando seu rosto, depois de conhecê-lo durante todos aqueles meses, Eveleth só conseguia pensar em como ele era *atraente*.

Ai, *caramba*, ele era atraente. Ele era... Ele era inteligente, espirituoso e engraçado e tinha sido tão gentil com ela, e era um bom inquilino, um bom jogador de beisebol e ótimo com as filhas de Andy e a mãe de Andy e o pai de Eveleth. Ele apoiava a cidade e tinha ajudado os vizinhos de Evvie a tirar a neve da entrada da garagem quando nevou meio metro de um dia para o outro em janeiro. Preparava uma ótima rabanada (sua nova especialidade) e um belo queijo quente, e era... Bem, ele estava melhorando no pinball. Mas, Deus do céu, ele era atraente. Quando a beijou, foi como se tudo entre seu peito e seus joelhos tivesse feito aquele barulho que ela fez quando ele mostrou sua tatuagem: aquele barulho, *baaaaaaah*.

Ela foi até a cozinha e pegou a garrafa de vinho que havia comprado no dia anterior depois de ir à Catherine's (que vinha chamando de Loja de Sutiãs Apresentáveis da Catherine em sua mente nas últimas vinte e quatro horas). Tirou o papel-alumínio que cobria o gargalo e pegou o saca-rolhas. Demorou um pouco, mas conseguiu abrir a garrafa e serviu um pouco de vinho em uma taça. Estava encostada na pia, a taça na boca, quando ouviu a chave na porta lateral. A porta se abriu e ele entrou com uma bolsa de academia no ombro.

— Oi — cumprimentou, com um sorriso. — Você está bonita. Pronta para ir?

O trajeto de carro durou cerca de uma hora e meia, até eles estacionarem em frente ao Stafford Hotel, escondido em um dos sofisticados núcleos de riqueza localizados entre marinas pesqueiras e antigas cidades fabris. O interior do restaurante do hotel era silencioso e escuro, sem ser abafado, e eles se sentaram a uma mesa com bancos de couro.

— Que lugar legal — disse Evvie. — Quem deu a dica a você?

— Você sabe como eu odeio a internet?

Evvie assentiu com a cabeça.

— Eu sei bem.

— Mas ela é muito boa em indicar restaurantes.

Uma atendente entregou a eles os menus.

— Preciso perguntar se é uma coincidência que este restaurante seja em um hotel — disse Evvie.

Dean olhou para ela com os olhos semicerrados por um minuto.

— Não faço ideia do que você está insinuando.

Havia pão na mesa e algum tipo de música indie acústica tocando no salão aconchegante e quase vazio. E, enquanto Evvie mergulhava um pedaço de pão em azeite, Dean serviu uma taça de vinho tinto da garrafa que havia pedido.

— Então, as aulas estão quase acabando — disse ela. — Está triste porque estão chegando ao fim?

— Muito — respondeu ele. — Contei que a Krista Cassidy vai para Purdue com uma bolsa de atletismo? Eu a encontrei outro dia e perguntei como estava, e ela me deu essa notícia. Eu não gostava dos alunos do ensino médio quando era um deles, mas vou sentir falta desses caras.

— Bem, eles vão dizer a todo mundo que conhecem você, e tenho a impressão de que isso vai se tornar uma bela vantagem para contarem por aí.

Dean ergueu a taça.

— Tudo bem. A... todas as coisas incríveis que vamos fazer.

O copo dela tilintou contra o dele e os dois beberam.

— E ao fato de que, se a tecnologia moderna o ajudou a encontrar um lugar para jantar, não pode ser tão ruim assim. Quem sabe você não inventa um aplicativo para ajudar pessoas que não querem dar de cara com nenhum conhecido a achar restaurantes.

— Por favor, me dê um soco se eu um dia disser que quero desenvolver um aplicativo. Me dê um soco se eu disser que quero dar dinheiro a alguém que está desenvolvendo um aplicativo. Ou uma startup de qualquer tipo. Meu pai me fez prometer que eu não ia investir em mais ninguém vestindo moletom com capuz.

— Por quê?

— Eu tinha um fraco por caras que iam tornar o mundo melhor. Frango vegano livre de emissões de carbono, capas de chuva feitas de garrafas plásticas recicladas... É só pensar em um cara cuja invenção tecnológica do caralho tem um logotipo verde ou cujo plano de negócios detalha como transformar merda em algo que não é merda, e eu provavelmente lhe daria dinheiro.

— Por quê?

— Era melhor do que comprar carros. Tempos diferentes, acho.

— Então, por falar nisso, preciso contar uma coisa — disse Evvie. — Pesquisei suas namoradas no Google.

— Ah — disse ele. — E você tem perguntas.

— Elas eram todas muito bonitas.

— Isso não é uma pergunta.

— Não, é uma observação.

— Então você viu a Melanie Kopps, ela é a ruiva. Atriz. Minha mãe falou dela. É uma garota muito legal.

— Mulher.

— Exatamente — disse ele. — Uma mulher muito legal. Esse foi o meu relacionamento mais recente. Nós namoramos por mais ou menos dois anos e terminamos justo quando eu estava encerrando minha carreira. Uma separação nada boa, infelizmente.

Evvie franziu a testa.

— Por causa das questões com a sua carreira?

Dean balançou a cabeça.

— Não diretamente. Não era o melhor momento para passar muito tempo comigo. Eu estava fazendo vários tratamentos, vivia mal-humorado. Além disso, as pessoas a culpavam, e eu não podia fazer nada a respeito. Mas eu gostava muito dela. Sobre quem mais quer me perguntar?

— Você namorou uma surfista.

— Lindsay. Isso foi há mais tempo. Ela era atleta também, então entendia algumas das coisas estranhas a meu respeito que as mulheres às vezes não compreendem. Eu também gostava muito dela. Esse namoro teve um fim bem natural, na época em que fui para o Yankees. A Lindsay era religiosa; isso era importante para ela. E eu cresci, você sabe, como um presbiteriano que só lembra da religião no Natal e na Páscoa, então não conseguimos fazer o relacionamento funcionar. Só ia piorar se tivéssemos algo mais sério.

— E você namorou Bev Bo.

— Isso durou mais ou menos um ano, um ano e meio, com idas e vindas. Foi antes da Melanie. Bev estava começando a firmar a carreira como cantora. Ela passava a maior parte do tempo em turnê; naquela época, não eram turnês grandiosas, era mais cair na estrada na traseira de um furgão. Nós nos encontrávamos em fins de semana muito intensos, mas depois cada um ia para um lado. Esse relacionamento me ajudou a enfrentar meu primeiro ano em Nova York. Acho que ela foi a mulher mais inteligente que já namorei, estudou teoria musical na faculdade.

— Você aprendeu alguma coisa?

— Sobre teoria musical, não. Mas, pensando bem, aprendi que trocar mensagens de texto safadas é constrangedor demais para mim. Sei que todo mundo faz isso agora, mas, juro, as coisas mais triviais que você faz durante o sexo parecem totalmente pervertidas quando digitadas. Você passa toda a vida adulta fazendo uma coisa e, quando escreve, é tipo: "Quem *faria* uma coisa dessas?" Eu me lembro de tentar descrever como beijaria o ombro dela, a droga do ombro, e de me sentir um fazendeiro falando sobre inseminação artificial. Mas talvez eu simplesmente seja péssimo nisso. Em descrever, não em beijar. — Ele fez uma pausa. — Você está ficando vermelha?

— Não — respondeu ela. — Estou prestando muita atenção.

— Muito sábio, muito sábio — disse ele. — Já transcreveu alguma conversa obscena?

— Não sei o que você considera "obsceno" — respondeu ela. — Uma vez transcrevi uma entrevista com um cara que estava estudando o orgasmo feminino, mas ele falava de um jeito que parecia estar falando de... vinho tinto.

— Hum. Conte-me mais.

— Não sei bem se era exatamente um cientista. Ele tinha um monte de palavras descritivas para orgasmos, sabe. Ele dizia que eram "calorosos" e "vibrantes" ou "leves" e "superficiais".

— Com uma nota amadeirada — disse ele.

— Não é? Eu achei muito esquisito. Mas transcrevi tudo. Esquisitos são esquisitos. Eles fazem parte do trabalho.

— Aposto que você lia muito quando era criança — disse Dean, inclinando um pouco a cabeça e, ela teve certeza, imaginando-a como uma pequena nerd engraçada, o que ela era, no fim das contas.

— Verdade — afirmou. — Mas, para ser sincera, minha outra grande paixão era o rádio. Durante a maior parte do ano, meu pai passava seis dias por semana fora, pescando. Ele saía lá pelas cinco da manhã e só voltava na hora do jantar. Incluindo o verão inteiro, quando eu estava de férias. E, como minha mãe foi embora, isso significava que eu ficava sozinha. Nós não tínhamos TV a cabo e o sinal dos canais abertos não era muito bom, então eu não via muita TV. Mas amava rádio. Eu nem ouvia coisas muito boas. Ouvia um programa de aconselhamento médico. As pessoas ligavam e perguntavam sobre coisas que eu desconhecia, como joanete ou bócio. Eu me lembro de perguntar ao meu pai o que era cotovelo de tenista quando tinha mais ou menos uns dez anos, e ele também não sabia. Eu simplesmente ouvia, mesmo que, na verdade, não entendesse nada. Foi por isso que, quando estava no sexto ano, escrevi uma história sobre uma garota chamada Clamídia. Eu não entendia quase nada daquelas coisas, mas, toda vez que havia uma pessoa nova falando no rádio, era como se ela pudesse dizer qualquer coisa. Qualquer coisa poderia acontecer. Havia um psicólogo que falava sobre luto e divórcio, o que eu achava muito interessante, mas não compreendia. E ouvia muito noticiário. Questões de interesse público, notícias locais. Gostava de ouvir as pessoas falando.

— E ainda gosta — acrescentou ele.

— Nunca pensei nisso dessa maneira, mas acho que sim. E aprendo muito. Quando... Bem, quando eu morava na Califórnia, transcrevi sessões de revisão de exames para um cara que estava estudando o envelhecimento da pele. Passei os cinco anos seguintes praticamente tomando banho de protetor solar.

— Bem, sua pele está ótima, na minha opinião.

Ela se remexeu na cadeira, depois franziu a testa.

— Eu sou normal, você sabe. Espero que não esteja esperando que haja uma atriz ou surfista escondida em algum lugar embaixo dessas roupas.

— Evvie?

— Sim.

— Eu sei quem você é. Com certeza pensei um pouco no que há embaixo dessas roupas, mas não gostaria que você fosse atriz ou surfista.

— Já namorou uma pessoa normal antes?

— Quer dizer, na vida toda? — perguntou ele. — Sim. Claro. Namorei algumas que talvez você considere "pessoas normais". O Google não deve saber quem são, no entanto. Mas você está certa sobre eu ter namorado algumas mulheres mais conhecidas nos últimos anos.

— Existe alguma regra que diga que, depois de famoso, você só pode namorar pessoas que também são famosas?

— Não — respondeu ele, lentamente. — É mais que... Depois que me tornei uma pessoa pública, ficou mais difícil conviver com pessoas que não eram. Isso me faz parecer um idiota... Não é porque eu era muito legal ou incrível nem nada assim. É só porque é estranho ser a única pessoa que todo mundo conhece. Quando você não pode mais entrar em um ambiente e presumir que as pessoas não sabem quem você é ou o que você faz, fica mais fácil se todos os outros presentes estiverem na mesma posição. Eu não gostava de estar em lugares onde alguém perguntava a oito pessoas seguidas o que elas faziam e dizia: "Bem, eu sei quem *você* é." Então, do jeito como as coisas funcionavam, mesmo que preferisse estar com os meus amigos vendo TV, eu acabava na festa de lançamento de uma vodca. E em uma festa de lançamento de vodca, você conhece um determinado tipo de pessoa.

Evvie se inclinou para a frente.

— Uma festa de quê?

— Você sabe. "Vamos lançar nossa nova vodca com sabor de manteiga de amendoim, ou sei lá o quê, e faremos uma festa em um clube noturno escuro e barulhento pra cacete, onde todos vão ficar gritando no seu ouvido, você vai levar dez minutos para conseguir pegar uma bebida no bar e, na fila, vai ficar atrás de um punhado de gel de cabelo ambulante tentando vender um roteiro, mas a boa notícia é que a bebida é liberada, contanto que você beba nossa nova vodca, que provavelmente tem o mesmo gosto do suor das costas do Mr. Peanut."

— Existe mesmo uma vodca com sabor manteiga de amendoim?

— Se não existe, não é por ser uma ideia estúpida demais para alguém lançar em uma festa.

— Eu considero festas como uma coisa boa. Essa não parece ser a sua experiência.

— Em 2014, acho, fui a uma festa de St. Patrick's em um armazém que estava tão lotado que uma mulher derramou uma cerveja verde inteira nas minhas costas. Aposto que o que quer que você estivesse fazendo aqui era muito mais divertido.

Evvie olhou para o teto, tentando se lembrar.

— Acho que, em março de 2014, estávamos negociando o pagamento da cirurgia de coluna do meu pai para que ele não precisasse vender a casa.

Dean ficou em silêncio. Em seguida, pousou a taça. Ele colocou a mão no peito.

— Eu sou um idiota. Me desculpe.

— Não, não é, não — disse ela, estendendo a mão e colocando-a sobre o pulso dele. — Isso não foi justo. — Ela se endireitou de novo na cadeira. — Nós só tivemos vidas diferentes. Quer dizer, não sou particularmente fascinante, Dean. Isso aqui é... — Ela olhou para si mesma. — Esta sou eu, não fica muito melhor que isso.

— Está tentando me convencer a não gostar de você? — perguntou Dean, encarando-a. — Porque não vai funcionar. Estou *muito* interessado em você agora. Muito.

Baaaaaah.

— Que bom — ela conseguiu dizer.

— Falando nisso... — Ele tirou do bolso uma chave presa a um anel com uma plaquinha de latão redonda e a colocou em cima da mesa. — Esta chave é do quarto 208, que fica no andar de cima.

Evvie se inclinou para examinar a chave, mas não a tocou.

— Uau, uma chave de verdade. Achei que só se usava cartões eletrônicos hoje em dia. Muito elegante. — Ela não sabia se deveria dizer mais alguma coisa. — Aposto que é bonito.

— Bem, essa chave não é para você — explicou Dean. — Eu vou ficar no 208. — Ele enfiou a mão no bolso novamente e deslizou outra chave sobre a mesa. — Esta é a chave do 204. Do outro lado do corredor.

Evvie ergueu as sobrancelhas.

— Você reservou quartos separados — disse ela. — De verdade. Você realmente reservou quartos separados.

Seus olhos percorreram o restaurante e ele mexeu na chave.

— Eu... eu entendo que não temos mais dezenove anos — falou ele. — Mas acho que vou ficar no quarto e esperar. E... Você sabe... Considere-se convidada.

Evvie olhou para uma mecha do cabelo dele que se enroscava atrás da orelha.

— Você reservou quartos separados — repetiu ela.

— Pareceu uma escolha sagaz quando tive a ideia — murmurou ele em direção à mesa, depois olhou para ela. — Agora não tenho certeza. Parece uma péssima ideia. É uma péssima ideia? É uma péssima ideia, não é?

Evvie pegou sua chave e a examinou.

— Não. Achei excitante.

Eles se entreolharam, e Evvie pensou por um segundo em pegar as duas chaves da mesa, agarrar Dean pelo cinto e arrastá-lo até o andar de cima tão rápido que ele ainda estaria segurando a taça de vinho quando ela arrancasse sua camisa. Mas, naquele momento, a atendente reapareceu, e ela se deu conta de que nenhum dos dois havia pensado no que ia comer.

Vinte e sete

Por fim, eles fizeram seus pedidos e comeram, e o local ficou um pouco mais cheio. Evvie evitou pedir qualquer coisa com muito alho, por cortesia. Depois que Dean pagou a conta, eles ficaram sentados, olhando para as chaves na mesa. Ele estendeu a mão e puxou a chave do 208. Ela fez o mesmo com a chave do 204.

— Você sobe — disse ele —, e eu pego sua bolsa no carro, ok?

— Tudo bem — concordou Evvie.

Havia uma ampla escada que levava ao segundo andar, e o quarto dela era um dos primeiros. A fechadura girou com um ruído agradável e ela abriu a porta. Uma cama king-size, uma cômoda, uma TV na parede e uma mesa com um vaso de rosas. Ela se deitou na cama, sem nem mesmo tirar as sapatilhas pretas. Achava que estaria insegura, mas estava apenas inquieta, ansiosa, esperando que ele batesse na porta.

Então ele bateu.

— Ah, oi — disse Evvie quando ele estendeu a bolsa em sua direção. — Muito obrigada. Excelente serviço.

Ele deu uma olhada no quarto dela.

— Muito bom.

— Obrigada pelas flores.

— Eu sei que é clichê.

— Por um bom motivo. — Enquanto ele estava parado na porta do quarto, ela se surpreendeu mais uma vez com sua altura. — Você não precisava fazer isso.

— Eu sei — disse ele. — Mas agora vai ser muito excitante para mim quando você bater na minha porta em alguns minutos.

— Você parece confiante.

Dean se aproximou até ficar a apenas um centímetro dela. *Os olhos dele são tão verdes quanto uma folha na primavera* foi o que passou por sua mente, de maneira espontânea, brutalmente brega e cem por cento verdadeira.

— Eu sou... otimista.

Ela ficou na ponta dos pés para beijá-lo, depois olhou para os lados do corredor.

— Não vou beijar você no corredor porque as pessoas vão ficar olhando. Agora vá para o seu quarto. E não pegue no sono.

— Acredite em mim, Ev. Não vou pegar no sono.

Ele se afastou e entrou no quarto do outro lado do corredor, e ela fechou a porta.

No banheiro, Evvie escovou os cabelos. Quando se aproximou do espelho e estendeu a mão para limpar algo de sua bochecha, reparou no brilho dos anéis. A aliança de ouro simples e o diamante solitário foram tirados pouquíssimas vezes desde o casamento. Quando os puxou, os anéis deslizaram pelo nó do dedo e deixaram o fantasma de uma listra pálida. Por um minuto, olhou para a própria mão, apenas sua mão, com a mesma aparência de quando tinha dezoito anos, só que depois de mais ou menos quinze anos de exposição ao sol. Ela colocou os anéis na pia e tirou os sapatos. Com os pés descalços, abriu a porta e atravessou sorrateiramente o corredor vazio até o 208. Bateu duas vezes.

— Quem é?

— Você sabe quem é.

— Qual é a senha?

— Parecer e aprovação.

Houve uma pausa. Então, em meio a um sorriso que ela conseguiu ouvir em sua voz, ele disse:

— Está aberta.

Ela entrou no quarto e fechou a porta, recostando-se nela. Dean estava sentado na cama, vestindo camiseta branca e calça jeans, com as costas apoiadas na cabeceira, as pernas esticadas e os pés descalços.

— Oi — disse ela.

— Oi, prazer em vê-la.

Ela sorriu e se moveu rápido, subindo na cama, passando os braços em torno do pescoço dele e beijando-o de uma maneira que fez com que se sentisse voraz e incrível. Evvie não conseguia contar quantas vezes havia tocado o ombro, as costas, o cotovelo e o quadril dele, de forma inocente na teoria, mas na verdade porque queria aquilo, exatamente aquilo. Ela deslizou a mão por baixo da camisa dele e ele a tirou, demonstrando uma destreza que fez com que ela ficasse instantaneamente grata pelo mundo dos esportes profissionais, que, fora isso, era entediante. Ele deslizou os dedos sob a barra do suéter dela, mas então ele parou. Ele se afastou, um pouco sem fôlego, e olhou nos olhos dela.

— O que foi? — perguntou Evvie. Uma batida do coração, depois outra. Dean continuou olhando para ela. De repente, Evvie bateu com a mão no ombro nu dele com tanta força que soou como um tapa. — Ah! Vá em frente. Sim. Vá em frente, sem dúvida. Vá em frente.

Ele sorriu, quase parecendo tímido, e ela o ajudou a desabotoar o suéter e afastá-lo dos ombros até cair. Ele pegou a mão dela e admirou seus dedos, a listra fantasma, que em seguida beijou. Quando a soltou, ela pousou a mão no ombro direito, que Dean sempre massageava como se doesse. Permaneceu um tempo ali, em seguida deslizou a mão pelo braço dele até seus dedos se entrelaçarem.

Quando pensasse naquilo mais tarde (e ela pensou), seria como se alguém tivesse emendado um ou dois segundos de um filme de cada vez, perfeitamente nítidos mas desarticulados e talvez fora de ordem. Ele beijou a palma da mão dela em um determinado momento, o que a surpreendeu. Ela tirou o restante da roupa desajeitadamente, deitada de costas, ficando com o pé preso na perna da calça jeans e puxando-a enquanto ele a provocava:

— Volte aqui. Não precisa tirar se não quiser. Eu dou um jeito.

— Vou demorar mais se me fizer rir.

Evvie esperava ficar envergonhada, sentindo o ar e a respiração dele por toda a sua pele, sabendo que ele a estava mapeando pela primeira vez, mas não ficou. Pela primeira vez, conseguiu manter a mente dentro do corpo. Talvez até subserviente a ele por um breve momento.

Ela se lembrava de ouvir a si mesma ofegar e de estender a mão para tirar o suor da testa dele. Lembrava-se de ver o cabelo deslizar pelo ombro nu dele. A avidez levou à falta de jeito: Evvie bateu com o joelho na coxa dele, Dean sem querer deu uma cotovelada na barriga dela e, quando isso aconteceu, ela riu, e ele beijou sua testa.

— Sua barriga está roncando?

— Você estalou um dedo?

— Tem espaço suficiente?

— Você está bem?

— Definitivamente bem.

Foi diferente, disso tinha certeza.

Ela acabou não usando os lençóis do quarto 204. Adormeceram e, quando se deram conta, tinham acordado às três da manhã e estavam deitados com o rosto a centímetros um do outro, sussurrando sobre um sonho que ela teve com *Halls of Power*. Evvie disse que estava com frio, e Dean procurou a camiseta e lhe entregou. Ele ajeitou os cabelos dela, e os dois pegaram no sono mais uma vez.

Evvie acordou de novo um pouco depois das cinco e meia, se virou e viu Dean deitado de costas, profundamente adormecido, visível pela luz da rua entrando pelas frestas das persianas. Ela não era uma daquelas mulheres que ficavam observando outra pessoa dormir. Isso seria estranho. Então fechou os olhos e o ouviu inspirar e expirar. Sincronizou a respiração com a dele e voltou a dormir.

Quando abriu novamente os olhos, estava claro lá fora e Dean estava acordado, olhando para o teto. Ela se espreguiçou e ele se virou para olhá-la.

— Oi.

— Oi. — Evvie se sentou na cama para se inclinar até tocar a ponta dos pés e alongar as costas. Ele acariciou suavemente a pele entre as suas omoplatas.

— Dormiu bem?

— Sim.

Ele estendeu o braço por trás dela, que se encolheu e voltou a se deitar, apoiada no peito dele, com o braço sobre seu abdômen irreal. Não era um lugar tão ruim para se deitar, apesar de tudo.

— Então — disse ela, por fim.

— Então.

Ele pegou a mão dela, descansando sobre sua tatuagem, e brincou com seus dedos.

— Acho que machuquei o quadril — falou ela.

— Sério? — Ele parou o que estava fazendo. — Você está bem?

— Estou, estou. — Ela riu. — Estou bem, pare. É só que... Sabe quando você começa a malhar com um treinador novo?

Dean a encarou.

— Não sei como devo me sentir diante do fato de você ter esquecido que eu era um atleta profissional neste momento.

— Bem observado — disse ela. — Enfim, acho que é parecido com isso.

— Não é nem um pouco parecido. Que academia você anda frequentando?

— Tenho me exercitado sozinha na maior parte do tempo, se é que me entende.

— Bem — comentou Dean, passando o braço sobre ela —, agradeço por ter dado tudo de si. Espero que tenha valido a pena.

— Sim, sem dúvida nenhuma valeu a pena. — Ela olhou nos olhos dele com uma expressão séria. — Encorpado, com notas amadeiradas. — Eles riram com suas vozes roucas de quem havia acabado de acordar, e Evvie beijou o ombro dele. — Que horas são?

Ele checou o celular.

— 8h27.

— Então, o que fazemos agora?

— O checkout é às onze. Preciso tomar um banho. O café da manhã é servido lá embaixo, acho.

Evvie virou a cabeça, olhou para ele e retrucou:

— Não foi isso que eu quis dizer.

— Ah — disse Dean.

— Quer dizer, não estou tentando iniciar uma conversa sobre status de relacionamento. Nada de conversas sobre status de relacionamento antes de todos estarem vestidos e terem tomado café da manhã. Acho que é uma boa regra. Só não sei ao certo onde você vai querer dormir amanhã e coisas assim, foi isso que eu quis dizer.

Houve uma pausa. Talvez tenha sido a pausa mais longa do mundo. Foi como se a maré tivesse subido e baixado, aviões tivessem decolado e pousado, edifícios tivessem sido construídos antes que ele falasse.

— Eu gosto muito de você — disse ele.

— Que bom, porque eu também gosto muito de você.

— E você mora aqui, e eu moro em Nova York.

— Verdade.

— Tenho que admitir que não pensei no que vai acontecer muito mais adiante.

— Claro. — *Como se faz para parecer completamente tranquila quando se está sem calcinha?* Ela se sentou e se virou, recostando-se no travesseiro. — Acho que seria melhor se mantivéssemos o que aconteceu apenas entre nós.

— Você não quer contar para o Andy.

— Não quero contar para ninguém. Você não vai ficar aqui. E, se meu pai, a Kell, o Andy e sabe-se lá quem mais souberem do que aconteceu, vão concluir que você vai ficar ou que eu vou embora. E acho que é... melhor evitar. Além do mais, neste momento, não há nada a contar, a não ser, você sabe, isso. Não é como se você fosse ser meu par no baile de formatura.

— Posso trazer um bracelete com flores naturais da próxima vez.

— Ei, não faça promessas que não vai cumprir. — Ela alongou os braços. — Tenho dedos estranhos. Está vendo como eles são tortos?

Dean colocou a cabeça ao lado da dela no travesseiro.

— Parecem dedos.

Ela cruzou os braços sobre o corpo.

— Você não sabe como é ser um simples mortal.

— Olha, você precisava ver como é dentro do meu cotovelo. Parece com as coisas no começo de *WALL-E*.

— *WALL-E*, a animação?

— Sim, quando o mundo inteiro é apenas sucata, metal retorcido e coisas amassadas. É assim que os cotovelos dos arremessadores são por dentro. Fiz uma ressonância magnética uma vez, e o médico disse: "Tenho uma boa e uma má notícia. A boa é que seus ossos ainda estão unidos em todos os lugares em que deveriam estar. A má é todo o resto."

Ela fez uma pausa.

— O que eles fazem quando os ossos não estão mais unidos?

— Cirurgia. Pegam um tendão da sua perna e prendem novamente os ossos do seu braço.

— Mentira.

— Verdade. Se isso não funcionar, usam partes de um cadáver.

— Eles não fazem isso.

— Com certeza fazem. Fazem isso em adolescentes.

— Espere, como se prende um osso a alguma coisa?

— Fazendo um buraco no osso e amarrando.

— Ah, meu Deus.

— É nojento. — Ele massageou o cotovelo só de pensar. — Já quebrou algum osso?

— Quando tinha oito anos, pulei de uma mesa de piquenique e quebrei o braço.

— Por que você pulou de uma mesa de piquenique?

Ela virou a cabeça na direção dele.

— Porque o John Cody disse que eu tinha medo de pular da mesa de piquenique.

— Sua fase durona.

— Exatamente.

— Quando tinha quinze anos, quebrei a clavícula esquiando — contou ele, apontando para o local da fratura. — Meu pai ficou uma fera. "Você deveria ir para a faculdade com uma bolsa de estudos por causa do beisebol, mas fica por aí com esses idiotas fazendo acrobacias." Eu não tinha dito a ele que íamos esquiar. Eu não deveria ter ido. Mas fui assim mesmo.

— E o que ele fez?

Dean riu.

— Nada. Ele não queria que eu deixasse meus amigos desmiolados me atirarem de uma montanha em uma asa-delta. Eu ia chegar em casa todo quebrado e ele não ia poder me mandar para a faculdade. E ele queria que eu fosse para a faculdade.

— O que você fez na faculdade, além de jogar beisebol?

— Eu me formei em química.

Ela se virou para olhá-lo.

— Está brincando.

— Ah, entendi. Você achou que eu tinha feito aulas de mentirinha? Só um monte de Introdução a Voltas na Pista e Como Enfaixar o Tornozelo?

— Não, claro que não. Eu só não sabia. — Ela olhou para o teto. — Por que escolheu química?

— Dá para fazer coisas — respondeu ele. — Você mistura isso com aquilo e, se sabe como funciona, pode fazer com que uma coisa fique azul, esquente ou exploda. Era uma maluquice, mas uma maluquice previsível. Você podia fazer algo soltar fumaça verde ou se transformar em espuma, mas acontecia da mesma maneira todas as vezes. Então você registra e, *bum*, eis o resultado. Com o beisebol, é a mesma coisa. Parece loucura, mas é tudo física. Parece que não tem lógica, mas tem. Quer dizer, exceto quando não tem, obviamente.

Ela virou de lado e se apoiou no cotovelo, percorrendo com o dedo anelar o osso do supercílio dele.

— O que foi essa cicatriz aqui?

— Uma bola na cara no primeiro ano em Cornell — contou ele. — Sangue escorrendo. Sem parar. Você se lembra das pessoas normais que eu disse que namorei? Eu tinha uma namorada na época, Tracy, que estava na arquibancada, e ela desmaiou. Apenas, *bum*, desmaiou. Eu me senti péssimo. Pelo que me contaram, ela olhou para mim e escorreu da cadeira como em um desenho animado do Patolino. Uma amiga a fez recobrar os sentidos jogando um copo cheio de Coca Diet com gelo no rosto dela.

— Ai, que jeito horrível de recobrar a consciência.

— Então eles me levaram para o hospital e colaram meu rosto de novo.

— Você não levou pontos?

— Não, cola. Quando liguei para casa e contei para minha mãe que fui levado para o pronto-socorro e consertado com cola, ela desligou e ligou para o hospital. Meu pai contou que ela não parava de dizer "Vocês colaram meu filho", "Isso não é um projeto de artesanato", coisas assim. Mas, então, os médicos explicaram que não era cola, que se chamava pele artificial. Aí ela disse: "Ah, tudo bem."

Ele fez um gesto como se estivesse desligando o telefone.

— É realmente este o nome: pele artificial? — perguntou ela.

— Não faço ideia. Mas ela se sentiu melhor. Já levou pontos?

— Uma vez no joelho e outra, alguns anos atrás, quando pisei em um caco de vidro na sala de estar.

— Ai.

— Sangue por toda parte. Foi realmente nojento.

— Imagino.

Quase sem se dar conta do que estava fazendo, Evvie usou o dedão do outro pé para sentir a cicatriz na sola, onde os médicos da emergência tinham feito a sutura. Havia sido um copo quebrado por Tim. Ele estava irritado. Mas ela disse à enfermeira que tinha quebrado o copo na cozinha. "Escorregou da minha mão."

Evvie passou o dedo da têmpora de Dean até a mandíbula e estremeceu diante de uma marca vermelha e profunda acima da clavícula.

— Ah, droga, acho que machuquei você aqui. Tem uma marca.

Ele se sentou na cama até conseguir se ver no espelho sobre a cômoda e inclinou a cabeça para o lado.

— Isso não é um machucado — disse, sentindo-o com os dedos. Virou-se para Evvie e abaixou o queixo até estar olhando para ela através de seus cílios impressionantes. — Você me deu um chupão. — Ele repetiu. — Você me deu um *chupão.*

Ela semicerrou os olhos.

— Espere, quando eu fiz isso? — Aí se lembrou. — Ahhhh, eu fiz isso, é verdade. — Ela sorriu e cerrou os dentes. — Me desculpe?

— Não se desculpe. Merda, isso é quase o suficiente para eu colocar no Instagram. Vou escrever: "Me divertindo no Maine." Em seguida, coloco a foto: *tcharã!* — Ele pegou o telefone. — Vou tirar uma *selfie.*

— Não vai nada. — Rindo, ela também esticou o braço para pegar o telefone, mas não teve nenhuma chance diante de sua considerável envergadura e acabou deitada por cima dele, a centímetros de seu rosto com a barba por fazer, enquanto ele segurava o telefone fora de seu alcance. — Não dói — sussurrou ela —, dói?

— Não — sussurrou ele, sorrindo. — Não dói.

Vinte e oito

Mais tarde, enquanto a caminhonete de Dean avançava pela Route 1, eles passaram por um outdoor do Compass Café que estava lá havia séculos, pelo menos desde que Evvie era adolescente.

— Eu me pergunto se o Compass vai falir agora que vocês não passam mais seis horas sentados lá todo fim de semana — comentou Dean.

— Não eram seis horas. — Evvie continuou olhando pela janela. — Talvez duas.

— Não vai mesmo me contar o que aconteceu?

Evvie olhou para ele, para a maneira como seu braço antes desobediente ficava apoiado no volante. O que estava quebrado podia ser consertado. Então ela tomou fôlego.

— Na noite em que meu marido morreu... — Ela fez uma pausa e respirou fundo. — Eu estava saindo de casa. Tipo, eu não estava *pensando* em deixá-lo. Eu estava no meio do processo de ir embora.

Dean ficou parado.

— Quão perto você estava de ir?

Nesse momento, ela olhou pela janela.

— Eu estava parada na entrada da garagem quando me ligaram. Tinha feito a mala, tirado um pouco de dinheiro e guardado minha certidão de nascimento.

— Mas não tinha contado nada ao Tim?

— Ele teria começado a discutir. Eu não teria ido embora. E, no dia seguinte, ele teria se arrependido.

— Claro.

— Enfim, a mãe do Andy viu a mala no meu carro no hospital. E mencionou isso para o Andy. Ele ligou os pontos. E ficou chateado.

Dean franziu a testa.

— Mas ele não ficou chateado por você estar indo embora.

— Não. Acho que ele ficou chateado por eu estar indo embora sem dizer nada a ele. Sem dizer nada para ninguém. Chateado não é a palavra certa. Magoado, talvez.

— *Por que* você não disse nada para ninguém?

— Porque, se falasse, eu também não teria ido embora.

— Você realmente sabe esconder o jogo.

— Eu tinha prometido ao Tim que não comentaria sobre nosso casamento com o Andy. O que parecia bastante razoável.

— Quando decidiu ir embora?

— Ah — começou Evvie. — Bem, uma noite ele disse que ia comprar uma pizza para o jantar, mas, quando chegou em casa, não estava com pizza nenhuma. Eu perguntei: "Você não ia trazer pizza para o jantar?" E ele respondeu: "Eu nunca disse isso." Era tão... tão *bizarra* a ideia de que eu teria imaginado todo um diálogo no qual ele me dizia que ia comprar pizza quando estivesse voltando. Eu me lembrava especificamente de ele dizendo que ia comprar pizza de pepperoni com cogumelos, pois eu não gosto de cogumelos e decidi que ia simplesmente tirá-los. Eu me lembrava. E disse a ele: "Por que você está tentando me fazer parecer maluca, em vez de só dizer que se esqueceu de trazer o jantar? Que importância isso tem?"

— E o que ele falou?

— Ele falou: "Passei dez horas cuidando de pessoas doentes enquanto você ficava em casa sem fazer nada. Não sou seu serviço de entrega." Aí simplesmente me afastei. Antes de você morar no anexo, era para lá que eu ia para ficar longe do Tim. Então, fui para lá, me deitei no chão e, claro, estava *morrendo* de fome, porque tinha ficado esperando por ele e nada de pizza. Então comecei a pensar em talvez sair e comprar alguma coisa para comer. E depois quem sabe dar uma volta de carro. Aí pensei em passar a noite em um lugar agradável em Rockport. Só passar uma noite fora, ver TV, ficar sozinha, tirar uma noite para relaxar, ou até mentir e dizer a ele que tinha que ficar com meu pai porque o quadril dele estava doendo ou algo assim.

— Você fez isso?

— Não. Saí e comprei uma pizza, e estava de volta em casa às dez e meia. Com cogumelos e tudo. Assunto encerrado. Mas praticamente todos os dias depois disso, eu voltava, me deitava no chão e acrescentava algo a essa história que estava escrevendo na minha cabeça. Eu não ia fazer nada. Era só uma ideia. E, se passasse um fim de semana fora, para onde eu iria? Será que eu tinha dinheiro suficiente para passar uma semana em Boston? Do que precisaria? O que levaria? Quanto tempo ficaria fora? E, não sei nem ao certo o que ele me disse, mas houve uma noite em que eu estava deitada lá, ouvindo o barulho do ventilador de teto, e pensei: *E se eu fosse embora e nunca mais voltasse?* E foi então que comecei a fantasiar sobre o lugar para onde iria, que iria viver nas montanhas. Teria um pequeno chalé, um cachorro e um emprego. Eu fantasiava me tornar uma nova pessoa que não tinha passado por nada disso.

— Como entrar no Programa de Proteção à Testemunha, na divisão "Casei com um Idiota".

— Sim! Era exatamente isso. E toda vez que pensava no que meu pai faria se eu fosse embora, ou no que Andy faria, tirava essa ideia da cabeça. Ficava pensando em como seria preparar o jantar, cortar o cabelo ou pintar uma parede sem que ninguém me dissesse que eu não sabia o que estava fazendo.

— E aí?

— Fiquei assim por meses. Mas então, uma noite, quando ele estava fora, peguei um baralho e o coloquei em uma mochila... Eu às vezes jogo Paciência com cartas de verdade. E foi isso. Foi assim que comecei a arrumar minhas malas. Era real, e eu estava decidida.

— E não disse nada a ninguém.

— Eu ainda tinha a sensação de que estava ensaiando, para ver se queria mesmo fazer aquilo. Ainda achava que ia vacilar no fim. Achava que não ia conseguir.

— Mas você conseguiu.

— Sim. — Ela riu. — Bem, comecei a guardar as coisas no carro, pelo menos. — Evvie tapou os olhos com a mão por um momento. — Eu meio que tinha uma data limite. Por fim, alguns dias antes da morte do Tim, eu disse a ele que me incomodava que... Bem, nós tínhamos ido a Bangor para jantar com alguns médicos que ele conhecia. E, quando perguntaram o que eu fazia, ele respondeu por mim: "Ela me faz feliz." Eu disse a ele: "Eles queriam saber o que eu faço. Você deveria ter contado a eles do meu trabalho. Você deveria ter dito a eles que trabalho com jornalistas, que tenho um trabalho", e tudo isso. E ele disse: "Eu estava tentando poupá-la. Não sabia como você ia se sentir se eu contasse a um grupo de médicos que você era a datilógrafa do livro que um fulano está escrevendo sobre árvores."

Dean ficou boquiaberto.

— Chegou o dia e eu coloquei as coisas no carro. Talvez eu tivesse ido embora. Talvez tivesse me acovardado, acho.

— Você teria ido.

— Espero que sim — disse ela, e, mesmo que soubesse que estava imaginando, o som daquelas palavras pareceu ricochetear dentro da caminhonete. — Continuo tendo planos. Achei que, aos vinte e cinco anos, estaria casada com esse cara, seria feliz e já teria resolvido todas as coisas difíceis. Depois achei que ia arrumar minhas coisas, entrar no carro e me divorciar. Voltar a assinar meu sobrenome de solteira, arrumar um emprego e viver em uma casinha nas montanhas, mas... nada disso aconteceu.

— Bem, essa parte me soa familiar.

— Agora estou em Evvie Drake, tomada três.

— Acha que um dia vai voltar a usar seu sobrenome de solteira?

— Não posso, na verdade.

— Claro que pode — disse ele, franzindo a testa.

Ela ergueu as sobrancelhas.

— Abrir mão do sobrenome do meu marido, que, no que depender da mãe dele, vai acabar tendo uma ala no hospital batizada com seu nome? Dizer aos pais dele que não quero mais usar esse sobrenome? Acho que essa ideia não seria muito bem recebida.

— Então você vai carregar o sobrenome dele pelos próximos cinquenta anos só para não magoar ninguém?

— É... Talvez. Não sei. — Os dedos de Evvie foram automaticamente para o bolso, para o relevo de seus anéis pressionando o tecido por dentro. — É só o primeiro dia.

— De quê? — perguntou ele.

— Você sabe — disse ela. — Do que quer que seja.

DO VERÃO ATÉ UMA NOVA TENTATIVA

Vinte e nove

No início de junho, Evvie estava adiando o momento de preparar o jantar e lendo o relato de uma greve têxtil ocorrida em 1912 em Massachusetts quando ouviu a caminhonete de Dean chegando na entrada da garagem. Ela manteve o livro aberto e os olhos fixos na página, mas, na verdade, estava esperando ouvir a chave dele na porta. Ela sabia quanto tempo levaria, da mesma maneira que se sabe quanto tempo uma pessoa que submerge leva para voltar à superfície. Sem ouvir nada, foi até a janela e olhou para fora. Ele estava sentado na caminhonete, com as mãos no volante. Ela o observou parado lá, muito quieto, até ficar mais envergonhada de observá-lo do que ficaria caso interrompesse seu devaneio, então saiu pela porta, sentindo o ar quente e seco do início do verão.

Enquanto se aproximava da caminhonete, tentou não imaginar o que teria acontecido. *Alguém morreu. Alguém ligou. Ele conheceu outra pessoa. Ele vai embora. O que quer que seja, fui eu que estraguei tudo.* Quando se aproximou da janela, Dean virou o rosto e a viu, e fez um gesto para que ela desse a volta no carro. Quando se sentou no banco do carona, Evvie reparou que o rosto dele não estava em um estado de paralisia traumática. Estava em um estado de incredulidade despreocupada.

— O que houve? — perguntou ela, fechando a porta do carona.

— Você lembra que um dia falei sobre meu amigo Dante, que ficou morrendo de inveja quando comprei a máquina de pinball?

— Aquele com as duas namoradas?

— Isso.

— Claro.

— Ele me mandou uma mensagem hoje, pouco antes de eu sair da escola.

Dante estava jogando no Phillies agora, Evvie tinha quase certeza. Ou no Nationals. Os uniformes eram parecidos.

— O que ele disse?

Dean manteve a voz tranquila.

— Bem, o treinador de arremessos deles é o Alex Laramie, que era treinador do Yankees. E o Dante disse que o Alex viu um vídeo da minha participação na partida do Baile da Primavera e que eu deveria ligar para ele.

Por fim, Dean olhou para ela.

— E?

Ele olhou para a frente. Suas mãos não tinham saído do volante.

— E aí eu liguei para o Alex. Ele quer que eu vá até um centro de treinamento deles em Connecticut. Alguns jogadores estão lesionados, eles estão meio desesperados, e Alex está tentando descobrir se há alguma coisa a... explorar, sabe. Comigo.

— Quer dizer que ele quer saber se você consegue arremessar. Ele quer te dar uma chance de arremessar. Na primeira divisão de beisebol. Para jogadores da primeira divisão de beisebol.

— Evvie, é só um teste. Ele quer ver como estou, trazer alguns dos outros treinadores, avaliar a situação.

— Eu sei qual é a situação — insistiu ela, cutucando-o na lateral da barriga. — A situação é que você vai arremessar de novo. O que, quero salientar, eu sempre soube que conseguiria.

— Você sabia, é? — Ele finalmente tirou as mãos do volante e as colocou na nuca. — Que interessante, porque estou completamente chocado.

— Você deveria ter mais confiança. Como eu.

Ele estendeu a mão e segurou a nuca de Evvie, sob os cabelos. Deu-lhe um beijo, mas interrompeu depois de um tempo.

— Espere. Não preciso dar uns amassos em você no carro. Não tenho mais dezesseis anos. A gente pode fazer isso em casa.

— Pode — concordou ela. — É. — Mesmo no carro, ela conseguiu colocar uma mão atrevida no quadril. — Quer conhecer o meu quarto? Tem um monte de pôsteres legais, meu fichário da Trapper Keepers e outras coisas.

— Claro.

Eles saíram da caminhonete e se encontraram ao lado da porta do motorista, mais perto da casa, onde ela o beijou novamente. Lá estavam as pedras cinzentas e irregulares que Tim havia escolhido durante a elaboração do projeto paisagístico depois de dizer a Evvie que tijolos de terracota pareciam "vulgares". Lá estavam os degraus que ele havia reformado com um amigo no calor inclemente do verão, enquanto passava por uma fase "habilidosa" que durou apenas tempo suficiente para que ele percebesse que estava acostumado demais a ser bom em tudo para recomeçar como um principiante que não conseguia construir uma quina perfeitamente alinhada.

Lá estava a porta da frente que ela abrira, rindo, enquanto era carregada para dentro da casa no dia em que fecharam a compra. E o chão de madeira que ela arranhara com as rodinhas da mala, motivo para que ele lhe chamasse de "muito descuidada". Lá estava a ampla porta da cozinha, onde uma vez Tim a havia beijado com uma urgência inesperada, deslizando a mão por baixo de sua blusa enquanto ela tentava arranhar o ombro dele o suficiente para provar que também estava se esforçando. Ali estava a mesa da cozinha onde eles haviam concordado que só teriam um bebê se ela por acaso engravidasse e que não fariam tentativas, o que era uma grande mentira, já que um médico saberia o que ela queria dizer quando, de tempos em tempos, pedia: "Vamos deixar para outro dia?" Lá estava a pia onde uma vez ela enfiara uma rosa no triturador de lixo, presente tardio de um aniversário do qual Tim havia se esquecido e que compensara no dia seguinte mandando entregar seis dúzias de rosas em casa.

Lá estavam as escadas nas quais ela havia escorregado duas semanas antes da morte de Tim, o que resultou em um grande hematoma no quadril. Ela caiu; não foi empurrada. Não foi agredida fisicamente, não levou um soco. Mas estava correndo escada abaixo, de meias, a caminho do esconderijo, porque estava cansada de ouvi-lo gritar. Então, como disse apenas para si mesma, *depende da interpretação*.

E no quarto, lá estava a cômoda que fora cuidadosamente levada para dentro. Tempos depois, ela desempenharia um papel central na primeira das brigas que ela tinha certeza de que havia sido a pior até que a próxima provasse que estava errada.

Por que estou chateada? Estou chateada porque você me empurrou em cima da cômoda, Tim.

Eu não fiz isso.

Você me empurrou com o ombro, desse jeito, e me jogou em cima da cômoda. Vou ficar com uma mancha roxa. Vai querer ver amanhã?

Eu estava saindo do quarto para você se acalmar. Por que ficou na minha frente?

Eu não fiquei.

Evvie, não precisa ser tão dramática, está bem? Temos que ir. Meus pais vão se perguntar por que estamos atrasados.

Isso tinha acontecido seis meses depois que eles se mudaram para a casa. No dia seguinte, ela realmente estava com um hematoma nas costas, no local que havia batido ao cair (cair?) na beirada da cômoda. Não disse nada a ninguém e, ao notar o hematoma em suas costas quando ela estava se despindo alguns dias depois, Tim perguntou: "Ai, como conseguiu isso?" Ela não sabia com certeza se ele sinceramente não tinha ideia, então disse: "Brincando de estátua", e, mesmo que tivesse achado que soara sarcástica o suficiente para que ele percebesse, Tim se limitou a assentir com a cabeça e continuar mexendo no celular.

E lá estava a cama onde eles faziam sexo, mas não com muita frequência, e não de maneira muito satisfatória, e não por muito tempo. Ela quase nunca se ressentia do fato de seu melhor amigo ser um homem, mas parte dela lamentava o fato de nunca ter se sentido à vontade para revelar a Andy a precisão com a qual conseguia cronometrar o sexo com o marido: nove minutos. Se começasse às 21h51, conseguia assistir a *Halls of Power*, e nunca perdia o início.

E agora, lá estava Dean, alto, de ombros largos e movimentos lentos, enquanto se deitava ao lado dela de calça jeans e pés descalços. Ele sempre cheirava a grama recém-cortada, e ela não tinha certeza de que era por causa de alguma coisa que usava ou com a qual lavava o cabelo, ou porque passava tanto tempo em campos de beisebol, ou porque ela estava imaginando coisas, da mesma maneira que sempre esperava que um pescador de lagosta tivesse cheiro de maresia, mesmo que na verdade não tivesse. Mas Evvie não se cansava de sentir aquele cheiro e, quando encontrava um ponto, uma depressão sob a mandíbula ou um trecho na lateral do tronco, onde o notava de maneira mais pronunciada, parava ali, tentando memorizá-lo para quando ele inevitavelmente desaparecesse.

Havia algo em dar uns amassos de roupa que... Não, não era melhor que sexo, mas a frustração voluntária a excitava. Era como se estivessem fazendo algo às escondidas em sua própria casa, desabando na cama e se agarrando, deixando que fechos e fivelas os atrasassem. Mas, por fim, ela sucumbiu: sentou-se e tirou a blusa, e os dedos dele projetaram sombras em sua pele à luz do sol que entrava pela janela do quarto.

Mais tarde, em meio a cochilos e constatações de que deveriam descer e comer alguma coisa, ela disse, em um momento em que ambos estavam despertos:

— Estou animada. Quer que eu vá a Connecticut com você?

— Não, não dá — disse ele. — É trabalho. Eles vão me testar, experimentar coisas, me submeter a situações e ver o que acontece.

— Vou dar a você um fio do meu cabelo para dar sorte — disse ela, arrancando um fio com os dedos.

— Eu me contento em saber que você vai estar aqui quando eu voltar. — E a puxou com o braço para se aconchegar junto a ela.

Trinta

CERTA NOITE, enquanto bebiam um pouco de uísque, Dean e Evvie decidiram que, antes de Dean ir para Connecticut, iam oferecer um jantar para Andy e Monica, que continuavam firmes depois de seis meses. Evvie e Monica haviam trocado mais algumas mensagens depois da Grande Consultoria sobre Lingerie: uma conversa sobre o que comprar para Rose de aniversário; uma história que Monica contou sobre a ocasião em que Kell a chamou de Eveleth e em seguida, enquanto se desculpava, de Lori; e a descoberta de que alguém havia escrito uma fanfic muito elaborada na qual Dean se apaixonava por Jennifer Lopez. (Elas concordaram que a história não era ruim.)

Então Dean mandou uma mensagem para Andy com um convite para jantarem no sábado, e Andy respondeu que eles tinham ficado "amarradões" na ideia — palavra, Evvie percebeu, que havia absorvido de Monica, pois nunca tinha ouvido Andy falar assim antes. Quando o dia chegou, o clima estava quente e seco, então Dean levou uma escova de aço para a churrasqueira a gás no quintal, que não era usada havia dois anos, e comprou um botijão de propano. Evvie gastou mais do que de costume com bifes e linguiças gordas no açougue e encheu uma cesta com pés de alface verde-claros e imaculados comprados na feira para a salada. Não resistiu aos mexilhões selvagens locais (muito mais difíceis de encontrar nos últimos tempos) e comprou uma sacola deles também. À tarde, preparou brownies e os deixou esfriando enquanto Dean saía para comprar cerveja e vinho. Tinto é para acompanhar a carne, ela refletiu, mas branco combina com o verão, então disse a ele que comprasse algumas garrafas de ambos, cervejas e também uma garrafa de vodca, porque, ah, nunca se sabe.

Logo depois que ele voltou e enquanto estava no quintal, acendendo a churrasqueira, o celular vibrou no bolso dela e, quando o pegou, percebeu se tratar de um "Número desconhecido". Provavelmente, engano ou telemarketing, ou quem sabe pessoas fazendo uma pesquisa sobre as terras públicas do Maine, cuja ligação ela já havia atendido duas ou três vezes. Evvie deslizou o dedo sobre a tela para ignorar a chamada, mas, quando o celular vibrou novamente um minuto depois, ela percebeu que quem quer que tivesse ligado havia deixado uma mensagem. Apertou o botão para ouvir: "Oi, Eveleth!" *Ah, meu deus.* "Aqui é sua mãe. Estarei em Portland em setembro e achei que talvez pudéssemos nos encontrar. Não vejo você há muito tempo e espero que esteja bem. Aliás, meu amigo Foster viu você no jornal em uma matéria sobre seu amigo jogador de beisebol. Parece *muito* empolgante e mal posso esperar para saber de tudo. Tchau, querida, me ligue."

Evvie colocou o celular novamente no bolso. Perfeito. Uma dor de cabeça se insinuou quase de imediato. Eileen Ashton ia a Portland. Eileen, que tinha estado com Evvie em talvez cinco ou seis ocasiões nos últimos vinte anos, queria encontrá-la. No último encontro das duas, era apenas a segunda vez em que sua mãe via Tim. A primeira tinha sido quando eles namoravam, ainda na adolescência, e Eileen apareceu de surpresa na cerimônia de formatura do ensino médio de Eveleth. A segunda foi depois que já estavam casados, quando Tim insistiu em fazer uma visita à sogra enquanto estavam de férias na Flórida. Tinha sido um encontro tenso e angustiante para Evvie, alegre para sua mãe e protocolar para Tim. Já que não havia comparecido ao casamento, não foi nenhuma surpresa que Eileen tampouco tivesse ido ao velório de Tim, mas pelo menos enviara um cartão em ambas as ocasiões. Evvie decidiu pensar naquilo mais tarde. Por ora, tinha um alto-falante com bluetooth na cozinha, então colocou uma playlist da qual gostava e abriu as janelas quando começou a ficar mais fresco do lado de fora.

A porta da tela lateral se abriu.

— A churrasqueira está acesa e eu não queimei a casa nem a fiz explodir, então estou muito orgulhoso de mim mesmo. Minhas mãos estão meio sujas, mas estou me considerando vitorioso.

Dean passou por ela no caminho para a pia e, enquanto Evvie secava a alface em um centrifugador, ele se inclinou sem tocá-la e beijou seu ombro junto à alça do vestido azul-claro colado.

— Estou vendo que você já se adiantou nas bebidas — disse ele, notando a taça de vinho branco pela metade, já úmida do lado de fora.

— Ei, se é para ter todo esse trabalho, é melhor que eu esteja de bom humor — respondeu ela, colocando tomates e pepinos cortados em uma tigela.

Nesse momento, ouviu a campainha.

— Eu atendo, continue o que está fazendo — disse Dean, terminando de secar as mãos.

Depois que ele saiu da cozinha, ela pegou a taça e a esvaziou com dois longos goles.

Quando os outros entraram na cozinha, a taça estava cheia novamente.

— Ei, sejam bem-vindos, que bom que vieram — cumprimentou ela enquanto Andy se aproximava para lhe dar um abraço. — O Dean vai colocar algumas coisas na grelha, vai ser muito legal. O que vocês querem para beber?

— A Monica está dirigindo e a Lori vai ficar com as meninas este fim de semana, então vou tomar uma cerveja.

— Ah — disse Evvie. — Eu não sabia que elas iam ficar com a Lori este fim de semana.

Andy suspirou.

— É, eu também não. A gente conversa depois. Me dê um pouco dessa carne crua que estou vendo aí.

Dean e Andy foram para o quintal com os bifes e as linguiças, e Evvie colocou uma panela no fogo para cozinhar os mexilhões abertos e serviu uma taça para Monica. Elas se sentaram à mesa com as taças e começaram a conversar sobre as meninas e sobre a Loja de Sutiãs Apresentáveis da Catherine, e a certa altura estavam gargalhando tão alto que Dean subiu os degraus dos fundos e enfiou a cabeça pela porta para se certificar de que não estavam gritando — não que ele tivesse dito isso. O que disse foi:

— Tudo bem por aqui?

Acabou sendo uma refeição que só poderia ser classificada como "farta". Monica tinha levado um pão redondo de crosta grossa, com a parte superior rachada e bordas crocantes e douradas até quase queimarem. Quando ela lhe entregou o pão, Evvie percebeu que ainda estava morno, e seus olhos se arregalaram.

— Você que fez?

Monica ergueu a mão e contou nos dedos.

— Farinha, água, sal e fermento... é tudo que tem aí.

O pão foi colocado entre um pote branco com manteiga de alho e uma grande tigela de mexilhões cozidos no vapor, abertos e temperados com sal e limão. As linguiças estavam pontuadas de gordura, e os bifes, comicamente brutos, tostados com perfeição e tão grandes que extravasavam as bordas dos pratos. Evvie tinha temperado a salada com um vinagrete picante de mostarda antes de se sentarem, e os petiscos pareciam igualmente bons. Eles comeram e comeram. E comeram.

— Aos amigos — brindou Dean, erguendo sua garrafa de cerveja.

Taças e garrafas tilintaram. A testa de Evvie já estava coberta por uma fina camada de suor por causa do vinho e estava ficando escuro, então eles fecharam as janelas e ligaram o ar-condicionado.

— Então, conte mais sobre essa ida a Connecticut — disse Andy. — O que vai fazer lá?

— Nem eu sei direito — respondeu Dean. — Do nada, eles querem me ver. Já fizeram de tudo, menos colocar um chip no meu cérebro, então só Deus sabe o que vai acontecer agora. Provavelmente vou arremessar na frente de alguns caras, jogar contra alguns rebatedores. Eles vão me cronometrar, o que não aconteceu no Baile. E imagino que vão querer que eu arremesse enquanto algumas caixas de cereal correm pelas bases, para ter certeza de que estão reproduzindo as condições ideais.

— Você está nervoso? — perguntou Monica, fazendo Evvie estremecer. Não fazia sentido *perguntar* se ele estava nervoso. Isso só ia... deixá-lo nervoso.

— É claro — disse Dean, descolando o rótulo no gargalo da garrafa de cerveja. — Passei dois anos tentando entender essa merda toda. Eu arremesso bem em um *inning* contra caras que, sem querer ofender, não são tão bons, e todos os horizontes se abrem novamente. Estou tentando entender se vou me arrepender.

— Você não vai se arrepender — garantiu Evvie, sem desviar o olhar de sua taça. — Vai ser ótimo.

— Uau, é uma promessa ousada — disse Andy a ela.

— Eu sou uma garota ousada — retrucou Evvie.

— Está bem — murmurou Andy.

— Tudo bem, vocês dois — disse Dean enquanto cortava outro pedaço de linguiça. — Monica, quais são as novidades?

Ela falou sobre suas aulas e sobre a crise em seu clube do livro, no qual havia se infiltrado uma pessoa que ficava muito incomodada com o fato de ninguém nunca ler os livros. Um dos títulos mais recentes tinha sido *Graça infinita*, e Monica passou as mãos pelos cabelos com irritação ao explicar que é claro que eles não iam ler *Graça infinita*, que o objetivo do clube do livro era socializar, e se alguém tivesse algo a dizer sobre o livro, ótimo, mas ninguém podia entrar e querer impor as próprias regras a todos os outros.

— Sinceramente acho que vamos acabar com isso e, em vez de termos um clube do livro no qual ninguém lê o livro, vamos ter um grupo de tricô.

Dean assentiu com a cabeça.

— Formado por pessoas que não sabem tricotar.

— Perfeito — concordou Monica.

— Talvez você possa levar a Evvie — sugeriu Andy. — Seria bom para ela ter algo que fazer.

Evvie o encarou.

— O que quer dizer com isso?

— Você disse que queria ter um projeto — disse Andy, passando manteiga em outra fatia de pão. — O que houve? Não quer mais?

Ele jogou a terceira tampinha de cerveja na pia, onde ela aterrissou com um estrépito.

— Eu não disse isso.

— Você costumava falar sobre voltar para a faculdade. Ainda tem planos nesse sentido?

— Não sei. As coisas levam tempo. Aparentemente, são necessários apenas seis meses para uma pessoa se tornar o guru da socialização, mas...

— Eu não disse que era o guru de nada. Só disse que você fala mas nunca faz. Você diria a mesma coisa para mim se eu ficasse o tempo todo à toa em casa.

Evvie nunca tinha se considerado boa em dar respostas. Tim a pegava desprevenida o tempo todo, dizendo coisas que a deixavam chocada e obstinadamente calada, se é que poderia chamar sua reação de obstinada. Quando era pequena, ela nunca sabia o que dizer às outras crianças que implicavam com ela por causa de sua casa modesta ou da calça jeans curta demais. Mas, agora, com a barriga cheia e a língua solta por causa do *pinot grigio*, ela olhou para Andy e encontrou a combinação perfeita de palavras frias, sarcásticas, mordazes e suaves quando disse:

— Ah, estou me mantendo ocupada aqui em casa, Andy, não se preocupe.

Tinha sido ela, é claro, quem dissera que não queria contar para ele. E não tinha contado, mas, é claro, tinha, sim.

Os olhos de Andy desviaram dela para Dean, depois para Monica, cujo olhar era de uma transparência hilária: *Bem, o que você queria? Eu falei.*

— Bem, fico feliz em ouvir isso — disse Andy, e voltou a comer seu bife.

— Evvie, não consigo parar de pensar em como sua casa é maravilhosa — disse Monica, assumindo a direção da conversa e desviando o máximo que podia da vala à frente cantando pneus. — Como eu disse, sempre achei que você tinha a varanda mais bonita de toda a cidade, mas estou vendo que o restante da casa também é lindo.

— Obrigada. Não posso ficar com o crédito por quase nada; meu falecido marido comprou a casa sem nem me dizer, então... — Evvie podia sentir a oscilação agora e sabia que levaria um minuto para se equilibrar se tentasse se levantar. — Mas tudo acabou dando certo — acrescentou rapidamente.

Andy foi colocar as conchas de mexilhão na panela grande em cima da mesa e franziu a testa de repente ao olhar para a tigela.

— Ei, o que aconteceu com os pratos floridos? Acho que nunca vi estes.

— Eu guardei — ela se apressou em dizer, servindo-se de mais vinho. — Estão no porão.

Evvie tinha certeza de que Dean estava olhando para ela com desaprovação, mas o ignorou.

— Cansou deles?

— É. Resolvi mudar. Gosto destes, são simples.

— Minha nossa, você está mesmo se livrando das coisas antigas e substituindo por novas, hein? — sugeriu Andy.

— O que quer dizer com isso?

Dean interveio.

— Tudo bem, Bebum Um e Bebum Dois. Sugiro nos sentarmos lá fora, agora que não está mais tão quente. Vou pegar os brownies, porque vou enfiar uns dez goela baixo.

Evvie pegou a garrafa de vinho que tinha acabado de abrir e, de fato, quando se levantou, estendeu a mão e se apoiou na borda da mesa para manter o equilíbrio.

— Você está bem? — murmurou Dean.

Ela assentiu com a cabeça e piscou para ele.

Na escuridão lá fora, eles acenderam uma vela e se sentaram ao redor da mesa de metal do quintal. Monica tirou os sapatos e colocou os pés no colo de Andy, e Evvie ficou observando o brilho da chama refletida no vinho quando aproximou a taça da vela.

— Isso é legal — disse ela, as palavras começando a sair arrastadas.

— Acho que você não deveria ficar tão perto do fogo neste exato momento. — Dean afastou a vela de Evvie. — Também não respire na direção dela, ou vai virar um lança-chamas.

— Você se lembra daquele cara do ensino médio — comentou Andy —, aquele que ateava fogo a pocinhas de vodca com um isqueiro? E alguém contou que ele fez isso em casa e incendiou o galpão de ferramentas da família? — Ele tomou outro gole. — Isso foi muito louco.

— Eu tenho vodca — disse Evvie. — Posso atear fogo a poças de vodca.

— Não, obrigado — zombou Andy. — Você não é o tipo de garota que ateia fogo nas coisas. — Ele gesticulou na direção dela com a cerveja. — Ou talvez seja agora, tem muitas coisas que não sei mais. Pratos e tal.

— Bom, é curioso como você obtém poucas informações quando para de falar com as pessoas.

— Não parei de falar com você. Paramos de tomar café juntos toda semana porque eu estava ocupado e você também.

— Ocupado? — Eveleth quase derrubou a taça de vinho com sua reação exaltada. — Você não estava ocupado, estava me deixando de fora.

Andy franziu a testa.

— Tenho quase certeza de que você me deixou de fora primeiro, mesmo que eu não soubesse na época.

Evvie abria e fechava a boca como se ela não estivesse respondendo da maneira que esperava.

— Ah, meu Deus, qual é o seu problema? Sinto muito se não contei que comprei pratos novos. Por que você está obcecado com cada detalhe da porra da minha vida?

A cerveja de Andy estalou de forma deselegante na mesa quando ele se inclinou para a frente com a garrafa na mão.

— Como assim, estou obcecado?

— Você critica tudo o que eu faço. Ficou chateado porque não contei tudo sobre meu casamento, está preocupado com os pratos que eu uso, fica em cima de mim por causa da faculdade como se fosse meu pai, me diz para não ajudar o Dean. Não entendo. Não entendo qual é o seu problema.

— Você não está dizendo coisa com coisa. Não quer beber mais um pouco de vinho?

— Você queria que eu não conhecesse ninguém, Andy? É por isso que está irritado com tudo o que faço sem contar para você? Ou está chateado porque não é você?

Nesse momento, Dean, que estava assistindo e esperando que eles fossem apenas soltar faíscas inofensivas como uma vela de aniversário, que era o que sempre acontecia nas discussões entre seus companheiros de equipe bêbados, se aproximou dela.

— Ei.

— Não — reclamou ela. — Estou falando sério. Ele está sempre irritado comigo e, no minuto em que você se mudou para cá, decidiu que estava pronto para começar a namorar outra vez. Qual é o seu problema, Andrew? Quer me explicar por que está agindo como um namorado ciumento? Quer explicar para ela? — Ela inclinou a cabeça na direção de Monica, ainda com os pés no colo dele.

Mesmo com o hálito de lúpulo que exalava a cada palavra que dizia, Andy ficou quieto. A única coisa que disse, quando finalmente falou, foi:

— O quê?

Dean ficou bem próximo do ouvido de Evvie.

— Me escute. Me escute, apenas me escute. Você bebeu demais. Você confia em mim, não é? Você confia em mim. Estou dizendo que você bebeu demais. Já disse um monte de coisas que não queria dizer. Está chateada e muito bêbada e, amanhã de manhã, a situação já vai ser péssima, então me ouça e me deixe ajudar você a entrar porque você precisa dormir. Vamos dormir.

Ela não respondeu. Estava encarando Andy, que parecia estar recebendo de Monica os mesmos conselhos sussurrados que Dean estava tentando dar a Evvie.

— Nós já vamos — disse Monica em voz alta. — Foi uma noite longa. Tenho um monte de coisas para fazer amanhã. — Era difícil dizer com precisão, naquelas circunstâncias, quem era o alvo dessa polidez e a quem ela estava dando cobertura, mas Monica puxou Andy pelo cotovelo. — Vamos. Vamos, vamos embora.

Quando se levantou, Andy se virou para Eveleth, apontou um dedo para ela e disse:

— Você é maluca.

Então Dean se levantou, olhou para o cara que era seu amigo desde o primário e ergueu a mão.

— Mas que merda, vocês dois estão bêbados. Já chega. Vá para a porra da sua casa e nos falamos amanhã.

Mas Monica segurando seu braço e Dean do outro lado da mesa não foram suficientes para dissuadir Andy. Ele ficou onde estava e encarou Eveleth, que agora se recusava a olhar para quem quer que fosse.

— Que bom que encontrou um projeto — disse ele. — Se decidir terminar com esse e dar o fora no meio da noite, me avise dessa vez. Eu venho regar as plantas.

— Vai se foder — retrucou Evvie, finalmente olhando para ele.

— Maluca do caralho — murmurou ele novamente enquanto tirava a cadeira do caminho e seguia Monica pela lateral da casa em direção ao carro.

Evvie ficou sentada com a testa apoiada na mão. Dean apagou a vela e se aproximou.

— Vou me despedir da Monica, está bem?

Ela murmurou sua concordância.

Dean encontrou Monica colocando Andy no banco do passageiro do carro, inclinando-se sobre ele para prender o cinto de segurança.

— Ei — disse ele. — Você está bem?

Ela fechou a porta de Andy e deu a volta até o lado do motorista.

— Não foi a noite mais divertida da minha vida.

— Você sabe que ela não acredita em nada daquilo, não sabe? Foi apenas a maior bomba que ela conseguiu pensar em jogar.

— Ah, eu sei. — Monica abriu a porta. — Coloque-a para dormir de lado e faça-a beber água, está bem? — Ela deu de ombros. — Fui supervisora da residência estudantil na faculdade.

Dean fez que sim com a cabeça. Do banco da frente, Andy declarou que queria ir para casa, então Dean colocou a mão no ombro de Monica, que sorriu. Ele voltou para o quintal, onde Evvie agora estava com a cabeça apoiada na mesa. Enquanto ela dormia, chorava, ou o que quer que estivesse acontecendo entre seus braços, ele levou as garrafas e as taças para dentro. Em seguida, a levantou delicadamente, arrastando a cadeira de metal pesado, que rangeu no chão de pedra.

— Tudo bem, vamos lá. Eu ajudo você.

Eles deram alguns passos até que Dean decidiu que não valia a pena tentar fazê-la andar, então a pegou no colo e subiu os degraus dos fundos, entrou em casa, atravessou a cozinha, subiu as escadas e a colocou no quarto. Depois, levou um copo de água para ela.

— Beba isso, está bem? Evvie? Beba isso, e aí você pode dormir.

Ele tirou os sapatos e o vestido dela e a ajudou a vestir uma camiseta. Em seguida, colocou a lata de lixo de plástico do banheiro ao lado da cama.

— Evvie, se quiser vomitar, a lixeira está bem aqui, ok?

Ela soltou um murmúrio evasivo e, imaginando que era o melhor que ia conseguir como resposta, ele a tirou de cima das cobertas, certificando-se de que estava deitada de lado, e puxou o lençol e o cobertor por cima dela.

Dean se despiu até ficar apenas de cueca, colocou as roupas dobradas na cadeira perto da porta do closet, em seguida se deitou ao lado de Evvie. Haveria uma bagunça imponente esperando na cozinha pela manhã. Comida que ia estragar, vinho que ia azedar, pratos com restos ressecados, tudo cheirando a alho e encharcado de sobras de bebida. Nada disso faria muito bem a Evvie, se ela acordasse se sentindo como ele suspeitava que aconteceria.

Assim que apagou a luz do abajur ao lado da cama e ajeitou o travesseiro, ele ouviu a voz dela, ainda arrastada, mas fácil de compreender. Evvie soltou um riso meio preguiçoso, lento, em seguida disse:

— Eu sabia que nunca deveria ter tentado ser feliz.

Quando acordou de manhã, Evvie ouviu Dean limpando as coisas na cozinha. Ela levou um minuto para reconstruir a noite. Um grande jantar, uma conversa amigável, então eles saíram para o quintal e, e, e... Seria uma coisa se não se lembrasse de nada. Mas ela se lembrava de fragmentos. Ela se lembrava de Andy parecendo chocado, como se ela tivesse lhe dado um soco na cara. Evvie sabia que tinha dito "vai se foder" e, quando já estava acordada havia cerca de cinco minutos, com a boca seca e amarga e a cabeça rodando mesmo quando se mantinha parada, ela se lembrou do momento em que Andy apontou o dedo para ela e disse: "Você é maluca." Ela não conseguia se lembrar de como tudo tinha começado. Tinha quase certeza de que havia anunciado que ele estava secretamente apaixonado por ela. Na frente da namorada dele. Por mais que vasculhasse sua memória em busca de um vídeo completo, só conseguia encontrar uma confusão de imagens e alguns trechos de áudio.

Evvie se sentou na cama o mais devagar que conseguiu, e levou um minuto para que tudo se estabilizasse e para que o estômago desse a primeira de várias reviravoltas nauseantes. Ao se dar conta de que Dean não poderia saber que tinha colocado nela uma camiseta velha de Tim (*uma coroação perfeita para aquela noite em particular*, pensou), ela se despiu no banheiro e entrou no chuveiro com escova e pasta de dentes na mão. Sob a água quente, escovou os dentes e colocou a escova em um copo, depois ficou de pé e deixou que a água caísse sobre seu corpo. Nada parecia bom; ela só queria que algo parecesse diferente.

Quando começou a chorar, a vantagem foi a mesma de sempre: chorar no chuveiro facilita a logística. O choro demanda providências: faz uma bagunça, incha o rosto, produz uma pilha de lenços que contam como evidência. Mas o choro no chuveiro é o choro do agente secreto, Evvie sempre pensara. Ficava entre você e as paredes de azulejos, e tudo que doía se transformava em água, e a água escoava pelo ralo.

Trinta e um

QUATRO DIAS DEPOIS, Dean colocou a mala na caminhonete e voltou para a sala, onde Evvie estava encolhida no sofá, lendo o *The New York Times* no tablet.

— Tudo bem, estou indo — avisou ele.

Ela foi até ele e envolveu sua cintura com os braços.

— Me manda uma mensagem quando chegar lá?

— Mando. Como eu disse, acho que estarei de volta segunda à noite. Imagino que vão me manter bem ocupado, então não se preocupe se ficar sem notícias minhas por alguns dias.

— Concentre-se apenas em mostrar a todos aqueles caras do que você é capaz, não se preocupe comigo.

Dean olhou para ela e hesitou um pouco antes de sugerir:

— Ainda acho que você deveria ligar para ele.

Ela deixou os braços caírem junto ao corpo, mas ficou onde estava e gemeu.

— Eu sei.

— Alguém tem que pegar o telefone.

— Talvez possa ser ele.

— Talvez possa ser você.

Ela suspirou.

— Eu já disse, você pode ligar para ele. Sair para almoçar, jogar *Madden*, fazer o que quiser. Juro que não me importo. Mas ainda não estou pronta para conversar sobre o que aconteceu.

— Tudo bem. Você é quem sabe. De qualquer forma, tenho que pegar a estrada, então nos falamos em breve. — Ele a beijou e sussurrou: — Mas ligue para ele.

Ela sorriu e revirou os olhos.

— *Tchau* — disse quando ele se afastou e se virou para ir embora.

Evvie terminou a leitura do jornal com os pés acomodados sob o corpo no sofá, bebendo chá gelado e ouvindo o que parecia ser uma discussão bastante acalorada entre dois pássaros do lado de fora da janela da sala. Um deles, ela imaginou, tinha pegado um chumaço de algodão que o outro queria *muito* para seu ninho. Ela começou a rir enquanto encenava o diálogo em sua casa vazia:

— Você pega tudo, Florence! Você pegou o graveto, pegou o algodão...

— Vá se ferrar, Maurice, eu já disse que foi o Horace quem pegou o algodão!

Ela entrou no anexo de Dean, onde vinha dormindo talvez metade das noites já fazia quase um mês agora, e se deitou na cama. Ele fazia a cama todos os dias, o que dizia ser um hábito que a mãe havia incutido nos filhos e que ele nunca abandonara. Contara que, mesmo quando viajava com a equipe, mesmo quando ficava hospedado em hotéis de luxo e era bajulado por gerentes ansiosos e relações-públicas de todos os tipos, ele fazia a própria cama antes dos camareiros.

Lá embaixo, Evvie dormia do lado oposto ao que dormia no andar de cima. Mantinha um copo de água ao lado da cama e o carregador extra do celular estava ligado na tomada com o fio pendendo da lateral da mesa de cabeceira. Do lado de Dean, havia um livro sobre Lyndon Johnson que ele estava lendo, com a nota fiscal de um café marcando a página. Ela havia descoberto que ele demorava muito tempo para pegar no sono, mas que, depois que apagava, demorava para despertar. Havia descoberto que eles tinham um hálito igualmente mortal pela manhã, então às vezes acordavam e a primeira coisa que faziam era chupar balas de hortelã, outras vezes não. Ele dormia com calças de flanela macias, exceto no calor, quando dormia de cueca samba-canção. Ela gostava de um pouco mais de frio à noite do que ele, então às vezes colocava os pés descalços para fora das cobertas, e às vezes ele vestia uma camiseta de manga comprida.

Enquanto estava deitada na cama, ela percebeu que Dean colocara em cima da cômoda o troféu que levou para casa quando o time de beisebol da Calcasset High ficou em segundo lugar no campeonato regional. Ela se levantou e foi examiná-lo. Era um troféu barato, de plástico colado, com um jogador de beisebol preso à base de maneira perigosamente bamba e uma plaquinha torta que dizia: TREINADOR, CALCASSET HIGH, 2º LUGAR. E bem ao lado do troféu estava o anel da World Series. Bem, seu primeiro anel da World Series. Naquele exato momento, Dean estava a caminho do que, segundo uma coceirinha em sua mente dizia, seria outro.

Ela ficou deitada no chão, olhando para o teto. Poderia ligar para Andy. Mas ele não havia ligado. Se ligasse, o que diria? Não tinha como simplesmente dizer que sentia muito, como quando fechou a porta do carro nos dedos dele. Porque, por mais que sentisse muito, ela não conseguia parar de se lembrar do *Você é maluca* e, mais do que isso, de como — ela finalmente se lembrou — Andy tinha jogado na cara dela que Evvie havia tentado ir embora. Toda vez que pensava em ligar, mandar mensagem, talvez aparecer na porta dele, ela se lembrava dele dizendo *maluca* e ficava paralisada.

Monica tinha mandado uma mensagem para ela dois dias depois do jantar: *Você está bem?* Ela respondeu: *Sim, tudo bem. Obrigada por perguntar.* E acrescentou uma carinha sorridente, que era quase tão ridícula quanto a própria Monica alegando que estava levando Andy embora porque tinha coisas para fazer na manhã seguinte. Evvie nem sabia para quem era o sorriso ou quem estava tentando convencer. Parecia apenas a coisa certa a fazer. Ou pelo menos alguma coisa a fazer.

Evvie odiava admitir, mas para ela ainda significava tudo poder fechar os olhos e imaginar o momento em que o primeiro arremesso de Dean bateu na luva de Marco. Ela havia sentido na multidão: a surpresa, o alívio. Isso significava esperança, como havia significado para ela. Era possível que as coisas melhorassem quando parecia impossível. Era possível trazer de volta à vida coisas que pareciam condenadas. Era por isso que as pessoas continuavam torcendo pelo Red Sox e pelo Cubs até finalmente vencerem. Era por isso que até pessoas que não davam a mínima para patinação de velocidade conheciam Dan Jansen, que caiu nos Jogos Olímpicos de Inverno em Calgary depois de descobrir que a irmã havia morrido. As pessoas torceram por ele até o cara ganhar uma medalha de ouro anos depois simplesmente porque queriam acreditar que havia esperança.

Evvie podia ver Dean em sua mente agora, imaginando como ele estaria naquele encontro com treinadores. Ela sabia como ele ficaria andando de um lado para o outro no hotel, massageando o ombro. Será que estaria pensando nela? Talvez. Caso estivesse, ela fechou os olhos e se concentrou o máximo que pôde nas palavras *Você consegue, você consegue*. Não acreditava nessas coisas, como admitiria se fosse pressionada. Mas a sensação era maravilhosa; poder pegar seus sentimentos e dar utilidade a eles, transmitindo-os. E, não, *é claro* que não acreditava em telepatia, mas o que eram os votos de "muitas felicidades" em um cartão de aniversário além da crença de que nossos bons desejos fazem alguma diferença?

Ela inspirou e expirou no silêncio, ignorando os roncos do estômago. O anexo parecia totalmente diferente com alguém morando ali: o livro dele ao lado da cama, os sapatos na porta, sua peculiar coleção de suplementos alimentares que ele às vezes transformava no que ela chamava de Vitaminas do Hulk ("Elas deixam você forte *e* são anormalmente verdes", como ela havia explicado) arrumada na bancada da pequena cozinha ao lado do liquidificador. Havia muito mais espaço em sua bancada maior, pensou ela, do que ali. Ele podia mudar toda a "operação vitamina" para a cozinha grande pelo tempo que decidisse ficar. E havia um espaço na sala de estar perto da TV em que ele poderia instalar o Xbox. Talvez o quarto dela no andar de cima pudesse virar o quarto de hóspedes. Talvez eles pudessem construir um grande closet usando parte da casa anexa. Talvez a máquina de pinball pudesse ser levada para a sala, se transferissem o sofá para lá. Caso ele decidisse não ir embora.

É claro, ela refletiu, que se voltasse a arremessar, ele viajaria muito. Passaria a maior parte do tempo fora. Percorrendo o país durante grande parte do ano. Será que ele poderia se instalar ali? Se quisesse ficar? Será que outras pessoas viajavam com a equipe? Esposas? O que... O que quer que ela fosse agora? E se no fim das contas ele só arremessasse melhor, como havia feito durante o Baile da Primavera, se soubesse que ela estava na arquibancada? Talvez dependesse do time. Se ele passasse um tempo na segunda divisão, ela supunha que poderia acabar indo para qualquer lugar. Ela não sabia. Mas os dois iam conversar. Iam encontrar uma solução. Se ele decidisse não ir embora.

Evvie não teve muitas notícias de Dean durante a viagem, mas ele tinha avisado que isso poderia acontecer. Ela mandou uma mensagem dizendo *Boa sorte!* com um coração vermelho no primeiro dia inteiro que ele passou fora, e a resposta foi: *Obrigado, Minnesota. Mantenha as coisas aquecidas enquanto eu estiver fora.* Ela riu e corou, mas levou o pedido a sério, dormindo na cama dele no anexo durante toda a sua ausência.

Depois dessa mensagem, ela só teve notícias de Dean de novo na segunda-feira de manhã, quando ele mandou uma mensagem: *Devo chegar aí às seis da tarde. Muito o que conversar. Nos vemos em breve.*

Foi um dia arrastado, quente e preguiçoso, em que Evvie passou no supermercado, na padaria e em uma lojinha onde comprou um colar com um pingente esmaltado no formato de uma bola de beisebol branca e vermelha. Ela não parava de checar o celular para ver que horas eram ou se ele havia mandado mensagem. Fazia apenas três dias que Dean estava fora, mas em pouquíssimo tempo ela ficara mal-acostumada com a sensação completamente mimada de saber que poderia estender a mão sempre que quisesse e tocar as costas dele, ou colocar os braços ao redor de sua cintura, ou beijá-lo e puxá-lo para o anexo, deixando-o seminu em sete segundos.

Depois das seis em ponto, ela andou pela cozinha, voltou a se sentar, se levantou, se sentou na sala de estar, se levantou, voltou para a cozinha, pegou um copo de água, foi ao banheiro e escovou os cabelos e acabou de volta na mesa da cozinha. Quando eram mais ou menos 18h20, ouviu a caminhonete chegar e estacionar. Ela se perguntou se deveria sair correndo lá para fora, abrir a porta ou se levantar, mas ficou sentada onde estava até a porta lateral se abrir e Dean surgir com a bolsa no ombro e as chaves na mão.

— Oi — cumprimentou ele, deixando as chaves na mesa.

— Oi. — Evvie se levantou, foi até ele e o abraçou. — Estou feliz em ver você. — Ela ficou na ponta dos pés e o beijou.

— Estou feliz em ver você também. — Ele a beijou novamente, dessa vez na testa. — O que foi que eu perdi?

— Nada importante, acho. Passei a maior parte do tempo por aqui. Está fazendo muito calor. Almocei com a Kell um dia. — *Por que*, ela se perguntou, *estamos falando sobre isso? Por que ele não está dizendo nada?* — Como foi?

Eles se afastaram, e Dean tirou a jaqueta e a pendurou em um gancho perto da porta. Em seguida se virou para ela, cruzou os braços e balançou a cabeça.

— Arremessei a bola nas arquibancadas, Ev.

Ela sentiu um aperto no peito.

— Como assim? — Ela levantou a mão. — Sente aqui e me conte. Vou pegar uma bebida para você.

Ela foi até a geladeira e pegou uma garrafa de cerveja para ele.

— Arremessei a bola nas arquibancadas. Arremessei um metro para o lado, meio metro para cima, arremessei para tudo quanto é lugar. Isso foi na sexta-feira, então tentamos novamente no sábado, e acertei o pobre do garoto que estava na posição de rebatedor. Acertei ele bem no cotovelo. Chamaram um especialista, ou melhor, *outro* especialista, um novo, e conversei com ele por um bom tempo ontem. E, à tarde, todos concordamos que tinha sido uma bela oportunidade de nos rever, mas só. — Ele tomou um gole de cerveja e deu de ombros. — Desculpe.

— Por que está se desculpando? — perguntou ela.

Ele suspirou como se estivesse tentando apagar uma vela.

— Não sei. Não sei por que pensei que dessa vez seria diferente. Foi tipo o pior treino que já fiz. Arremessei algumas bolas que não foram parar exatamente onde eu queria, e ele disse: "Você parece em forma, parece em forma, continue relaxado." Mas eu sabia. Eu sei.

— O que você acha que aconteceu?

Ele olhou para a mesa.

— A mesma coisa que aconteceu nos últimos dois anos antes de eu vir para cá, que é: não faço a menor ideia. — Ele não disse isso com dureza, mas como quem relatava o que havia acontecido, como se estivesse dizendo: *Bem, o verdugo precisava ser apertado, e eles estavam usando a arruela errada.* — O especialista me fez um monte de perguntas, me mandou fazer vários exercícios. Passei em todos os testes. Eles fizeram algumas ressonâncias magnéticas e, além do fato de que o meu ombro e o meu cotovelo basicamente parecem ter sido revirados do avesso, não tem nada de errado.

— Você não tem aquela coisa que faz seu braço cair?

Dean sorriu.

— Ele não cai. Ele deixa de funcionar no meio do arremesso.

— Isso não soa *muito* melhor.

— Bem, não tenho isso. Mas também não tenho nada. Continuo sendo um caso perdido, então nada mudou. Aparentemente, um ano é mais ou menos quanto tempo leva para eu esquecer que já tentei de tudo, a maioria das coisas umas cinco ou seis vezes, e está na hora de parar de me constranger.

— Espere, você vai desistir?

Ele se virou lentamente na direção dela.

— Sim. Com certeza, vou desistir de uma vez.

— Mas eu vi você arremessar um mês atrás.

— E um monte de gente me viu arremessar a bola nas arquibancadas ontem.

O baque da bola na luva.

— Você não pode desistir.

— Posso, sim. Estou desistindo. Não vou mais arremessar.

Evvie balançou a cabeça.

— Sinto muito. Acho que eu deveria ter ido com você.

Ele balançou a cabeça, os ombros, tudo com uma perplexidade relaxada.

— Para quê?

— Não sei. Para estar lá com você, talvez.

— Você não perdeu nada divertido.

— Não para me divertir. É que... você se lembra de quando me pediu para ficar atrás do *home plate* no Baile da Primavera? Lembra que disse que o fato de eu estar lá ajudou, mesmo que você não pudesse me ver? Sinto que foi isso que aconteceu, nós não seguimos as regras do que fazia as coisas funcionarem, não fizemos as coisas da mesma maneira. Ainda pode funcionar, mas temos que fazer da mesma maneira...

— Por favor, pare — pediu ele, balançando a cabeça. — Por favor, pare, tá bom, Ev?

— Estou tentando ajudar.

— Eu sei que está, mas você precisa ouvir. Precisa me ouvir. Estou cansado, tive um fim de semana longo e, mesmo sabendo você está tentando ajudar, estou dizendo que é assim que as coisas são.

Ele estava um pouco queimado pelo sol, ela percebeu. Também parecia envelhecido.

— Eu só... só estou surpresa.

— Evvie, tentei mudar isso em Nova York até ficar ainda mais maluco do que já estava. Fiz todas as malditas coisas que me disseram para fazer, *tudo*. Não sei o que você esperava que acontecesse. Não sei o que *eu* esperava que acontecesse. — Ele se encostou na bancada. — Quer dizer, você achou que eu ia conseguir arremessar agora que estamos dormindo juntos?

Ouvir essa pergunta foi como morder com um dente dolorido, uma pontada direto no nervo.

— Não achei isso. — *Ah, mas achou sim, achou sim, achou sim.*

— Acabou — disse ele. — Estou dizendo a você que acabou. Tudo isso acabou. — Ele tomou um gole de cerveja e em seguida balançou a cabeça. — Eu realmente queria que você não tivesse forçado a barra.

Evvie estremeceu.

— Eu estava tentando ajudar — disse ela. — Achei que você queria voltar a jogar.

— Bem, eu não queria. E não consigo, de qualquer maneira. A gente deveria ter deixado isso para lá. Está na hora de seguir com a minha vida de verdade.

O olhar dela percorreu a cozinha.

— Sinto muito se entendi tudo errado.

— Não tem problema. Eu já deveria saber — disse ele, passando a mão pelos cabelos. — Estou morrendo de fome.

Dean abriu a geladeira e xingou baixinho, e, assim que Evvie percebeu o que estava prestes a acontecer, ele colocou a garrafa de champanhe que ela havia deixado para gelar bem diante dela, com tanta força que fez a mesa estremecer.

— Por favor, pare com isso.

Depois que ele foi para o anexo, ela começou a descascar o rótulo da garrafa de champanhe até arrancá-lo em pedaços, depois a deixou em cima da mesa e subiu as escadas para se deitar. *Tudo isso*, ele disse, *acabou*.

Naquela noite, quando escureceu, Evvie vestiu um short de algodão macio e uma camiseta cinza e apagou as luzes do quarto. Foi para o andar de baixo, parando para guardar o champanhe no fundo de um armário alto, e caminhou até o anexo, cuja porta estava entreaberta. Ela espiou lá dentro e viu Dean deitado na cama, com fones de ouvido, os olhos no iPad. Todas as luzes estavam apagadas, exceto uma, bem ao lado dele na mesa de cabeceira. Ela ficou parada na porta até que ele olhou para cima, sorriu, tirou um dos fones de ouvido branco e o estendeu em sua direção. Ela atravessou o quarto, sentindo o silêncio e o carpete sob os pés descalços. Dean levantou os lençóis e o cobertor de algodão no lado dela da cama, e Evvie se aconchegou junto a ele.

Ele estava vendo *Os Caçadores da Arca Perdida*, e ela colocou o fone no momento em que Indy chegou ao bar de Marion. Dean ajeitou os travesseiros atrás da cabeça para que ela pudesse se aconchegar em seu ombro.

— Sinto muito, Ev — pediu ele junto a seu ouvido. — Sinto muito, sinto muito.

Ela se virou um pouco para olhar a curva da mandíbula dele e a cicatriz acima do olho, e disse:

— Também sinto muito.

— Foi uma viagem difícil. Eu não queria ter descontado em você.

Ela balançou a cabeça.

— Não, eu forcei a barra, você tem razão. Também não estou no meu melhor momento.

— Imagino que não tenha nenhuma chance de você ter ligado para o Andy enquanto eu estava fora.

Evvie brincou com o pingente em volta do pescoço.

— Não. Não liguei.

— Ele ligou para você?

Ela puxou a corrente.

— Estou esperando passar um tempo.

— Posso perguntar uma coisa?

— Claro — respondeu ela, pousando a mão na lateral da barriga dele.

— Na noite da briga, você disse: "Eu sabia que nunca deveria ter tentado ser feliz." O que quis dizer com isso?

O que Eveleth mais odiava em ficar bêbada, e o que odiava ainda mais naquela noite, eram todas as coisas das quais mal se lembrava, mas sabia que eram verdadeiras. Havia dito isso; tinha certeza. Mas não fazia ideia do porquê. Então passou as mãos pelos cabelos e disse:

— Eu não... Foi só coisa de bêbado, acho.

— Sabe, já faz uma semana. Mais de uma semana. Não vai ficar mais fácil.

Ela assentiu.

— Vou sentir falta desses conselhos realmente deprimentes.

Dean se virou para ela com a testa franzida.

— Estou indo embora, por acaso?

— Não está? Já faz quase um ano. Você mesmo disse. Está na hora de seguir em frente. Com sua vida normal. Eu também.

— Tem certeza?

— Certeza sobre o quê? Depois do verão vem o outono, e vai fazer o quê? Um ano? Sim. Sim, tenho certeza.

Ela colocou a mão espalmada no peito dele, deu um tapinha de leve e se recostou em seu ombro. Ela não era mágica, não podia ajudar, e ele mesmo tinha dito quando se mudou: sua vida era em Nova York. O melhor a fazer era seguir em frente e não dificultar ainda mais as coisas. Já ia ser ruim o suficiente.

Trinta e dois

UMA SEMANA DEPOIS que Dean voltou de Connecticut, Evvie viu uma caixa de papelão cheia de livros em cima da mesa do anexo. Esse foi o primeiro sinal de que era real. Conforme julho avançava, as coisas continuaram, em grande parte, como tinham sido: eles dormiam na cama dele ou na dela, abriam as janelas quando estava fresco, liam as notícias em seus celulares, assistiam a temporadas inteiras de *30 Rock* e *Archer*, pediam comida ou preparavam espaguete, hambúrguer ou algo que ela improvisava com as sobras. Ele dormia profundamente à noite, sem sair da cama para arremessar ou colocar gelo no ombro escondido quando começava a incomodá-lo. Aos poucos, o ombro parou de incomodar.

Evvie lia e trabalhava, e começou a pensar nos clientes que precisaria arrumar para pagar as contas depois que Dean fosse embora. Ela não fazia nenhuma pergunta quando ele chegava em casa depois de ter saído com Andy, e ele não comentava nada. Quanto mais tempo se passava sem mudanças, menos ela conseguia enxergar uma forma de as coisas entre ela e Andy serem resolvidas, mesmo parcialmente.

Mas as caixas continuaram aparecendo em cima da mesa e, quando ele entregou a ela um cheque no dia 1º de agosto, ela o encarou.

— Fim do mês, acho? — disse ele.

Ela olhou para cima e assentiu com a cabeça.

Quando o fim de agosto se aproximou, Dean começou a ir embora de verdade. Pediu a alguém que reabrisse e limpasse seu apartamento em Nova York. Começou a vender as coisas que comprou e não ia precisar: o forninho elétrico e o liquidificador, em seguida a cômoda, depois de guardar as roupas em caixas plásticas. Dean disse a Evvie que ia deixar a TV grande na parede, caso ela quisesse uma tela enorme para assistir a *Halls of Power*.

Evvie quis dar uma festa para ele antes de sua partida — na verdade, queria ser o tipo de pessoa que daria uma festa para ele antes de sua partida —, mas Dean não quis. Foi assistir a um jogo de beisebol com o pai dela uma tarde, e os garotos que havia treinado fizeram um churrasco para ele e lhe deram um moletom escrito: TREINADOR TENNEY. A equipe do Claws saiu com ele para beber, e as filhas de Andy pegaram suas tintas e lhe fizeram cartões, e Andy e Monica o levaram para jantar no The Pearl enquanto Evvie ficou em casa, trabalhando para cumprir um prazo que alegou ser ligeiramente mais urgente do que de fato era. Ele passou um dia na casa de Kell, ajudando-a com o jardim.

Dean empacotou os pós e suplementos que ficavam sobre o balcão. Empacotou os jogos de Xbox. Empacotou o trofeuzinho torto e as garrafas plásticas de água que estavam no secador de louça. Quando faltava uma semana para ir embora, ele vendeu a cama e a mesa, e, nas últimas noites, eles dormiram na cama de Evvie, às vezes acordando no meio da noite para transar, comer cereal ou assistir a *Match Game '76*, que passava a madrugada inteira na TV a cabo. Na última noite, Dean desmontou a máquina de pinball e embalou as peças com alguns cobertores velhos fornecidos por Kell, e as colocou na traseira da caminhonete.

Evvie acordou no último dia, foi ao banheiro e viu que ele havia tirado a escova de dentes do copo na pia. No dia anterior, ela havia brincado sobre como suas escovas estavam encostadas, compartilhando todos os germes, e ele disse: "Acho que você já pegou todas as minhas doenças." Quando viu sua escova azul encostada sozinha na lateral do copo, ela sentiu o ar deixar seus pulmões. Inclinou-se para a frente, abriu a torneira e jogou água fria nos olhos e nas bochechas.

Em seguida, Evvie desceu as escadas de meia e encontrou Dean preparando o café da manhã no fogão.

— Oi — disse ela, aproximando-se e beijando-o na bochecha.

— Oi. Fiz ovos, e o café está pronto. E não se esqueça de que ainda tem minirrosquinhas naquele saco ali.

Eles tinham ido à padaria alguns dias antes para que, na manhã seguinte, pudessem ficar na cama até meio-dia comendo doces e discutindo sobre qual versão de *Law & Order* era a melhor.

— Já está tudo arrumado?

Ela se serviu de uma xícara de café.

— Acho que sim. Já tirei tudo do anexo, do banheiro... Guardei minhas coisas que estavam na secadora, peguei meu carregador no andar de cima. Tirei o seu carregador do meu porta-luvas e deixei na bancada. Acho que é isso.

Dean colocou a comida na frente dela e se sentou.

— Acho que, se pegar a estrada cedo, consigo chegar a Nova York um pouco antes da hora do rush, o que seria ótimo.

Ela comeu uma garfada.

— Sabe, seus ovos melhoraram muito desde que nos conhecemos.

Ele riu.

— Bem, não fui um fracasso completo, então. — Ele se apoiou no cotovelo. — Acho que seria idiota perguntar se você costuma ir a Nova York.

— Não muito — respondeu Evvie enquanto mordiscava um pedaço de torrada. — Mas ligo para você, se for. Vou ligar de qualquer maneira. Quer dizer, não estou morrendo. Você não está morrendo.

— Espero não estar morrendo — comentou ele.

Depois do café da manhã, eles lavaram a louça, limparam as bancadas, dividiram uma conta de luz e verificaram o trânsito no trajeto que ele ia percorrer. Acabaram encostados em lados opostos da porta entre a cozinha e a sala de estar.

— Acho que não tenho mais nenhum motivo para fazer você ficar mais um pouco — disse ela, por fim. — É melhor pegar a estrada se quiser chegar antes da hora do rush.

— Tudo bem. — Dean deu um passo na direção dela e abriu os braços, como se ela fosse uma colega de classe em uma reunião da turma do ensino médio. Ela se aproximou e se deixou ser abraçada, e os dois ficaram assim por um longo minuto. — Muito obrigado, Ev — agradeceu. — Não sei o que eu teria feito sem você.

— Eu também não — murmurou ela junto ao ombro dele. — Quer dizer... Você entendeu.

Ele deu um passo para trás.

— Vou sentir muita saudade.

— Vou sentir muita saudade também. Sinto muito que as coisas não tenham acontecido como você esperava.

Dean deu uma olhada na cozinha, depois olhou novamente para ela.

— Não sei se isso é verdade. — Ele estendeu a mão e apertou o ombro dela. — Vem comigo até o carro?

Evvie assentiu. Ao lado da caminhonete, ele se virou e a beijou, e os joelhos dela tentaram ceder novamente, e a respiração tentou falhar novamente, mas, quando se afastou, ela se manteve firme de pé.

— Cuidado na estrada. Me avisa quando chegar lá?

Ele assentiu e se sentou no banco do motorista. Deu a partida na caminhonete, saiu da entrada da garagem e foi embora. Ela ficou no jardim por um minuto, olhando para a cerca, para a casa, para o próprio carro, que precisava ser lavado, depois subiu os degraus, apoiando-se no corrimão, e voltou para a cozinha.

Assim que começou a se acomodar no sofá da sala, seu celular apitou. Era uma mensagem de Dean, que naquele momento devia estar parado no sinal.

Olhe embaixo da pia no banheiro do anexo. Se cuide. Ligue para o Andy.

Ela foi até o anexo, agora totalmente vazio de novo, e entrou no banheirinho. Abriu o armário e pegou a luva de beisebol preta com cadarços rosa. Havia um post-it na palma.

Vá ser incrível, campeã.

Trinta e três

Era setembro. As folhas começariam a mudar de cor nas próximas semanas. Ia começar a esfriar à noite, mas, por enquanto, Evvie ainda ficava suada, afastando as cobertas a maior parte do tempo e acordando enrolada no lençol.

Dean havia mandado uma mensagem quando chegou a Nova York e outra, dois dias depois, para dizer que estava procurando emprego como treinador na cidade. Nas duas vezes, ela disse que estava feliz e enviou um coração azul para ele. O coração azul significava *Eu tenho mil coisas para dizer*. Mas, é claro, apenas para ela. Ele morava lá, e ela morava ali. Simples assim. E estava tudo bem. Ia ficar tudo bem, e dizer todas as outras coisas só dificultaria tudo ainda mais.

Em vez disso, Evvie disse a si mesma para fazer uma coisa de cada vez. Na verdade, colocou um bilhete no espelho que dizia: *Faça uma coisa*. Então, na noite quente de quarta-feira logo depois que ele foi embora, ela decidiu substituir a lâmpada queimada na luminária acima da mesa da cozinha. Pegou o banquinho no porão, mas, quando subiu e tirou as teias de aranha, percebeu que precisava remover o vidro da luminária com uma chave de fenda para chegar às lâmpadas.

— Isso é ridículo — murmurou.

Evvie deu uma olhada na cozinha e lembrou que a chave de fenda estava enfiada em uma lata de café cheia de parafusos e pregos. A lata estava na beirada de uma prateleira alta acima do fogão, que ela poderia alcançar se ficasse na ponta dos pés. Evvie foi até a prateleira, mas, quando puxou, acabou derrubando a lata acidentalmente. Ela bateu na borda do fogão, e parafusos e pregos se espalharam pelo piso escorregadio da cozinha. Em seguida, um livro de receitas pesado que ela não tinha percebido que estava encostado na lata tombou e, ao cair da prateleira, derrubou um pote de plástico com purê de maçã e uma grande lata de arroz. O pote rachou ao atingir o chão, espalhando purê pela base do fogão, pelo chão e pelas pernas das cadeiras e da mesa da cozinha. A tampa da lata de arroz se soltou, e uma pilha de grãos se formou diante do fogão (misturada com purê de maçã, é claro). Depois de cair, a lata tombou e girou, espalhando arroz cru pelo chão da cozinha e do corredor.

Depois que todo o barulho cessou, depois que tudo parou de se mover, Evvie ficou de pé e olhou em volta. Havia arroz embaixo do fogão e dentro dos queimadores. Havia purê de maçã na parte de baixo das cadeiras da cozinha. Havia pregos e parafusos cobertos de purê de maçã espalhados por todo o chão. Evvie andou, atordoada, em direção ao banheiro para ver até onde o arroz tinha ido, e havia grãos lá dentro também. Deu uma olhada na cozinha e baixou a cabeça no peito.

Ela começou a chorar, mas mal conseguia respirar. Tentou ignorar esse fato, pegou o rolo de papel-toalha e caminhou em direção ao fogão, escorregando no arroz sob seus pés. Ajoelhou-se no chão da cozinha e começou a limpar punhados de arroz e sujeira, mas precisava buscar a lata de lixo primeiro e não tinha certeza se deveria tentar separar os parafusos e pregos antes de jogá-los na lixeira e, ah, Deus, tinha arroz dentro da gaveta na parte inferior do fogão, que estava aberta um centímetro, e agora ela teria que tirar todas as panelas e tampas que estavam lá, todas com arroz dentro, e o fogão era pesado demais para que ela o movesse.

De joelhos no chão, na casa que nunca havia desejado, ela não conseguia recuperar o fôlego. Evvie tinha a sensação de estar flutuando acima de si mesma, observando a mulher no chão que soluçava e gemia até que, por fim, começou a gritar. Parte de Evvie observava e pensava: *O que está acontecendo, estou tendo um ataque de pânico, estou maluca, estou morrendo?* E parte dela engolia ar para os pulmões, produzindo um som repetidas vezes, um som que nunca ouvira sair dela antes. O que quer que fosse — mais raivoso do que um choro e muito mais intenso do que um berro, parecendo mais uma convulsão do que um grito —, era esse o som que produzia. E, enquanto o som ainda escapava dela, Evvie pensou: *Graças a Deus sou a única pessoa que vai me ver assim. Graças a Deus, graças a Deus.*

Ela não tinha ideia de quanto tempo aquilo havia durado. Teve discernimento suficiente para ficar aterrorizada com a possibilidade de que um vizinho a ouvisse; ficou apavorada que alguém achasse que ela estava sendo assassinada. Se tivesse ouvido aquele som vindo de dentro da casa de outra pessoa, teria chamado a polícia. Ouviu suas próprias palavras no que quase não parecia ser sua voz: *Eu não consigo* e *O que foi que eu fiz?* e *Eu estrago tudo*. Esta última várias vezes. *Tudo. Tudo, eu estrago tudo*. Ela estava fazendo esse som, quase uivando essas palavras, e conseguia se ouvir, mas era incapaz de parar. Passou longos minutos sem conseguir imaginar como aquilo terminaria, exceto com ela esvaziada, virada do avesso ou reduzida a um boneco de palito no lugar da pessoa que um dia havia existido.

Mas aquilo chegou ao fim, pela mesma razão que quedas de braço e jogos com prorrogação terminam: há um limite. Finalmente, finalmente, ela sentiu o processo se reverter. O som aterrorizante voltou a ser um soluçar rouco, depois um choro comum, e, em seguida, ela respirou uma, duas, três vezes. Aos poucos, se levantou, tirando o arroz grudado nos joelhos nus, que agora estavam cobertos de dolorosas marcas vermelhas. Ela foi até o banheiro e acendeu a luz. Seus olhos estavam inchados de uma maneira que nunca tinha visto antes. A garganta doía e os ouvidos estavam zumbindo. Ela umedeceu uma toalha com água fria e a colocou sobre o rosto, respirando, sentindo a água em seus lábios e o cheiro do sabão em pó.

Evvie se sentia estranhamente relaxada, como se tivesse corrido um quilômetro ou recebido uma massagem. Era como se tivesse se esvaziado de forma tão completa que nada dentro dela pudesse permanecer unido. O que havia restado flutuava no ar como a penugem soprada de um dente-de-leão.

A limpeza levou cerca de uma hora. Ela recolheu o que pôde com toalhas de papel e jogou tudo no lixo; em seguida, varreu, varreu e varreu — no fim das contas, conseguiu mover o fogão. Gavetas foram retiradas. Ela limpou as portas dos armários e as pernas das cadeiras com uma esponja molhada.

Quanto terminou, sentou-se no chão da cozinha e pegou o telefone.

Você pode vir aqui?

Você está bem?

Bem e segura, mas preciso de ajuda.

Chego em 15 min.

A porta lateral está aberta.

Pouco mais de dez minutos depois, a porta da cozinha se abriu e Andy, suado e vestindo um short de basquete e camiseta do Red Sox, entrou em sua casa pela primeira vez em mais ou menos dois meses. Ele a viu sentada no chão, recostada nos armários embaixo da pia.

— Meu Deus, Ev, está tudo bem? O que houve?

— Sente-se aqui comigo, só isso — pediu ela.

Ele desabou no chão ao lado dela, esticando as pernas diante do corpo. Em seguida esperou, depois se inclinou na direção dela.

— Por que estamos no chão?

Andy tinha deixado o cabelo crescer um pouco. Ao se dar conta de que os dois não se viam fazia tanto tempo que o cabelo dele estava diferente, Evvie sentiu um aperto no peito.

— Eu ia trocar a lâmpada — disse ela, olhando para a luminária acima da mesa da cozinha. Era um começo.

Ele seguiu o olhar dela até lá em cima.

— Daqui de baixo? Parece o jeito mais difícil.

Ela sorriu.

— Fui pegar a chave de fenda.

Ele se virou e olhou para a prateleira.

— Estava na Lata de Parafusos Gigante? Evvie, eu *disse* que isso ia acabar causando um acidente.

— Estava na Lata de Parafusos Gigante. Derrubei a lata, derrubei o purê de maçã, derrubei o arroz.

Ele se encolheu.

— Aquele pote gigante, com arroz suficiente para alimentar uma equipe do *Survivor*?

Ela assentiu com a cabeça.

— Esse mesmo.

— E ele caiu?

— Caiu. Tudo caiu.

Ele cruzou os braços e olhou em volta, em seguida respirou fundo.

— Tenho que admitir que parece incrível — declarou ele.

— Ah, foi incrível, sim. Tinha arroz até no banheiro.

Andy assobiou baixinho.

— Espere, você já limpou tudo?

— Já.

Ele riu.

— Ev, você deveria ter me chamado *antes* de resolver tudo sozinha.

— Achei que ligar para você e pedir para vir limpar minha cozinha não seria a coisa certa a fazer. Você sabe, considerando tudo o que aconteceu. — Ela se virou para o amigo e suspirou. — Eu disse muitas coisas que não deveria ter dito.

— Nós dois, Ev.

— Eu não deveria ter demorado tanto para ligar. Foi idiota, e estou muito triste, e tem alguma coisa errada. Está tudo errado. — Ela massageou a área entre os olhos. — Minha mãe ligou. Não hoje. Ela ligou enquanto eu estava preparando o jantar, no dia em que vocês vieram.

— Ah, merda — disse Andy. — O que aconteceu?

— Ela quer me ver e não para de mandar mensagens. Não vou conseguir mais adiar. Isso tem sido um peso enorme para mim, mas eu não queria incomodar você com essas coisas...

— Ah, Evvie, pelo amor de Deus, você não ia me...

— Eu sei. É só... Eu só queria ser o tipo de pessoa que... Sei lá, que...

— Faz exatamente a coisa certa o tempo todo? É, eu também. — Ele secou a testa úmida com a barra da camiseta. — Todo dia, me preocupo se vou estragar tudo com as minhas filhas, se vou estragar tudo com a Monica. Merda, fico preocupado de já ter estragado tudo. — Ele se aproximou dela e pegou um grão de arroz incrustado em seu joelho nu. — Você não vai conseguir deixar todo mundo feliz o tempo todo.

— Mas eu quero.

Ele colocou o braço em torno dos ombros dela.

— Eu sei que quer.

— Bagagem — disse ela. — Eu tenho tanta bagagem. Deveria ter meu próprio avião de carga.

— Bem, você não é a única. Lembra que eu disse naquela noite que as meninas foram passar o fim de semana com a Lori? — Evvie fez que sim com a cabeça. — Naquele dia, Lori me disse que queria que elas passassem seis semanas lá todos os verões.

— Ah, não.

— Nunca passei seis semanas longe delas. Nunca. Acho que não passei nem seis dias longe desde que a Lilly nasceu. Mas a Monica e eu não queríamos arruinar a noite, então decidimos deixar rolar. — Ele assentiu com a cabeça. — O que não foi um plano muito bem-sucedido.

Evvie sorriu de leve.

— O que aconteceu?

— O que geralmente acontece quando a Lori vem com essa ideia de querer passar mais tempo com elas. Ela vê as meninas e lembra que as ama, que elas a amam, mas que prefere levá-las ao Chuck E. Cheese ou em um cruzeiro a ser a pessoa que vai se certificar de que elas comam verduras e façam o dever da escola. Aí ela desiste. Ela desistiu mais uma vez. A porta está aberta para visitas mais longas no futuro, mas... não por enquanto.

— Bem, fico feliz que tenha passado, pelo menos.

— Posso perguntar sobre o Dean ter ido embora? Eu queria ligar, mas... não liguei.

— Já estou com muita saudade. — Ela meneou a cabeça. — Muita. Essa é a verdade. Não sei o que mais posso dizer, mas pelo menos estou tentando parar de mentir.

— Mentir sobre o quê?

— Eu minto muito — disse ela, simplesmente. — Menti sobre os pratos.

— Puta merda, eu sabia que tinha alguma coisa estranha nessa história.

Ela riu.

— É. Bem, eu quebrei os pratos amarelos. Ou melhor, o Dean e eu quebramos. Na verdade, eu quebrei. E isso me fez sentir melhor do que qualquer outra coisa que tivesse feito em meses, o que não consigo explicar. Eu não sabia como contar isso a você. Assim como não sabia como dizer que queria me divorciar.

— Quer me contar agora?

Ela contou a Andy que Tim era cruel. Contou tudo o que lembrava sobre as piores coisas que ele dissera. Contou sobre o temperamento dele, sobre como ele gritava com ela quando não conseguia encontrar as coisas, sobre o hematoma nas costas depois de ser jogada na cômoda. Então olhou para os dedos do pé, e isso fez com que se lembrasse de algo. Ela respirou fundo, talvez a respiração mais profunda de toda a sua vida.

— Você se lembra do corte no meu pé? Quando levei pontos?

Ele se virou e olhou para ela.

— Você disse que deixou cair um copo.

— Eu disse. Mas foi o Tim quem deixou o copo cair. — Ela fez uma pausa. — Não, isso não é verdade. Tim atirou um copo longe. Ele *atirou* um copo no chão da sala, porque estava bravo comigo. Ele atirou o copo e eu acabei pisando nos cacos de vidro.

Andy balançou a cabeça.

— Desgraçado.

Evvie assentiu muito lentamente com a cabeça.

— Sabe, ele me dizia uma vez por semana, desde o ensino médio, que eu era muito exagerada. Que eu fazia drama por tudo. Depois de um tempo, eu já sabia o que ele ia dizer. Ele nem precisava dizer. Então acho que parei de contar as coisas para as pessoas.

— Mas eu deveria ter desconfiado.

Ela deu de ombros.

— Eu minto melhor do que você pensa. — Ela cutucou uma marca no joelho. — Falando nisso, preciso contar a você que na verdade ele tinha seguro de vida, mas me senti culpada demais para gastar o dinheiro, por isso nem toquei nele. E não precisa se dar ao trabalho de discutir comigo, porque não vou usar esse dinheiro.

Os olhos dele se arregalaram.

— Puta merda.

Ela sorriu.

— Sim. É por isso que estou falida. É por isso que não posso ficar nesta casa. Vou procurar alguma coisa, talvez um lugar menor, mais perto da água. — Ela olhou para ele. — Eu sei que estou despejando um monte de coisas em você. Mas acho que é só isso, por enquanto. Isso... e me desculpe.

— Bem — disse Andy, pegando um grão de arroz debaixo da borda do armário e jogando-o por cima do ombro na direção da pia —, também sinto muito.

— Tudo bem. Fico feliz que esteja aqui agora.

— E eu fico feliz que você tenha ligado.

Evvie dobrou os joelhos e segurou as canelas.

— Fiquei assustada comigo mesma hoje. Não faço a menor ideia do que fazer agora.

Andy colocou o braço em torno do ombro dela, e Evvie se recostou nele.

— Está tudo bem. Estou do seu lado. Você vai descobrir.

Trinta e quatro

ALGUNS DIAS DEPOIS, Monica mandou uma mensagem: *Quanto tempo! Estou fazendo pão. Posso levar um para você hoje à tarde?*

Claro! Obrigada. Entre pela porta da cozinha e grite; posso estar trabalhando lá em cima e não ouvir as batidas na porta.

Mas, em vez de trabalhar, distraída e exausta, Evvie acabou indo para o anexo de Dean... ou melhor, para o anexo. Pousou a mão na bancada da pequena cozinha e olhou em volta, observando o quarto retangular amplo e vazio, onde tinha bebido uísque e contado histórias e onde às vezes dormia com o desastre mais famoso de Calcasset, além dela mesma. No meio do chão, logo abaixo do ventilador de teto, ela se deitou de costas e fechou os olhos.

Houve uma batida na porta, mas ela permaneceu onde estava e, pouco depois, ouviu quando ela foi aberta.

— Evvie?

Era a voz de Monica.

— Estou aqui — respondeu.

Ela ouviu Monica deixar as chaves na mesa da cozinha.

— Ah, oi — disse ela.

— Oi.

— Posso me juntar a você?

— Claro.

Monica se aproximou e se sentou no chão, depois se deitou até ficarem lado a lado.

— É bom ver você.

Evvie sorriu para o teto.

— É, é bom ver você também.

Ali mesmo, deitadas no chão, olhando para o teto texturizado que Evvie sempre quis reformar, Monica a atualizou sobre o recital de dança de Rose nos próximos dias, a atual obsessão de Lilly por brinquedos colecionáveis chamados Monsteroos ("são bichos de pelúcia, mas se fossem feitos pelo Tim Burton") e todas as coisas das quais ela estava tentando dar conta agora que as aulas haviam começado.

— Como você está? — Monica finalmente perguntou.

— Tudo bem. Prestes a ficar ocupada. Acho que vou vender a casa. É grande demais para mim. E estou tentando voltar a trabalhar. E, neste exato momento, estou adiando o momento de ligar para minha mãe.

Monica riu.

— Uau.

Evvie não havia planejado, mas acabou contando a Monica sobre Eileen: como havia ido embora quando Evvie era pequena, como suas visitas e ligações foram ficando mais esparsas com o passar do tempo, como ela aparecia em momentos inconvenientes conforme lhe dava na telha, mas nunca comparecia aos casamentos e velórios.

— Mas ela é minha mãe. Não quero ter arrependimentos. Sei que preciso vê-la e aguentar, mas ela sempre me deixa estressada.

— Bem, você não *precisa*.

— Não, eu sei. Mas estou tentando... Sei lá. Não posso simplesmente parar de falar com ela, então é melhor ficarmos em paz.

— Hum.

— O que foi?

— Bem, não sei por que você é a única que tem que aparecer todas as vezes — disse Monica. — Se ela pode esperar quando quer, por que não pode esperar quando *você* quer? Não precisa ser para sempre.

O quarto ficou em silêncio, exceto pelo chacoalhar das pulseiras de Monica quando ela se mexeu no chão.

— Como é a sua mãe? — perguntou Evvie.

— Superprotetora. Divertida. Inteligente. Ela trabalha em um escritório de advocacia. Vem de uma família cubana grande, tem um monte de irmãos e irmãs, assim como eu.

— Sua mãe é cubana?

— É. Se você está pensando que não diria isso só de olhar para mim, está pensando a mesma coisa que um cara me disse uma vez quando me candidatei a um estágio de verão. Pouco antes de me perguntar se eu já tinha assistido à série *Jane, the Virgin*.

Evvie virou a cabeça.

— Sério?

— Sério.

— Mas eles não são cubanos.

— Não, não são.

— O que você fez?

— Nada. Mas meu irmão ligou para o cara dois dias depois. Ele alegou ser do escritório de advocacia Rodriguez, Rodriguez & Rodriguez e avisou ao sujeito que, se por acaso ele fizesse uma pergunta como aquela de novo, seria processado e teria que pagar uma indenização de um milhão de dólares.

— Seu irmão é advogado?

— Ele não só não é advogado, como é meu irmão mais novo. Tinha quinze anos na época. — Monica deu de ombros. — Ele tem uma voz grave.

Evvie riu.

— A propósito, queria te contar que eu não disse nada sobre a lingerie. Foi o Andy que veio me perguntar se eu achava que você estava dormindo com o Dean.

Evvie se virou para ela.

— E o que você respondeu?

— Eu respondi: "Espero que sim. É o que eu faria."

Rir fez os ombros de Evvie tremerem no carpete.

— Aposto que ele adorou ouvir isso.

— Quer dizer, é a verdade. Falei para o Andy que o mais próximo que cheguei de transar com um atleta profissional foi o cara que usava o traje de mascote na minha faculdade.

— Você transou com o mascote?

— Juro por Deus.

— E como foi?

Monica hesitou, depois se virou para Evvie.

— Uma vez ele veio me dizer que queria vestir a cabeça do tigre na cama. Acho que ele esperava que eu achasse que era, tipo, uma ideia muito excitante.

— O que você respondeu?

— Eu disse: "No que diz respeito à minha própria experiência, prefiro que você use o corpo."

Elas gargalharam, e o som das risadas ecoou no cômodo vazio. Monica mudou de posição no chão.

— Ei, tudo bem se eu ligar de vez em quando e chamar você para assistir a um filme comigo ou algo assim? Convivo com muitos caras aqui e preciso de amigas para não perder a sanidade.

— Isso seria divertido. Eu costumava ter amigas — disse Evvie. — Não sei bem o que aconteceu. Quando estávamos casados, o Tim queria que tivéssemos apenas, você sabe, *casais* amigos. Ele achava que eu ia reclamar dele para as pessoas. No fim das contas, ficou mais fácil simplesmente não começar amizade nenhuma, e eu praticamente parei de sair.

— Espere... O quê?

— É, eu sei. Ele era estranho.

— Isso não é estranho, Evvie — disse Monica. — Isso é meio que... emocionalmente abusivo.

Evvie tinha contado histórias sobre cortar o pé nos estilhaços da raiva do marido e sobre o temperamento dele. Sonhara várias vezes com o rosto vermelho e o hálito quente de Tim. Tinha contado a Dean, desde o começo, que ele não era bom para ela. Que não o amava. Havia sussurrado que não sentia a falta dele. *Ele era cruel*, dissera a Andy. Mas ali estava um diagnóstico, como o que você diria a alguém que tivesse febre e a garganta irritada, depois de espiar com uma lanterna e dizer, *hum*, e então afirmar que era apenas um palpite, que você não era nenhum especialista, mas com certeza parecia uma inflamação.

Isso é meio que emocionalmente abusivo.

— É — disse Evvie, por fim. — Vivo dizendo que vou fazer terapia um dia desses.

— Eu sou a favor — afirmou Monica. — Um dos meus médicos me disse: "Sua cabeça é a casa onde você mora, então precisa cuidar da manutenção."

— Isso é... esquisito.

— É. As metáforas sobre saúde mental são meio que um balaio de gatos na minha experiência. Mas uso antidepressivos desde os dezessete anos, então posso indicar alguém se precisar.

Realmente preciso de alguém, pensou Evvie.

Dois dias depois, Evvie estava deitada no chão do anexo de novo, com o telefone na mão e o coração batendo acelerado. *Não vai ficar mais fácil. É melhor fazer o que tem que ser feito de uma vez. Acabar logo com isso.* Ela não sabia dizer ao certo por que havia pegado a luva de beisebol preta e rosa, que estava apoiada em seu quadril.

Evvie acessou os registros do celular e encontrou o número que procurava.

— Alô?

A voz de sua mãe era sempre ansiosa e nunca completamente crível. Ela devia estar sentada em seu pátio, com o gato no colo, os óculos escuros no topo da cabeça.

Evvie sentiu a mão tremendo.

— Oi, mãe.

— Evvie! Estou tão feliz que você ligou! Estava começando a temer que não tivesse recebido minhas mensagens. Como você está, querida?

— Estou bem. — Ela arranhou o carpete com os dedos da mão livre. — Como você está?

— Ocupada. Sobrecarregada. Expus em uma feira de artesanato, e foi um sucesso. E assisti a uma peça muito boa, sabe, estava em cartaz na Broadway no ano passado e agora está em turnê. É sobre um caso extraconjugal, você sabe qual é?

— Não tenho certeza.

— É maravilhosa. Você deveria assistir. É tão comovente.

Evvie fechou os olhos.

— Escute, mãe, não tenho muito tempo, mas queria falar com você sobre sua vinda à cidade.

— Sim! Sim, vou estar por aí no fim de setembro. Quando você acha que poderia ir até Portland para almoçarmos? Faz muito tempo que não nos vemos. Eu sei que pisamos na bola na hora de manter contato.

Evvie fechou e abriu o punho e brincou com os cadarços cor-de-rosa da luva.

— Acho que não vai dar para nos vermos dessa vez.

Houve uma pausa.

— Ah, é? Você não vai estar na cidade nessa época?

Por um segundo, achou que, talvez pela primeira vez, sua mãe estivesse lhe estendendo uma saída. Abriu a boca com tanta gratidão que estava prestes a dizer sim, sim, que ia viajar, era exatamente isso. Mas se lembrou da volta do jantar do Dia de Ação de Graças na caminhonete de Dean, dele dizendo que ela precisava começar a dizer a verdade a alguém.

— Não, não vou viajar. Eu só não quero, mãe. Não estou dizendo para sempre, mas não agora.

— Acho que não entendi o que você quis dizer.

— Não quero me encontrar com você agora.

— Não seja boba. Não nos vemos há séculos. Vamos colocar o papo em dia.

— Não, agora não.

A voz de Eileen ficou tensa.

— Bem, agora realmente não estou entendendo. Por que todo esse drama?

Ela manteve os olhos fechados.

— Não é drama. Não tenho a energia necessária para contar tudo o que aconteceu comigo nos últimos dois anos em duas horas só porque você acha que parece interessante. Acabei de terminar um relacionamento, acho que vou vender a casa... Já estou com muita coisa na cabeça, não quero acrescentar mais nada.

— Eu arranjo um tempo quando for mais conveniente para você — disse Eileen, como se Evvie não tivesse dito nada.

— Mãe, você não está ouvindo. Eu não quero. Eu... — *Faça um curso para parar de se desculpar o tempo todo*, ela ouviu a voz de Andy dizer. — Eu não quero.

— Querida, entendo que as coisas têm sido difíceis para você. Mas não estou pedindo muito; é só um almoço. Se houver alguma coisa sobre a qual precisamos conversar, vamos conversar. Quero ajudar. E quero saber tudo sobre o seu namorado.

— Eu entendo, mas não quero falar sobre isso com você.

— Eveleth — disse Eileen. — Você só tem uma mãe, e eu só tenho uma filha. E não quero que nenhuma de nós tenha arrependimentos.

Lá estava. O crescendo da sinfonia de Eileen Ashton para ligações e cartões pré-impressos sempre terminava assim, com o mesmo retinir de pratos: *Mas como você vai se sentir quando eu morrer?*

— Mãe, nos falamos depois.

— Evvie, não é do seu feitio agir assim.

— Não — disse Evvie. — Eu sei que não.

Trinta e cinco

— EVELETH — cumprimentou a dra. Jane Talco com um sorriso quando abriu a porta de seu consultório. — Entre. É bom ver você de novo. Perdoe minhas pilhas de papéis.

Evvie entrou na sala bege e azul com ar reconfortante, sentindo o coração bater tão acelerado que achou que ia desmaiar. Ela se sentou no sofá e tentou abrir um sorriso mentalmente saudável, o que quer que isso fosse.

— É bom te ver também — disse ela enfim, da maneira mais equilibrada que pôde, o que era ridículo. Não era nem um pouco bom vê-la.

— Então... — A dra. Talco se sentou em sua poltrona. — Já faz um tempo. Conte-me o que está acontecendo.

O mais surpreendente para Evvie não foi o fato de ter chorado, pois vinha fazendo isso de maneira intermitente nos últimos quatro dias, mas o fato de ter chorado tão *cedo*.

— Merda — sussurrou ela para si mesma.

— Tem lenços na mesa. Respire.

Evvie secou os olhos, soltou um longo suspiro e em seguida se concentrou em uma pintura de gaivotas na parede atrás da cadeira da terapeuta.

— Sinto que já sou péssima nisso.

— Você está indo bem — incentivou a dra. Talco.

— Como assim? Chorando logo depois de me sentar?

— Tenho pacientes que passaram seis meses chorando — contou a terapeuta. Evvie sentiu seus olhos se arregalarem um pouco. — Não estou dizendo que você vá fazer isso.

— Não sei o que dizer — começou Evvie. — Acho que... "Me ajude". Mas não sei o que mais.

— Bem, o que a fez pegar o telefone e me ligar?

A dra. Talco estava segurando uma caneta prateada, rolando-a entre os dedos.

— Deixei cair uma coisa. Na cozinha. Aí, não sei o que aconteceu, simplesmente... surtei. Acho que pensei que estivesse ficando louca. Ou qualquer termo que seja menos ofensivo do que isso.

Ela explicou sobre o arroz e a lata e sobre ouvir a si mesma chorando. Soou estranho demais quando descreveu o que tinha sentido quando tudo aconteceu. Se sua cabeça realmente era a casa onde vivia, Evvie tinha cada vez mais medo de que caminhar por ela, pisando nas tábuas do assoalho, abalando as vigas, fizesse tudo desabar sobre a laje de concreto.

— Acabei gritando no chão da minha cozinha por ter que limpar as coisas que derrubei. E, como disse, isso me fez achar que eu talvez estivesse ficando louca. Simplesmente não parecia normal.

— Quanto a isso, não sei — disse a dra. Talco. — Da última vez que nos falamos, eu falei a você que achava que, na sua situação, a maioria das pessoas precisaria de alguma ajuda. Há quanto tempo mesmo seu marido morreu?

— Quase dois anos. — Ela balançou a cabeça. — É, caramba, em duas semanas, vai fazer dois anos. — Evvie se sentiu imediatamente uma fraude por deixar que aquela terapeuta a tratasse como se estivesse enlutada. — E também acabei de terminar um namoro que talvez estivesse começando. E acho que cortei relações com minha mãe. Não sei se o que há de errado é o acidente do meu marido.

— Sabe, não há nada necessariamente *errado*.

— Você não me viu no chão da cozinha.

A dra. Talco sorriu.

— Você ficaria espantada com o número de pessoas que já me disseram que tiveram câncer, se divorciaram ou perderam a casa em um incêndio, mas então esqueceram as chaves ou acabou o pó de café ou o cachorro comeu um chinelo e elas desmoronaram. É só a gota d'água.

— Eu sinto... — Foi só o que Evvie disse por um tempo. Ela disse *eu sinto* e parou. Olhou pela janela e para o chão e ficou esperando que a dra. Talco assumisse o rumo da conversa. Esperava que ela indicasse o caminho. O silêncio se estendeu até deixar de ser constrangedor e virar um silêncio cooperativo. Um silêncio com propósito. Evvie finalmente pigarreou, levando a mão à boca. — Eu sinto que deveria ser capaz de resolver tudo isso. É o que digo a mim mesma, sabe? Recomponha-se. Você não está morrendo de fome, tem amigos, então simplesmente... dê um jeito na sua vida.

A dra. Talco encostou a ponta dos dedos indicadores uma na outra.

— Você sabia que é possível arrancar os próprios dentes com um alicate?

Evvie olhou para ela sem entender.

— Não era isso que eu achava que você ia dizer.

— Não, não, provavelmente não. Mas é verdade. Se tiver um dente podre, você pode pegar um alicate, enfiá-lo na boca e puxar com o máximo de força que tiver. Você faria algo assim?

— Isso me parece uma pergunta capciosa.

— Vá em frente.

— Não, acho que não arrancaria meu próprio dente com um alicate.

— É o que sempre digo às pessoas sobre terapia. Não é uma questão de tentar resolver as coisas por conta própria. Você pode até tentar. Mas pode ser perigoso, e é mais difícil. Tentar aguentar firme é o alicate de dentes da saúde mental.

Ela se lembrou de Monica dizendo que *as metáforas sobre saúde mental são meio que um balaio de gatos*, e isso a fez sorrir. Ela meio que acreditava naquela.

— Evvie, se ajuda ouvir isto, considerando tudo o que disse nos últimos cinco minutos, é coisa demais para resolver sozinha.

— Então você acha que sou candidata à terapia.

— Ah, praticamente todo mundo é candidato à terapia. Incluindo eu mesma. A questão é: você quer tentar? Quer falar sobre si mesma?

Evvie assentiu com a cabeça.

— Quero.

Evvie colocou a casa da Bancroft Street à venda. Foi vendida rápido depois que ela deixou que a corretora tirasse metade do que havia lá dentro, fazendo com que parecesse ainda maior, ainda mais vazia. Substituíram o carpete da sala, o que significava que o que ainda restava das manchas de sangue do acidente com o copo quebrado por Tim desapareceu. Uma última vez, ela se deitou no chão do anexo, pressionando as mãos no chão, sentindo tanta saudade de Dean que ficou zonza. Então fez as malas, saiu de casa e ficou com o pai por alguns meses enquanto procurava um novo lugar para morar.

Evvie encontrou seu novo lar em um dia frio de outono, quando tinha precisado recorrer a seu casaco mais pesado. Betsey, a corretora, a levou em seu carrinho vermelho até o outro lado da ponte curta que ligava Calcasset a Kettle Bay Island, às vezes abreviada para KBI. Na ilha, havia praticamente apenas casinhas de um ou dois quartos, algumas das quais eram alugadas no verão.

— Acho que você vai gostar dessa — disse Betsey. — Pensei em você assim que a vi. Não é grande, mas tem vista para a baía.

A casa tinha um nome: Kettlewood, era como a chamavam. Quando abriu a porta, Evvie viu uma lareira no canto e o tipo de carpete barato e durável comum em casas de temporada, com um trecho desgastado que ia da cozinha até a sala de estar e de lá até a saleta com vista para o porto. Em quase todo o lado da casa que ficava voltado para a baía, havia janelas panorâmicas, e havia também um pequeno deque, com espaço suficiente para duas espreguiçadeiras e talvez uma churrasqueira. A cozinha era pequena, e ela teria que substituir os eletrodomésticos. Mas o sistema de aquecimento estava em bom estado, o telhado passou na inspeção e, quando foi conhecer a casa, o pai dela comentou:

— É. Essa casa parece boa, Eveleth.

Antes de terminar de esvaziar a casa da Bancroft Street, Evvie convidou a mãe de Tim, Lila, para dar uma olhada e ver se havia algo que gostaria de levar como lembrança. Lila perambulou pela casa, e Evvie sabia que estava examinando todos os lugares onde Tim havia ficado de pé, sentado ou falado com seus admiradores sobre medicina. Independentemente de qualquer coisa, Tim era filho dela.

— Às vezes ainda não consigo acreditar — disse Lila. — É tão triste.

Evvie nem sequer sabia a que tristeza ela estava se referindo. Havia tantas coisas tristes. *Tudo* ali era triste. A tristeza vivia nas paredes como um fantasma, e era hora de se livrar dela. Quando foi embora, uma hora mais tarde, depois de uma xícara de café e uma conversa sobre a bolsa de estudos em homenagem a Tim e os reparos que Evvie teria que fazer em Kettlewood, Lila disse:

— Espero que você seja tão feliz em sua nova casa quanto foi aqui.

E não pareceu uma mentira quando Evvie abraçou Lila novamente e fingiu desejar o mesmo. Foi como colocar um presente no bolso dela, passar adiante um talismã para uma pessoa a quem ele poderia fazer algum bem. Foi como devolver a morte de Tim a Lila, para que a lamentasse à sua maneira, da mesma forma que havia doado as camisas dele para caridade. E como, por fim, havia acendido a lareira e queimado a caixa com recibos, ingressos e os cartões de memória que ele usava para estudar na faculdade.

Enquanto esperava o caminhão da mudança, ela ligou para Nona e conseguiu falar com ela em um intervalo entre aulas.

— Nona, aqui é Evvie Drake. Desculpe ter demorado tanto para entrar em contato. Muita coisa aconteceu. Eu deveria ter ligado antes.

— Bem, fico feliz em ter notícias suas — disse Nona. — Eu já estava quase desistindo e ligando para outra pessoa que não seria, nem de longe, tão boa quanto você.

Elas não falaram de condolências ou arrependimentos. Não falaram sobre Tim, porque Nona não o conhecia e não se importava. Também não falaram sobre Dean, porque ela não acompanhava os campeonatos de beisebol. Conhecia apenas Evvie e o seu trabalho. Nada de família, boas ações ou pássaros de asas quebradas que ela poderia salvar. Apenas o trabalho dela.

Elas acertaram a colaboração no livro sobre os efeitos da pesca industrial e das mudanças climáticas nas atividades dos pescadores de lagosta do Maine. A pesquisa começaria em abril. Nona enviou para ela um novo gravador e uma garrafa de champanhe com um bilhete que dizia: "Vamos fazer um ótimo trabalho juntas. Obrigada." Andy a levou para jantar para comemorarem.

No Dia de Ação de Graças, o pai dela destrinchou o peru e, na hora de dizer a todos pelo que estava grato, ele disse que estava grato pela filha "e por tudo o que ela faz todos os dias para me deixar orgulhoso, mesmo tendo enfrentado tantas perdas". Era um começo. Talvez um dia ela contasse mais coisas a ele, sobre a mala azul ou o hematoma nas costas. Mas a dra. Talco havia garantido que ela não precisava fazer isso, que deveria falar apenas se quisesse.

— Você não tem nada a confessar — foram suas palavras.

No Natal, Andy e Monica deram a ela de presente um dia no spa de um resort em Bar Harbor. Quando abriu o envelope na casa deles na manhã de Natal, Monica se aproximou.

— Vamos juntas, se estiver tudo bem para você.

Evvie assentiu com a cabeça. Quando estavam recebendo suas massagens, em janeiro, Evvie respirou fundo, satisfeita, enquanto uma mulher espalhava uma máscara de argila quente sobre suas costas e seus ombros. Quando a mulher afastou uma mecha para que não se sujasse, no entanto, Evvie ofegou, invadida pela lembrança de Dean afastando seus cabelos da nuca com os dedos. Seus olhos começaram a arder.

Em fevereiro, Evvie se mudou para Kettlewood e, uma semana depois, foi até o Thunderous A-Paws, um abrigo de cães em Thomaston que Diane Marsten havia recomendado.

— Oi. Acho que preciso de um cachorro na minha nova casa — comentou Evvie, aproximando-se do balcão.

A mulher no balcão sorriu para ela.

No lugar que eles chamavam de "dormitório", ela entrou em uma saleta onde um filhotinho marrom com patas enormes brincava com uma bola de beisebol de pelúcia do tamanho de sua cabeça. Ela deu uma risada e se abaixou para ficar perto dele.

— Oi, amiguinho.

O filhote manteve a bola na boca enquanto ia na direção dela. Sem soltar, olhou diretamente em seus olhos e disse: *Rrr?*

Evvie se sentou no chão. O filhote largou a bola de beisebol e se dedicou por completo ao que parecia ser um esforço para tocar todas as partes do seu corpo com o focinho antes de saltar no peito dela. Evvie continuou falando com ele, sentindo seu pelo macio, rindo quando ele tentou escalar seus joelhos dobrados e caiu de lado, ainda abanando o rabo.

Quatro dias e mais uma visita depois, ela estava deitada no chão de sua nova casa, com um filhote estendido no peito, enquanto acariciava suas orelhas e observava seus olhos sonolentos e sonhadores se fecharem.

Evvie já estava morando na casa nova havia algumas semanas quando decidiu que era uma noite tão boa quanto qualquer outra para instalar os alto-falantes usados comprados de um amigo de Andy. O sistema era todo sem fio, com uma caixa comprida para a sala e outras menores para a cozinha e o quarto. Ela conectou tudo ao celular e, assim que pressionou *play*, deu um pulo. O cachorro deu um salto e suas orelhas se ergueram como as de um canguru. Estava *muito alto*. Ela começou a diminuir o volume, mas parou, divertindo-se com a sensação de seus pés, de meias, tremendo com as vibrações que vinham do chão.

O vizinho mais próximo era distante. Não havia ninguém no andar de cima tentando dormir, fazer uma ligação ou trabalhar. Então ela ficou de pé por um minuto e deixou as solas dos pés vibrarem. Foi até a parede e apoiou a mão nela, sentindo a vibração lá também, e riu.

— Puta merda.

Havia sons que pareciam densos e nítidos sob a palma de sua mão e sons que pareciam afiados e sutis. Foi até a janela e, ao se aproximar, reparou que o vidro tremia ligeiramente onde as luzes eram refletidas. Colocou a mão espalmada na vidraça e, quando o baixo soou, sentiu cócegas na pele. Ao se afastar, viu a marca deixada por sua mão, como a palma de um fantasma. A janela, ela de repente se deu conta, era dela para sujar como quisesse.

Evvie começou a saltitar na ponta dos pés com o que agora parecia ser o pulsar de toda a casa. Webster estava começando a entender que era hora de brincar, então se aproximou dela e se agachou com o traseiro erguido.

— A dança do cachorrinho! — disse Evvie.

E então dançou para seu cachorrinho marrom enquanto ele batia o rabo no chão e, em seguida, dava um latido. Ela foi dançando até a cozinha, onde fez um solo em um piano imaginário, deslizando os dedos pela bancada de fórmica desgastada.

Rodopiou pelo corredor da cozinha para o quarto e se deixou cair de costas na cama, os pés balançando, as mãos acenando, cantando alto o último refrão. Quando terminou de cantar a nota final de olhos fechados, sentiu um focinho úmido acariciar sua testa. Despertou de seu devaneio e deu de cara com Webster tentando subir em seu peito.

Evvie se sentou e acariciou as orelhas do cachorro. Seu rosto estava quente e suado, ela estava completamente sem fôlego e não devia nada a ninguém.

Trinta e seis

DEAN ESTAVA NO escritório dos pais, admirando os troféus da Liga Juvenil de Beisebol, alguns artigos emoldurados sobre sua carreira (as partes boas) e uma variedade de itens do Marlins e do Yankees. Era março, e ele não estava se preparando para uma temporada, e isso ainda deixava seu ombro inquieto. Ele achou que a visita lhe faria bem.

— Já vou servir o jantar — disse sua mãe, colocando o braço em volta da cintura dele.

Ele abraçou os ombros dela.

— Vocês não precisam guardar todas essas coisas, sabe.

— Você não acha que deveríamos ficar pelo menos com seu boneco que mexe a cabeça?

Ela estendeu a mão e o tocou, e o boneco assentiu com entusiasmo.

— Nossa, e eu achei legal quando fizeram isso — disse ele, sorrindo. — Meu próprio boneco que mexe a cabeça. Talvez tenha sido o auge da minha carreira.

— Você não acha que foi a participação especial em um episódio de *Law & Order: Unidade de Vítimas Especiais*? — perguntou ela. — Você conheceu Ice-T.

— É verdade. — Ele pousou o dedo no bonequinho para fazer a cabeça parar. — Tudo bem, podem ficar com isso. Mas acho que podem se desfazer de grande parte do resto.

— Está de brincadeira? Ainda venho aqui para pegar a mãozona de espuma com o dedo estendido de "somos o número um". Eu uso bastante durante as discussões com seu pai.

— Mentira.

— Eu poderia usar.

— Não há muito mais do que se orgulhar, mãe.

Ela bateu no quadril dele com o dela.

— Claro que temos do que nos orgulhar. Sempre soubemos que você ia parar de jogar em algum momento. Ia ficar velho demais, na melhor das hipóteses. Você já tem cabelos brancos, sabia?

— É, eu sei.

— Seu pai costumava vestir sua camisa toda vez que você arremessava. Estávamos no carro uma vez, quando você eliminou todos os rebatedores, e ele tocou tanto a buzina que achei que ia levar uma multa.

Dean olhou para a manchete do *Daily News* que o chamava de herói.

— Eu era um arremessador muito bom — comentou ele.

— Era um arremessador incrível. Você se lembra disso?

Ela apontou para uma foto recortada do *The New York Times* na qual ele tinha sido clicado no ar depois de uma vitória na World Series. Ele havia saltado alguns metros com as pernas abertas como se estivesse em uma corrida de obstáculos, a boca aberta em um grito, os punhos sobre a cabeça. A imagem havia sido estampada em camisetas e capas de revista, e ele tinha visto duas fotos diferentes de pessoas que haviam tatuado aquilo no braço.

— Você ainda fez isso — disse ela.

— É. Eu fiz. É só que... Eu sou o único, sabe? Sou o único que sabe que eu fiz tudo... tudo que era possível e imaginável, tudo o que me mandaram fazer. Vou passar o resto da vida ouvindo as pessoas dizerem que não me esforcei o suficiente.

Angie acariciou lentamente as costas dele.

— Dean, as pessoas não gostam de... fragilidade. Ficam inquietas. Com medo quando pensam que as coisas simplesmente acontecem. Acham que sempre há algo que se possa fazer para impedir que os monstros entrem debaixo da cama. Entende o que quero dizer?

— Você está dizendo que os desgraçados que me julgam se sentem invencíveis.

Ela deu de ombros.

— Não falei que isso faria você se sentir melhor. Mas o que deve fazer você se sentir melhor é o fato de poder guardar dentro de si todos os bons dias que teve jogando beisebol. — Ela colocou a mão no cotovelo dele. — E não importa se vai ou não pegar outra bola enquanto estiver vivo, jamais teremos menos orgulho de você do que tivemos quando essa foto foi tirada. — Ela olhou para o relógio. — Vou servir o jantar em cinco minutos. Não me faça voltar e arrastá-lo para a mesa.

— Já vou — disse ele, inclinando-se para beijá-la na bochecha. — Obrigado, mãe.

À mesa, Stuart foi direto ao ponto.

— Tem tido notícias da Evvie ultimamente?

Angie balançou a cabeça.

— Stuart, achei que a gente ia preparar o terreno. Isso por acaso é preparar o terreno?

Stuart deu de ombros.

— Eu estou preparado.

Dean colocou batatas no prato.

— Recebo uma mensagem dela de vez em quando. Mas não temos nos falado. Aquilo... terminou.

— Bem, isso é uma burrice.

— Stuart — disse Angie novamente. — Será que pode ir com calma?

— Você não acha que é uma burrice?

— Não foi isso que eu disse.

Dean passou manteiga em um pedaço de pão.

— Bem, pai, a história de ser um caso perdido, ela não conseguiu aceitar. Ela me pressionou, me pressionou e me pressionou para eu voltar a arremessar e, quando não deu certo, praticamente me convidou a ir embora.

— Eu não sabia que ela dava tanta importância a beisebol — comentou Angie.

— É, acho que isso não faz muito sentido — concordou Stuart.

— Acreditem, ela foi implacável — disse Dean. — Foi igual a vocês dois com o acampamento para prodígios do beisebol.

Angie e Stuart se entreolharam.

— Espere um minuto — disse Angie. — Me diga como você acha que acabou indo para o acampamento.

— Vocês insistiram tanto que eu concordei em ir.

A mãe soltou uma risada de desdém e, ao mesmo tempo, o pai dele disse:

— Você só pode estar de brincadeira.

— Como assim?

Stuart pegou um pedaço de frango.

— Você está se lembrando do que aconteceu da maneira errada, parceiro.

— Como assim? Qual é a sua versão?

— Você trouxe o folheto do acampamento para casa, disse que tinha sido convidado, mas estava bem claro que ia ter que se esforçar muito com um monte de desconhecidos. Você parecia assustado com a coisa toda e disse que não queria ir. Nós dissemos: "Tem certeza?" Você disse que sim. No dia seguinte, o folheto apareceu em cima da mesa novamente. Perguntamos outra vez: "Bem, agora você quer ir, Dean?" "Não, não, eu não quero."

— Você estava decidido — acrescentou Angie.

— Mas o folheto não parava de aparecer. Toda vez que você saía com ele na mão dizendo que não queria ir, ele aparecia novamente. Falei para sua mãe: "Angie, ou o Dean quer ir para esse acampamento, ou temos um fantasma em casa que quer que ele vá."

Angie riu.

— É verdade, você falou isso mesmo, eu tinha esquecido.

— Então, no dia seguinte, você chegou em casa e disse: "Sabe o que eu descobri hoje, pai? Descobri que o Teddy vai para o acampamento." E foi só aí que eu disse: "Você vai." E "insistimos" para você ir, pelo amor de Deus.

Dean franziu a testa.

— Que doido. Não me lembro de ter feito nada disso.

— Você sabe que eu diria se seu pai estivesse inventando — disse Angie. — Mas é assim que me lembro também. Você deu pistas. E mais pistas. E mais pistas ainda. Acho que fomos convidados a insistir.

— E aí, o que aconteceu? — perguntou Stuart. — Você deixou um monte de folhetos para Evvie também?

Dean ficou em silêncio por um minuto.

— Droga.

Trinta e sete

Na última sexta-feira de março, pouco antes das onze da manhã, Evvie percorreu o rápido trajeto até Calcasset com uma caixa branca no banco do passageiro endereçada a Dean, em Nova York. Ela estacionou junto ao meio-fio perto dos correios e saiu com a caixa nos braços. O sol não tinha saído de todo, mas estava tentando, e uma gaivota planou sobre ela, grasnando. Quando se aproximou das portas, elas se abriram e o dr. Paul Schramm surgiu segurando uma enorme pilha de correspondências presas por um elástico. Ele tinha finalmente se aposentado e, de tempos em tempos, o pai de Evvie lhe contava algo que ouvira sobre onde os Schramm estavam, de onde vinham os cartões-postais que enviavam para os amigos.

— Eveleth, oi! — cumprimentou ele.

— Oi, dr. Schramm. — Ela colocou o pacote debaixo do braço. — Quantas cartas!

— Já falei para você me chamar de Paul — disse ele. E olhou para a pilha. — A Helen e eu passamos algumas semanas na Nova Escócia, então o pessoal dos correios guardou nossa correspondência. Tenho certeza de que a maior parte é lixo. Como você está? Ouvi dizer que vendeu a casa.

— Vendi, vendi. — Ela assentiu com a cabeça. — Um cara muito legal que tem uma gráfica em Augusta comprou. Tenho certeza de que vão conhecê-lo nas próximas semanas.

— Deve ter sido difícil se desfazer da casa.

— Foi. Era uma casa bonita, mas grande demais agora que sou apenas eu.

Nesse momento, Tim flutuou brevemente entre eles como uma sucessão de bolhas de sabão recém-sopradas.

O dr. Schramm assentiu gentilmente com a cabeça.

— Imagino. E você está em KBI agora, certo? Por mais agradável que sua casa fosse, sempre amei as casinhas de lá. Minha tia morou anos na ilha. Eu costumava sentar no deque dela e ficar admirando os barcos.

— Faço muito isso, mas a casa ainda precisa de várias melhorias — contou ela. — Vamos combinar o seguinte: assim que estiver tudo pronto, convido você e a Helen para jantarem comigo, está bem? Vamos comer no deque.

— Vou cobrar o convite — disse ele com um aceno de cabeça. — Cuide-se, querida.

— Você também, Paul.

Ela empurrou a porta pesada e foi até o balcão, onde colocou a caixa.

— Entrega rápida? — perguntou o atendente, sem olhar para ela.

Evvie pousou a mão na etiqueta de endereço e fechou os olhos por um segundo. *Por favor, por favor, por favor*. Então abriu os olhos e disse:

— Sim. Por favor.

Alguns dias depois de ter enviado o pacote, Evvie acordou quando a luz do dia começou a clarear o quarto e, no instante em que abriu as pálpebras, foi confrontada por olhos úmidos e melancólicos.

— Ah, oi, cachorrinho — disse ela a Webster, estendendo a mão para acariciá-lo atrás da orelha.

Ele fechou os olhos alegremente por um momento, em seguida retomou o olhar melancólico de onde estava, sentado no chão ao lado da cama.

— Está com fome? — perguntou ela. As orelhas do cachorro estremeceram. — Vamos pegar comida? — Ele saltou e se levantou, e ela afastou as cobertas. — Vamos tomar café da manhã!

Ela ouviu Webster galopando pelo corredor até a sala de estar e entrando na cozinha, onde suas patas derraparam no chão enquanto ele tentava, em vão, parar.

Na cozinha, ela colocou uma xícara de ração no pote de Webster, em seguida ligou a cafeteira. Eram nove da manhã. Talvez Dean estivesse tomando café da manhã. Talvez estivesse com alguém. Ela devia ter perguntado a Andy se ele estava saindo com alguém antes de enviar o pacote. Devia ter perguntado a *ele*. Ela vestiu uma calça de moletom e o casaco de lã para levar Webster para passear pela alameda que ia de sua casa até a rua principal.

Evvie e Webster andavam por aquele caminho todos os dias, por uma faixa espessa de arbustos, e todos os dias ela pensava conscientemente em sorrir e tentar conhecer os vizinhos. A casa nova ficava a uns vinte minutos da antiga, ainda perto de seu pai, ainda perto de Andy e das filhas dele. Mas era uma vizinhança nova — se é que se podia chamar aquilo de vizinhança —, onde as casas ficavam tão distantes umas das outras que era fácil imaginar que morava completamente isolada.

De volta à casa, ela tirou Webster da coleira e preparou algo para comer, checando o celular com uma frequência exagerada, se perguntando se receberia alguma mensagem naquele dia. Depois de um tempo, foi para a sala de estar, onde percebeu que a neblina estava se dissipando e já era possível distinguir os barcos pela janela.

Quando estava prestes a se sentar no sofá com um livro, ficou paralisada no meio da sala, com a mão no peito. Se lhe perguntassem se ainda era capaz de identificar o barulho do motor da caminhonete de Dean em uma lista de dez motores semelhantes, ela teria negado, mas naquele momento soube que era capaz, porque, no minuto em que ouviu, teve certeza. O único para quem podia olhar era o cachorro, então não lhe sobrou opção.

— Ei, cachorrinho, quem será?

Ainda inexperiente e sem saber o que a lealdade absoluta exigia diante de um óbvio intruso, Webster latiu ao som da caminhonete com tanto ímpeto ameaçador quanto um filhote de seis quilos era capaz.

Evvie foi até a porta de entrada e a abriu a tempo de ver Dean estacionar ao lado de seu carro e sair. Depois de seis meses de mensagens intermitentes e de um ocasional sonho melancólico e sensual (tudo bem, também um ocasional *devaneio* melancólico e sensual), sua mente havia suavizado os contornos da aparência dele. Ela se lembrava de que ele era alto e moreno, com olhos verdes cor de musgo, e se lembrava do formato dos ombros e do contorno dos quadris. Mas, quando se aproximou com um sorriso de lado, ela percebeu que havia esquecido o sinal em sua bochecha e o fato de que ele andava com um ligeiro coxear no passo.

Eles ficaram em lados opostos da porta, ambos sorrindo. Então ele ergueu uma luva de beisebol preta com cadarços cor-de-rosa. Colado na palma estava o bilhete. Em grandes letras pretas, ela havia escrito: SINTO A SUA FALTA.

— Perdeu sua luva? — perguntou ele.

Ela mordeu o lábio.

— Pensei que você ia me mandar uma mensagem. Ou ligar. Não esperava que viesse até aqui. Eu teria ido até você.

Ele não costumava olhar para ela de um jeito ardente de maneira intencional, mas olhou naquele momento.

Seus olhos encontraram os dela, e ele disse:

— Assim era mais rápido.

O rosto de Evvie ficou quente, os joelhos tremeram.

— É melhor você entrar — convidou ela, abrindo a porta.

Trinta e oito

FOI TÃO FAMILIAR vê-lo passar por ela em sua nova porta, esbarrando mais uma vez no seu ombro e deixando que ele entrasse em sua casa. Assim que estava lá dentro, ele se virou e a puxou para junto de si, com as mãos unidas nas costas dela.

— Espero não ter feito mal de aparecer assim. Cheguei em casa ontem à noite de um torneio como treinador, mas já estava tarde demais para ligar. Eu ia ligar para você hoje, mas acordei às quatro da manhã e, quando me dei conta de que poderia estar aqui na hora do almoço, eu simplesmente... vim.

Ela assentiu com a cabeça, sorrindo.

— Você fez bem em aparecer.

Ele se aproximou e a beijou e, no início, Evvie flutuou, colocando as mãos nos braços dele, lembrando como era, ouvindo o próprio coração. Quando sentiu que Dean a abraçava com mais intensidade, ela cravou os dedos em suas costas. Naqueles meses sem ele, de alguma forma havia e não havia esquecido ao mesmo tempo; era como ouvir os primeiros versos de uma canção e perceber que sabia cantar todo o restante.

De repente, Webster latiu e pulou nas pernas de Dean, inspecionando-o à procura de vestígios de perigo, salsicha de cachorro-quente ou encontros prévios com gatos.

— Webster, Webster — disse ela quando Dean se afastou, se agachou e acariciou as orelhas do cãozinho, tornando qualquer função de segurança instantaneamente irrelevante.

— Então esse é o cachorro — disse ele.

— Sim. Webster.

— Por causa...

Evvie riu.

— Quando o apresentei ao Andy e à Monica, ela me perguntou de que raça ele era, e eu respondi que era um vira-lata de pastor, porque foi o que me disseram no abrigo. Mas o Andy disse: "Ele parece o que você encontraria no dicionário ilustrando o verbete 'cachorro'." Então dei a ele o nome de Webster, como o dicionário.

— Você também comprou uma casa.

— Comprei! Quer conhecer? Quer dizer, pode ficar um pouco?

Ele ajeitou uma mecha do cabelo dela atrás da orelha.

— Posso.

— Que bom. Venha. — Ela o levou até a cozinha e mostrou a nova mesa em sua sala de estar e de jantar integradas. — É grande o suficiente para meu pai, a Kell, o Andy e a família toda dele virem em ocasiões especiais. Ali, tenho uma lareira de ferro. — Eles entraram na sala com as enormes janelas panorâmicas, que agora ofereciam uma visão limitada de alguns dos barcos mais próximos. — E essa é a minha vista.

— Puta merda — disse ele baixinho. — É incrível.

— Sim. Eu amo. Minha corretora me ouviu dizer que sempre quis morar perto da água, então me trouxe aqui. O carpete está velho e os eletrodomésticos da cozinha são, você sabe, mais "charmosos" que "modernos". Mas eu amo esta casa. E quero fazer melhorias aqui. — Ela cruzou os braços, segurando os cotovelos. — Como estão as coisas em Nova York? Quer sentar?

Ele concordou, e os dois se sentaram nas poltronas muito parecidas com as que ele tinha no anexo.

— Está tudo bem em Nova York. Estou de volta à minha antiga casa no meu antigo bairro, e muitos dos meus amigos moram perto. Voltei a me encontrar com caras que conhecia antes e não me senti péssimo, então isso é uma coisa boa. Às vezes faço uns trabalhos como treinador, dou cursos.

— Como vai... todo o restante? Você está feliz?

Ele ficou em silêncio, em seguida perguntou:

— Você está feliz? Vai me dizer por que me mandou a luva? — As palavras dele ficaram no ar. — Sua vez de falar, Minnesota.

Por fim, Evvie respirou fundo.

— Eu queria ligar para você. Mas havia muitas coisas que eu precisava resolver e que não podiam esperar — explicou ela. — A casa, minha mãe, o trabalho. Uma tonelada de terapia.

— Descobriu alguma coisa interessante?

Ela se remexeu na poltrona, cutucando uma das unhas.

— Acredite, um dia vou chegar lá. Ainda tem muita coisa para entender. Mas o mais importante é que eu queria te dizer que gostaria de ter feito um monte de coisas de maneira diferente. Eu deveria ter ouvido. Consertadores gostam de consertar, e eu queria consertar alguma coisa. Queria ajudar. Mas não deveria ter forçado a barra. — Ela respirou. — Mas também acho que, para ser justa comigo, você...

Ele levantou a mão.

— Evvie, eu também queria consertar tudo e deveria simplesmente ter dito isso. Não foi justo. Eu concordei com o jogo. Eu concordei com tudo. Você estava certa. As pinhas, o campo no meio da noite. Eu realmente queria tudo de volta. — Ele se abaixou para brincar com o cachorro. — Mas, quando vi que não funcionou, quando parecia que eu ia ser apenas o treinador de uma equipe de ensino médio, tive a impressão de que você achou que não seria o suficiente.

Isso foi uma punhalada profunda, bem no meio das costelas.

— Dean, eu não queria que você conseguisse arremessar porque isso significaria que você era o suficiente. — Eles olharam um para o outro. — Eu queria que você conseguisse arremessar porque isso significaria que *eu* era o suficiente.

Ele franziu a testa. Não era uma reação de descrença, apenas curiosidade. Então se dissolveu.

— Você é o suficiente.

Evvie assentiu com a cabeça.

— Você também é. — Ela sorriu e respirou fundo. — Terapia, né? Sabe, o cachorro foi ideia dela.

— Ela prescreveu um cachorro?

— Não exatamente, ela não pode prescrever nada. Se isso acontecer, quem vai prescrever é o psiquiatra, que também está me atendendo. Não, minha terapeuta achou que, como ainda estou tentando entender como vai ser minha vida e dar alguma estrutura a ela, ter alguém como Webster, que exige que eu saia de casa, seria uma coisa positiva.

Ele assentiu devagar.

— Isso é importante.

— É, bem, eu sou realmente problemática — disse Evvie, sorrindo.

— Ah, claro, eu também.

Eles passaram a tarde sentados na sala conversando e, quando começou a chover, observaram as gotas salpicarem a baía e molharem os barcos de lagosta. Evvie pegou o cobertor de lã xadrez no baú na sala de estar e o colocou sobre as pernas. Preparou chá e mostrou a Dean como acender a lareira, compartilhando com ele os resultados de sua pesquisa informal sobre quais tipos de madeira queimavam melhor. Dean pegou o brinquedo favorito de Webster, feito com camisetas velhas trançadas por Evvie, e iniciou um longo cabo de guerra, que também incluía rosnados significativos de ambas as partes. Evvie deu um tapa de leve no cotovelo de Dean e o mandou parar de torturar seu cachorro; Dean falou para ela reclamar com o cachorro. Webster acabou ficando tão exausto que foi se deitar junto à lareira.

No fim da tarde, Evvie serviu uísque e preparou um lanche, e eles ficaram sentados no sofá com os pés na mesa de centro, ouvindo o novo episódio do podcast sobre crimes na vida real que ambos estavam acompanhando. Dean revirou os olhos e reclamou que aquele caso claramente nunca seria solucionado, e Evvie passou para ele um biscoito com manteiga de amendoim e disse que o mais importante era a jornada. Ele estendeu a mão e enganchou o dedo indicador no dela.

O programa terminou, e Evvie sugeriu que levassem Webster para passear. Eles seguiram pelo caminho mais longo, pegando a alameda que dava na rua principal, em seguida acompanhando a curva da enseada até a pequena ponte que ligava Calcasset à ilha onde Evvie agora morava. Havia uma faixa de água tão estreita que os carros atravessavam a ponte em apenas alguns segundos, mas, se perguntasse a qualquer um que morava na rua serpenteante de Evvie, essa pessoa diria que morava em Kettle Bay Island, como se fosse um lugarejo isolado. Evvie explicou que, na verdade, havia mesmo ilhas na baía inacessíveis de carro, para as quais era preciso pegar uma balsa. Ela gostava particularmente de uma onde havia um centro pesqueiro de lagosta e uma cidadezinha que ficava apinhada de turistas no verão. Levaria Dean até lá um dia, disse, quando o clima estivesse mais quente. Enquanto caminhavam, ela segurava a coleira em uma das mãos e ele colocou o braço em volta dos ombros dela.

Quando voltaram, se aconchegaram no sofá e ligaram a TV. Imediatamente, caíram na risada.

— Tinha que ser beisebol — disse Evvie.

— Ah, não é apenas beisebol — corrigiu Dean. — É o *início da temporada*.

Ela apontou para o jogo com o controle remoto.

— Quer assistir?

— Está de brincadeira? Tenho que saber quanto você aprendeu.

Então eles assistiram à partida por um tempo. Dean contou quais eram os caras que ele conhecia, quais arremessadores poderiam ter aproveitado mais uma ou duas oportunidades de treinar durante a primavera e quais rebatedores haviam mudado de posição. E, de tempos em tempos, eles paravam para se beijar ou comer alguma coisa. Essa era a maneira perfeita de assistir a um jogo, segundo Dean.

Quando escureceu lá fora, eles se sentaram à mesa para jantar. Evvie contou que faltavam apenas algumas semanas para o início do trabalho com Nona. Ela havia conseguido mais alguns clientes de transcrição e fazia algumas horas de trabalho burocrático por semana para Betsey, de quem se tornara amiga enquanto procurava uma casa para comprar. Ainda não era exatamente o que queria, mas era trabalho, e ela estava pagando a hipoteca com o próprio dinheiro.

Eles lavaram a louça de pé lado a lado, depois voltaram para a sala ampla com os janelões, afundaram nas grandes poltronas e ficaram ouvindo a água bater nos barcos. Ela deixou que Webster saísse mais uma vez para o quintalzinho cercado que seu pai havia construído para ele e, quando ficou de pé ao lado da porta aberta para chamá-lo para dentro, sentiu Dean deslizar os braços em torno de sua cintura. Ele sussurrou em seu ouvido que queria conhecer o quarto dela; Evvie riu, o cachorro entrou e se acomodou. Ela conduziu Dean pelo corredor, e ele logo percebeu que ela havia comprado uma cama nova. Não era a cama na qual havia dormido com o marido; não era a cama na qual havia dormido com ele. Era uma cama na qual havia dormido apenas sozinha — e, é claro, com Webster, quando ele pulava para cima dela, o que era expressamente proibido de fazer. Mas vai falar isso a um filhote.

Eles se beijaram e, quando se afastou, Dean viu que os olhos dela estavam úmidos, que havia lágrimas se acumulando em suas pálpebras inferiores. A princípio, segurou-a pelos ombros, perguntando qual era o problema, perguntando se ela estava com dúvidas. Mas Evvie riu e disse que não era o caso — com uma segurança que deixou claro que realmente não era isso, de jeito nenhum.

Ele tirou a camisa, e ela puxou o suéter branco por cima da cabeça. Havia dispensado os rituais. Sabia que estava um pouco suada e bagunçada, mas ele não parecia preocupado. Ele também estava suado e bagunçado, afinal, e isso não a impediu de sentir as articulações se dissolverem quando ele a beijou, como se cada parte que Dean tocava a atraísse em sua direção.

Ele murmurou (grunhiu) que tinha sentido a falta dela, e, quando disse que também tinha sentido a falta dele, ela teve a impressão de ter dito isso com uma voz que ninguém mais poderia ouvir a mais de quinze centímetros de distância, como se tivesse sussurrado dentro de si mesma e ele tivesse sentido o sussurro pelos dedos dela em suas costas. Evvie continuou respirando; continuou ouvindo a respiração dele.

Mais tarde, Evvie e Dean estavam deitados de frente um para o outro na cama dela, tão próximos que compartilhavam um travesseiro.

— O que vamos fazer agora? — perguntou ela. — Não exatamente *agora*. Você sabe o que quero dizer.

— Evvie, estou indo muito bem em Nova York.

Ela sentiu um aperto no peito.

— Gosto do meu apartamento. Gosto de treinar. Gosto dos cursos e de morar perto dos caras que conheci a vida toda. Amo a cidade, amo poder fazer milhares de coisas além de jogar, e, mesmo que eu tenha sentido a sua falta... e senti muito a sua falta... estou muito feliz.

— Ah — foi a única coisa que ela disse.

E ficou feliz por estarem numa escuridão quase completa, onde o semblante que ela estava certa de ter feito poderia permanecer um segredo.

— E acho que você também está bem. Esta casa é incrível. Você está morando perto da água. Está onde gosta de estar. E esse cachorro é incrível.

Ela abriu um ligeiro sorriso. Isso não podia negar.

— Parece que você fez as pazes com o Andy.

— Bem, não é mais como antes. Não nos vemos toda semana. Não nos falamos todos os dias. Ele tem as meninas, a Monica, vive muito ocupado com tudo. Mas estou me acostumando. Minha terapeuta chama de luto da primeira ligação.

— Como assim?

— Ela diz que, quando alguma coisa acontece, boa ou ruim, há uma pessoa para quem você sempre liga primeiro. E, quando você é a primeira pessoa para quem alguém liga, é difícil se acostumar a não ser mais. Ela diz que essa é uma das razões pelas quais os pais às vezes ficam tristes quando os filhos se casam. Não é apenas o ninho vazio. Eles deixam de ser a primeira ligação. Não sou mais a primeira pessoa para quem o Andy liga. Isso não significa que eu queira ser *a namorada* dele nem que eu não goste da Monica. Mas foi triste. É diferente. Minha médica diz que é importante ficar triste.

Ele se aproximou para beijar sua testa.

— Sinto muito.

Sob as cobertas, ela deu de ombros.

— Está tudo bem.

— Então você está bem. E eu estou bem. E acho que eu poderia ficar em Nova York e você poderia ficar aqui, e ficaríamos bem assim. — Ele ajeitou uma mecha do cabelo atrás da orelha dela. — Mas não acho que a gente deva fazer isso.

Evvie não conseguiu conter um sorriso.

— Não?

— Eu não sei muito sobre... muitas coisas. Onde desejo morar, que tipo de trabalho e situação familiar eu quero. Mas estou realmente apaixonado por você. E, sabe, a menos que eu ainda esteja totalmente perdido, acho que é assim que você se sente também. Então acho que devemos ficar no mesmo lugar e depois dar um jeito em todas as outras coisas. Porque, quando nós dois estamos no mesmo lugar, eu sou mais feliz e acho que você também é mais feliz.

No escuro, Evvie fechou os olhos e sorriu.

— Você deveria dizer alguma coisa — disse Dean, cutucando-a com o joelho. — Estou meio que na expectativa aqui.

— Desculpe. É só que isso... me deixa ligeiramente em pânico — sussurrou ela.

Ele franziu a testa.

— Por quê?

— Na última vez que tentei ser feliz, uma pessoa morreu. Tenho a sensação de que, quando as coisas estão boas demais, algo terrível vai acontecer.

Houve uma pausa.

— Foi isso que você quis dizer naquela noite em que estava completamente bêbada. *Eu sabia que nunca deveria ter tentado ser feliz.*

— Foi — sussurrou ela.

Ele segurou a mão dela por baixo das cobertas e a puxou até que suas mãos entrelaçadas estivessem sob o queixo deles.

— Pense bem, Ev, mais cedo ou mais tarde, algo terrível sempre acaba acontecendo. Mas não acho que seja porque você tenta ser feliz, sabe? Acho que simplesmente acontece. Você... Você acorda um dia e precisa de um plano novo. Não que eu queira me gabar, mas nessa área sou especialista.

Ele apertou a mão dela com mais força.

— Há muitas coisas que são tiradas de nós — disse ela.

— Eu sei. Eu sei. Mas isso acontece mesmo quando você tenta devolver tudo antes. A única coisa que podemos fazer é desejar que, no fim das contas, tenhamos o suficiente.

Evvie sorriu.

— Eu amo você — disse ela.

Dean pareceu parar de respirar por um segundo. Então soltou a mão dela e colocou a palma da mão em seu rosto.

— Que bom.

Ela se aconchegou mais perto dele.

— Quer morar aqui por um tempo?

Ele nem ao menos pareceu surpreso.

— Quero.

— Você teria que fazer a mudança toda de novo. E o seu apartamento?

— Bem — disse ele, ajeitando a cabeça no travesseiro —, vou ficar com ele. Podemos ficar com os dois por enquanto. Nunca se sabe o que vamos querer fazer. Você gosta de história, e em Nova York há muitos museus excelentes. Podemos passar parte do tempo lá, se quiser. Não é uma má ideia ter um lugar onde ficar em Nova York.

— Então você quer ser flexível.

— Eu sei que parece uma solução improvisada. Mas não é isso. Não me interprete mal, Ev. Quero me casar com você, provavelmente.

Ela riu.

— Ah, *provavelmente*.

— Mas, por ora, quero morar com você, na sua casa, com seu cachorro, ficar ouvindo os barcos, caminhar no bosque e talvez conseguir meu emprego de volta na escola. E, se algo terrível acontecer, aí pensamos no que fazer. — Ele passou o braço em torno da cintura dela. — Acho que essa é a minha proposta.

— Sim. — Ela se aproximou e o beijou. — Eu aceito.

E então

O CASAMENTO DE ANDY foi no meio de outubro, quando as folhas começavam a mudar de cor. A cerimônia ia ser na Primeira Igreja Presbiteriana, e a recepção, no Kettle Bay Hall, um antigo quartel de bombeiros onde era realizado o Festival da Lagosta no verão. Evvie foi até lá com Kell no dia anterior para arrumar as mesas e cobri-las com toalhas prateadas que a própria Kell havia passado a ferro. As meninas corriam entre as mesas enquanto Evvie colocava as lembrancinhas em cada lugar: um saquinho de doces e um baralho com a data do casamento. Andy disse que soube que ele e Monica iam sobreviver ao planejamento de um casamento quando concordaram, no início do processo, com uma regra básica: nada de vidros de compota como copos.

Andy e alguns amigos, incluindo Dean, saíram naquela noite para o que Andy chamou de Despedida de Solteiro do Pai Chato, o que significou beber duas cervejas no bar do The Pearl, depois assistir a *Clube dos Pilantras* e jogar um campeonato de *Madden* no videogame, que durou até uma da manhã e terminou quando Rose teve um pesadelo e acordou aos prantos. Evvie tinha ido ao chá de panela de Monica algumas semanas antes e descobriu que a mãe dela tinha lindos cabelos grisalhos e chamava Andy de "predestinado" da filha.

Na manhã do casamento, Evvie saiu para passear com Webster enquanto Dean pegava seu smoking. Ela e o cachorro voltaram a tempo de vê-lo sair do quarto pronto para ir para a igreja, e Evvie ergueu a sobrancelha.

— Fiu-fiu.

— Preciso dizer que não é a coisa mais confortável que já vesti.

— Bem-vindo a Ocasiões Formais para Mulheres: Um Curso Introdutório sobre Empatia.

— Eu me sinto um idiota vestindo isso.

— Entendo, mas você está tão *gostoso*. Sinceramente, se não posso usar um vestido branco, não sei por que você pode usar um smoking.

— Tudo bem, acalme-se, sua tarada. A Kell vai levar meus pais para a igreja. Vou me encontrar com o Andy e nos vemos lá?

— Sim.

Ele se aproximou e a beijou, em seguida afagou as orelhas do cachorro.

— Te amo — disse ele por cima do ombro ao sair.

— Te amo — ela meio que cantarolou em resposta enquanto soltava a coleira de Webster e a pendurava em um gancho.

Evvie tomou banho, secou os cabelos e, no quarto, colocou o vestido, que era verde-esmeralda com mangas até os cotovelos. Em seguida, prendeu um broche de ouro no formato de folha de bordo perto da gola e colocou em sua bolsinha cor de bronze lenços, batom e um pequeno estojo de pó compacto vintage da Volupté que a mãe de Dean lhe deu para comemorar o dia em que ela mudou seu nome legalmente de volta para Eveleth Ashton.

Evvie acariciou as orelhas de Webster para se despedir ("Eu também te amo, cachorrinho", disse na voz que usava apenas para falar com ele) e entrou no carro. Enquanto atravessava a ponte para Calcasset, buzinou e acenou para Morris, que morava duas casas depois da dela e passeava com seu cachorro — cujo nome era *de fato* Totó — no mesmo horário em que ela costumava passear com Webster à noite. Passou pelo centro médico e pelas pequenas árvores em memória de Tim que podia ver da rua e ajeitou as mãos no volante.

O dinheiro de Tim, do seguro de vida, não estava mais com ela. Dean levou Evvie para falar com sua advogada em Nova York, e ela resolveu as coisas para que ela pudesse dar o dinheiro a Dean, e Dean pudesse doá-lo, de forma que ninguém perguntasse por que Evvie Drake (Evvie Ashton) estava esbanjando dinheiro como um... Bem, como um atleta profissional. Eles se sentaram no deque uma tarde de verão, bebendo cerveja com os pés para cima, e fizeram uma lista dos lugares para onde enviá-lo: um grande abrigo para mulheres em Portland, uma pequena organização sem fins lucrativos dedicada à prevenção da violência doméstica em Calcasset, beisebol juvenil, banco de alimentos, a biblioteca, a União Americana pelas Liberdades Civis e a Sociedade Ida B. Wells, que estava ajudando a sobrinha de Nona na faculdade de jornalismo. A rádio pública, a televisão pública, o zoológico, a orquestra de câmara. Abrigo comprado com a morte, sinfonias compradas com cacos de vidro, potes de manteiga de amendoim e latas de sopa comprados com o casamento que ela nunca deveria ter tido.

Havia muitos carros na igreja, incluindo a caminhonete de Dean, e, quando saiu do carro, ela se sentiu cercada. Todos agora sabiam sobre ela e Dean, sobre a venda da casa. Os pais de Tim ficaram muito tristes por ela não ter voltado mais para celebrar os aniversários da morte do filho depois que a primeira árvore foi plantada. Infelizmente, o pai dela ouvira os Drake no banco dizendo que doía saber que ela havia esquecido o filho tão rápido.

Quando entrou na igreja, ela encontrou Kell, que usava um elegante vestido cor de framboesa coberto de renda.

— Olá, querida, seja bem-vinda, seja bem-vinda.

Evvie deu um beijo na bochecha de Kell e olhou em volta, observando a igreja que se enchia de gente.

— Quanta gente.

— E está um dia tão lindo lá fora. Um dia de outono perfeito. Eu sei que ele vai querer ver você, então por que não vai falar com ele?

Andy estava se arrumando em uma saleta nos fundos da igreja, e, quando ela bateu na pesada porta de madeira, quem a abriu foi Dean. Ele se aproximou e a beijou.

— Oi.

— Oi — disse ela. — Pensei em dar uma passada para falar com ele.

— Claro — disse Dean. — Tenho que sair de qualquer maneira para ver meus pais, então vocês podem conversar. Volto em alguns minutos.

— Obrigada. Você ainda está gostoso — comentou Evvie quando ele passou por ela.

Dean se virou e piscou. Evvie entrou na sala e viu Andy ajeitando a gravata. Ele a viu no espelho e se virou.

— Evvie. Estou nervoso.

— Bem, é claro que está — disse ela, indo até o amigo. — Tem um monte de gente lá fora que vai ficar olhando para você. Quem não estaria nervoso?

— Ela passou a palma da mão pela frente da camisa dele. — Mas você está ótimo. E ela é ótima. E vocês dois vão ficar ótimos.

Andy se virou.

— Eu amo você.

Ela pegou as mãos dele.

— Não vou abraçar você, porque não quero amarrotar sua beleza, mas também te amo. E estou muito feliz. — Ela apertou as mãos de Andy para que ele tivesse certeza. — Estou muito, muito feliz por você.

— Estou feliz por você também — disse ele, olhando rapidamente para a porta.

Evvie deu de ombros.

— Quem sabe? Vamos torcer.

Ele sorriu.

— Vamos torcer.

— As meninas estão prontas?

— As meninas estão vestidas, com os cabelos arrumados, cada uma comeu mais ou menos meio quilo dos doces que compramos para preparar as lembrancinhas, e agora estão com a Monica fazendo todo aquele ritual de ter uma coisa velha, uma coisa nova, uma coisa emprestada, uma coisa azul. Parece que está tudo certo.

Evvie se lembrou de quando arrumou Rose para o Dia das Bruxas, ajudando-a a vestir uma fantasia de princesa-fada e prendendo as asas.

— Sim, parece que... vocês têm tudo sob controle.

— Pode me fazer um favor? — perguntou ele. — Minha mãe vai ficar com as meninas durante a cerimônia, mas será que você pode sentar por perto? É só que... Eu me sentiria melhor se você não estivesse longe.

— Não estarei longe.

— Evvie! Não chore.

Ela apertou as mãos dele.

— É um casamento. Chorar é permitido. Vá se casar.

— Tudo bem, não me importo se ficarmos amassados, venha aqui.

Evvie se aproximou e o abraçou, evitando a flor na lapela, mantendo a maquiagem longe do smoking. Eles haviam se abraçado assim no dia em que a esposa dele o deixou, na noite em que o marido dela morreu, no dia em que Andy lhe disse que estava noivo e na manhã em que Evvie lhe mostrou sua nova casa. Durante anos, haviam marcado os novos capítulos de suas vidas com o queixo dela no ombro dele e os braços dele em torno da cintura dela.

Dean voltou e disse que estava na hora. Evvie beijou a bochecha de Andy e fez uma pausa para limpar com os dedos a pálida impressão deixada por seus lábios. Voltou para a igreja, onde se sentou em um banco logo atrás de Kell, junto à mãe e ao pai de Dean, de um lado, e de seu pai, do outro.

— Nossa, você está linda — comentou o pai dela.

— Obrigada. — Evvie pousou brevemente a cabeça no ombro dele. — Amo você, pai.

— Também amo você, Eveleth.

Então Andy se casou, e Dean ficou ao lado dele, e Evvie chorou. Depois da cerimônia, ela esperou por Dean junto ao carro, com o casaco nos ombros. Chegaria um momento, ela sabia (supunha, até esperava), em que estariam juntos há tempo suficiente para que sentisse que aquilo era algo tranquilo e familiar. Seria tão lindamente comum que vê-lo surgir de qualquer lugar e ir na direção dela não faria suas bochechas corarem. Mas esse ainda não era o momento — quando Dean saiu pela porta dos fundos da igreja de smoking, com a gravata-borboleta desfeita e o botão superior da camisa aberto. Ele se aproximou e apoiou as mãos no teto do carro, uma de cada lado dela. Não disse nada. Apenas abriu um terço de um sorriso.

Ela caiu na gargalhada.

Agradecimentos

Sou abençoada com mais pessoas a quem agradecer do que poderia mencionar, mas estou determinada a fazer o tudo o que puder.

Minha agente literária, Sarah Burnes, entendeu a mim e a este livro perfeitamente desde o primeiro minuto em que nos falamos ao telefone. O trabalho dela foi imprescindível para que este livro chegasse a suas mãos, e o apoio dela foi igualmente imprescindível tanto para que eu sobrevivesse ao processo quanto para que o aproveitasse. Foi um prazer trabalhar com minha editora na Ballantine, Sara Weiss, a fazedora de diagnósticos ideal, que me disse do que o livro precisava, mas soube quando permitir que eu encontrasse minhas próprias soluções. Também me ajudou a cortar muitas coisas que você nunca vai saber que não precisava ler. (Ela poderia ter melhorado este parágrafo.) Agradeço também a Elana Seplow-Jolley, por suas opiniões, e a todos da Ballantine que trabalharam na edição de texto e na produção.

Tenho uma dívida enorme com Stephen Thompson, meu grande amigo, cujas aventuras como pai solteiro fundamentaram meu interesse e meu grande respeito por essa condição. Sinto muito por todas as vezes que ele vai precisar explicar que este livro não é sobre nossa amizade (não é). À família Thompsley, incluindo minha querida Katie Presley: amo todos vocês.

Meus agradecimentos a Margaret "Bambolê" Willison, que leu as primeiras páginas deste livro anos atrás e nunca deixou de jogar punhados de confete imaginários toda vez que eu o retomava. Outros primeiros leitores que me ajudaram a enxergar as coisas com mais clareza incluem Alan Sepinwall, Marc Hirsh e Sarah Wendell.

Minha amiga Julia Whelan ajudou o primeiro rascunho a ver a luz do dia, assim como a generosidade de Breck e Mary Montague e Carter Williams.

Tive a sorte de contar com os sábios conselhos de pessoas do mundo das editoras e da escrita, que respondem a questões difíceis de iniciantes como: "Não faço ideia do que acontece depois que eu escrever FIM." Elas incluem, mas não se limitam a: Pam Ribon, Jennifer Weiner, Rainbow Rowell, Heather Cocks e Jessica Morgan, Rachel Fershleiser, Maris Kreizman e Danielle Henderson. Obrigada a Michelle Dean pelas DMs e por estar logo à frente de mim no processo de publicação.

Devo muito aos textos sobre beisebol e assuntos relacionados ao beisebol que li enquanto escrevia esta história. Eles incluem a totalidade ou partes dos livros: *The Baseball Codes*, de Jason Turbow, *The Phenomenon*, de Rick Ankiel, *Living on the Black*, de John Feinstein, e *The Arm*, de Jeff Passan, além do artigo que David Owens escreveu sobre os *yips* em 2014 para a revista *New Yorker*. Também sou muito grata pela abertura com que caras como Mackey Sasser e Steve Blass falaram sobre os *yips*. Agradeço a Will Leitch e Joe Posnanski, por sempre escreverem sobre esportes de uma maneira profundamente humana e divertida, o que me ajudou a permanecer conectada.

Um agradecimento especial a Hilary Redmon. (*Hilary, veja só o que aconteceu!*)

Agradeço a Sarah Bunting, Tara Ariano e Dave Cole, por seu papel em tudo o que aconteceu comigo desde 2001.

Obrigada a todos os amigos: meus amigos do ensino médio, meus amigos da faculdade, meus amigos de sempre, meus amigos do direito e os amigos de Minnesota de quem sinto muita falta, incluindo meus estimados Alexanders. Agradeço à minha família na National Public Radio, incluindo Jessica Reedy, Gene Demby, Barrie Hardymon, Mike Katzif, Audie Cornish e muitos outros. Agradeço também à minha chefe, Ellen Silva.

Sou grata às pessoas que antes eram desconhecidas e se tornaram leitores e ouvintes, além de parceiros. Obrigada à enorme coleção de ouvintes que me ensinaram coisas inteiramente novas sobre boas histórias. (E espero que PJ me perdoe por me apropriar da aparência de seu cachorro.)

Agradeço a Glen Weldon, cujo entusiasmo pelo livro significou tanto para mim que me fez superar várias crises terríveis de dúvida. (Prometo, Glen: só estou abraçando você em minha mente. *E sempre farei isso.*)

Obrigada a Alex Kapelman, cuja crença inabalável de que eu poderia fazer o que quisesse era (e é) como me conectar a uma fonte de energia suplementar. Você é simplesmente o melhor, meu vice-presidente sênior de Atividade, e eu não o trocaria por nada.

Este livro foi escrito ao som de Avett Brothers. Um *high-five* para o escritório da FedEx nos arredores de Colonial Williamsburg. Obrigada a Spruce Head Island, Rockland, Camden, ao óleo essencial de abeto, ao Ursinho Pooh, ao Capitão Gargan e ao time do St. Paul Saints. Obrigada aos torcedores do Philadelphia Phillies, do Minnesota Twins e do Washington Nationals. Obrigada aos meus sobrinhos perturbadoramente altos e ao meu cunhado, todos aficionados por beisebol.

Não vou agradecer ao meu cachorro, apenas porque ele não sabe ler. Além disso, ele sabe como me sinto, porque às vezes dou manteiga de amendoim para ele na ponta dos dedos.

Obrigada às pessoas que fazem coisas belas com as palavras e que me fazem desejar reunir as minhas com metade da mesma beleza.

Agradeço a todos os meus professores, incluindo, mas sem me limitar a: Nona Smolko, Christine (Powell) Tate e Kerry Brown.

Sou grata à minha família: minhas avós inteligentes, meu avô generoso que conheci e meu avô generoso que não conheci, minhas tias, tios e primos, e em especial meus pais fabulosos e minha irmã espetacular.

intrinseca.com.br

@intrinseca

editoraintrinseca

@intrinseca

1ª edição DEZEMBRO DE 2020
impressão CROMOSETE
papel de miolo PÓLEN SOFT 70G/M²
papel de capa CARTÃO SUPREMO ALTA ALVURA 250G/M²
tipologia MINION PRO